跨文化视野下的
严歌苓小说与影视作品研究

李燕　著

暨南大學出版社
JINAN UNIVERSITY PRESS

中国·广州

图书在版编目（CIP）数据

跨文化视野下的严歌苓小说与影视作品研究／李燕著．—广州：暨南大学出版社，2014.8
ISBN 978 - 7 - 5668 - 1152 - 3

Ⅰ.①跨…　Ⅱ.①李…　Ⅲ.①严歌苓—小说研究　Ⅳ.①I207.42

中国版本图书馆 CIP 数据核字（2014）第 205499 号

出版发行：暨南大学出版社

地　　址：中国广州暨南大学
电　　话：总编室（8620）85221601
　　　　　　营销部（8620）85225284　85228291　85228292（邮购）
传　　真：（8620）85221583（办公室）　　85223774（营销部）
邮　　编：510630
网　　址：http：//www.jnupress.com　http：//press.jnu.edu.cn

排　　版：广州市天河星辰文化发展部照排中心
印　　刷：佛山市浩文彩色印刷有限公司

开　　本：787mm×960mm　1/16
印　　张：13.25
字　　数：204 千
版　　次：2014 年 8 月第 1 版
印　　次：2014 年 8 月第 1 次

定　　价：32.00 元

目　录

绪　论 ·· 1

上　编

第一章　严歌苓小说创作和研究概述 ·············· 6
　第一节　严歌苓的生平及其小说创作 ············· 8
　第二节　严歌苓小说的反响和国内研究现状 ········· 11

第二章　跨界书写：严歌苓小说题材的跨文化阐释 ····· 20
　第一节　军旅与知青故事 ····················· 20
　第二节　移民题材 ························· 21
　第三节　"回归"题材 ······················ 43

第三章　女性书写：严歌苓笔下的女性人生 ··········· 85
　第一节　权力重构的政治人生：《绿血》、《一个女兵的悄悄话》、
　　　　　《雌性的草地》 ···················· 85
　第二节　双重边缘的弱者人生：《少女小渔》、《扶桑》、《小姨多鹤》
　　　　　 ···························· 93
　第三节　生命追求的抗争人生：《天浴》、《谁家有女初长成》、《金
　　　　　陵十三钗》 ···················· 111
　第四节　个体信念的自我人生：《第九个寡妇》、《一个女人的史诗》、
　　　　　《补玉山居》 ·················· 124

第四章　叙事方式的身份意义 …………………………………………… 140

第一节　"双层时空叙事" …………………………………… 140

第二节　叙事者"我" …………………………………… 148

第三节　历史叙述下身份建构的差异 ………………………… 157

下　编

第五章　改编自严歌苓小说的影视作品概况及国内研究现状 ………… 168

第一节　改编自严歌苓小说的影视作品概况和反响 ………… 168

第二节　国内相关学术研究现状及成果 ……………………… 170

第六章　改编自严歌苓小说的影视剧取得成功的原因分析 ………… 173

第一节　改编自严歌苓小说的影视剧取得成功的文本原因 ……… 176

第二节　改编自严歌苓小说的影视剧取得成功的文化产业原因

……………………………………………………………… 183

第三节　影视创作对严歌苓小说的负面影响 ………………… 187

结　语 ………………………………………………………………… 191

参考文献 ……………………………………………………………… 193

附录　严歌苓作品 …………………………………………………… 196

后　记 ………………………………………………………………… 202

绪　论

严歌苓（1959—　）是目前北美华文文坛最具实力和影响力的新移民作家，她的小说创作取得了显著的成就，作品屡次在国内外华文文坛引起轰动。伴随着社会审美思潮"从一种抽象的书籍文化进入一种高度感性、造型和画像似的文化"①，即从印刷文化向视觉文化转变。基于严歌苓小说改编制作而成的影视作品成系列、成规模地进入大众消费市场，获得了艺术和市场等方面的丰收。严歌苓的小说及基于其小说改编制作而成的影视作品热的兴起，给我们带来的正是关于文学与影视关系的思考，这其中诸多方面都值得我们进行分析和研究。张艺谋曾经很有感触地谈道："我们研究中国当代电影，首先要研究中国当代文学。因为中国电影永远没有离开文学这根拐杖。"② 本书一方面以跨文化的研究视野，运用比较文学、文化研究、女性主义批评和精神分析等方法，通过文本细读，梳理严歌苓小说在创作题材、女性形象、叙述模式和美学意识等方面的演变和拓展，对作家如何将海外生活体验转化为文学艺术创作的过程进行系统、深入的阐释，揭示东西方文化碰撞下的严歌苓小说创作对中国文学的独特贡献，并寻求海外华文文学新的"汉语诗学的话语"。另一方面，本书基于分析严歌苓小说改编制作而成的影视作品大获成功的原因，研究严歌苓小说本身所独具的叙事手法、镜头语言等影视化特质的文本因素，以及主流意识形态、媒介的市场运作、影视资源的成功运作等诸多原因。同时，对多元视觉文化语境下影视文化对文学书写的建设性乃至变革性作用，作出梳理和分析。

---

① ［加］麦克卢汉、秦格龙编，何道宽译：《麦克卢汉精粹》，南京：南京大学出版社 2000 年版，第 459 页。

② 李尔葳：《张艺谋说》，沈阳：春风文艺出版社 1998 年版，第 10～11 页。

从对研究领域的历史回顾中反思近二十年来的严歌苓研究,可以发现其中关于研究方法、题材内容、女性形象、叙事方式以及电影改编等方面存在的问题和不足。本书在众多学术成果的基础上,具体分上、下编两个大的部分,着重从以下几个方面对严歌苓小说及基于其小说改编制作而成的影视作品进行成系列的、深入的个案研究。

上编着重研究严歌苓小说文本的独特性。本书将在文本细读的基础上,对严歌苓小说的创作题材、女性形象、叙事模式和美学意识等方面进行系统的梳理和分析。第一章着重介绍严歌苓的生平、小说创作及国内对其小说的研究现状和学术评价。在关于严歌苓小说的研究成果中,研究者虽对小说的艺术特色给予了关注,但探讨的问题和范围往往局限于一部或几部小说,缺乏对严歌苓小说创作的整体研究。

第二章着重研究小说创作的题材。严歌苓小说的题材内容广泛,且呈现出演变的轨迹,本书将在系统梳理严歌苓小说的题材内容基础上,对作家出国前的军旅小说和知青题材、出国后的移民题材以及"回望"大陆等各个时期的作品进行跨文化阐释,并揭示题材演变背后的身份转变。在各类题材的书写中,严歌苓对隐秘人性具有独到的洞悉,其作品刻画了各种"极致环境"下的复杂人性,本书将在梳理小说题材的过程中探析作品的人性主题,着重分析部分移民小说,以及"文革"的独特文本《白蛇》和成长小说集《穗子物语》。梳理严歌苓小说创作过程中所具有的军旅与知青故事、移民题材、"回归"题材和中国书写等内容,展现其小说题材的演变轨迹,并分析作家对"极致环境"中的人性探寻。

第三章分析严歌苓小说作品中"女性人生"的演变,探讨女性形象系列的文化内涵和民族寓意,阐明作家身份的转变对女性形象塑造的影响。严歌苓小说的主角基本都是女性,在不同创作时期中,雌性、母性的书写始终贯穿其中,构成了小渔、扶桑、王葡萄等一系列女性形象,尤其是王葡萄这一形象成为"作家贡献给当代中国文学独创的艺术形象"(陈思和)。这些女性形象系列的基本特色是什么?达到了怎样的艺术高度?这些问题是严歌苓小说研究的重要内容。这些充满了戏剧冲突的女性形象,在影视剧中得到了更充分的呈现。本书将系统、深入地分析女性形象及其演变轨迹,揭示严歌苓小说中女性形象的独特性和文化意义。

第四章着重研究严歌苓小说独特的叙事特色。新移民作家严歌苓离开本土后，文化身份在不断发生变化，对生活、人生的观察视点与角度也随之发生改变，加之作家对西方叙事理论的系统学习，其小说的叙事方式也因此呈现出动态的发展过程。本书将在第四章探讨严歌苓小说叙事方式的身份意义，分析严歌苓小说"双层时空叙事"的独特结构，探析叙事者"我"的演变过程如何呈现作家身份的建构历程，并认为严歌苓的历史叙述有可能预示着海外华文文学历史题材小说创作的一个新的发展方向。

上编关于严歌苓小说的研究视野和批评方法主要采取的是跨文化的比较研究方法。这是因为，新移民作家严歌苓具有多重文化身份和离散的视野，东西方文化冲突中的两难境况以及边缘人心态都会反映在作家的文学创作中，本土单一的眼光和批评方法无法探析作品中不同文化的"对话"而形成的艺术特点。"跨文化的比较研究方法，十分契合海外华文文学的跨地区、跨国别研究的特点。"① 因此，本书以跨文化视野和多种研究方法，揭示严歌苓小说创作的艺术成就和文化内涵。从具体方法上来讲，运用比较文学理论，将严歌苓的小说创作置于不同时期的新老移民作家、不同区域的新移民作家之间，以及海外与本土文学之间进行横向和纵向的比较研究；把精神分析、心理学和文化研究等方法相结合，对严歌苓小说中的人性主题进行深入的剖析；运用女性主义理论与文化批评等方法梳理和探析严歌苓小说的系列女性形象及其文化内涵。

下编着重研究改编自严歌苓小说的影视剧成功的原因与经验。下编第一章着重介绍改编自严歌苓小说的影视作品的概况及国内研究现状。在关于严歌苓影视剧的研究成果中，个体、点上的研究多，整体性、前瞻性的研究少，尤其是对改编自严歌苓小说的影视剧大获成功的原因及其市场导向和象征作用的分析较少。

第二章分析严歌苓小说大量被"改写"成电影的原因是什么？既包括时代的、社会的，也包括作家小说自身的。进一步分析改编自严歌苓小说的影视作品获得成功的原因，既有充满色彩、画面、动作等视觉文化要素

---

① 饶芃子：《拓展海外华文文学的诗学研究》，见《世界华文文学的新视野》，北京：中国社会科学出版社 2005 年版，第 115 页。

在内的小说文本因素，又有市场化运作下的影视剧创作和品牌营销等产业化要素。

　　第三章分析严歌苓小说原著向另一种新的艺术形式"改写"过程中所产生的问题，对小说《少女小渔》和改编后的同名电影等同类型作品进行分析和比较，探讨严歌苓小说改编成影视剧后的不同文化内涵和艺术性的得失。

上　编

第一章　严歌苓小说创作和研究概述

　　海外华文文学作家严歌苓因其小说创作的显著成就，成为北美华文文学中最具实力和影响力的新移民作家，又因其系列小说陆续被改编成影视作品，在光与影的世界中续写并营造出属于自己的影视天地。本书上编将严歌苓的小说创作置于跨文化的视野下进行整体的系统研究，通过文本细读和比较研究展现其小说创作的突出成就，阐明严歌苓小说创作在题材的拓展、女性形象的塑造、独特的叙事结构以及历史叙述等方面对海外华文文学和中国文学的重要意义。这种意义体现在以下几个方面：

　　（1）严歌苓小说创作的题材内容广泛，尤其是移民小说从各个方面展现了移民生活的丰富画面，既有新移民的生存状况、精神困惑和移民女性的婚恋，也有对早期移民的历史回顾和悲情故事的讲述，拓展了海外移民题材的书写领域；严歌苓的小说题材内容呈现出一个演变的脉络，从出国前的知青题材、出国后的移民生存到回望大陆的成长记忆、"文革"历史，直至"中国书写"，题材的演变轨迹清晰地展现了新移民作家身份的转变为小说创作带来的变化，其作品因此成为海外华文文学研究的重要文本。

　　（2）作家在双重视野下探寻"极致环境"中的人性，其小说创作因此有别于本土文学同类题材的作品，并为中国当代文学的小说创作带来了新的文学元素。作家对人性的思考和探寻始终贯穿于小说创作中，或揭示混乱年代中的人性善恶，或以人性之善实现不同文化之间的沟通和交流，或通过人性反思历史，在移民生存、"文革"、战争等"极致环境"下揭示的复杂人性展现了作家小说创作的独特性。

　　（3）严歌苓小说中的女性形象书写为大陆本土女性主义文学提供了独特的文学文本和艺术形象。在海外华文作家中，严歌苓是一位具有强烈女性意识的作家，她所创作的小说，无论是知青题材《雌性的草地》，移民小说《少女小渔》、《扶桑》、《小姨多鹤》，还是"文革"题材《天浴》、

《陆犯焉识》，成长小说集《穗子物语》以及农村题材《第九个寡妇》，小说的主角几乎都是女性，这些女性形象呈现出不同的人生姿态，雌性、母性则是贯穿始终的女性特质，并构成小渔、扶桑、王葡萄、多鹤、小环等女性形象系列，这些形象从不同的角度展现了丰富的文化内涵和民族寓意。民间"地母"王葡萄和多鹤则是严歌苓贡献给中国当代文学的独特形象。

在东西方文化的冲突和交融中，作家身份的转变与多重视野的交融形成了女性意识的演变，严歌苓出国前的创作是以强烈的女性意识对社会政治历史进行怀疑和批判；留美后的移民小说揭示了女性在种族、性别的双重边缘处境中的生存策略，作家以移民女性的人性之善缓解文化冲突和身份迷失的焦虑；在回望大陆题材中塑造的女性往往以强烈的抗争意识改变自身的处境和身份，这是作家逐渐摆脱文化、种族的矛盾和纠葛，以本土女性的抗争精神确定自我精神的向度；民间"地母"形象则完全立足于本土和民间，作家摆脱了以前作品中关于社会政治权力、知识话语权力、文化种族身份的种种纠缠，达到了族性的确认和女性自我的坚守。小说中女性形象从权力重构的政治人生到双重边缘的弱者人生、从生命追求的抗争人生到个体信念的自我人生的演变历程，在一定程度上与作家自我、族性身份的确立过程形成了同构关系，具有多重寓言性质。

（4）严歌苓小说的叙事方式具有深层的结构寓意。严歌苓在她的几部有影响力的小说《扶桑》、《人寰》、《无出路咖啡馆》中运用"双层时空叙事"，这种独特的结构融东方的叙事理念和西方的叙事技巧于一体，以对应的两条人物故事线索构成历史与现实、过去与现在、东方与西方的时空交错，作家在这种独特的叙事结构中讲述各种各样的人生故事，展现移民创伤、种族隔膜、文化冲突、女性生存等有关种族、性别的重重焦虑；叙事者"我"的出场与缺席在严歌苓一系列小说中经历了几次循环往复，呈现了作家从"原本的我"、"失去自我"、"找寻自我"到"我就是我"的身份寻找之旅，以及在双重边缘处境中进行身份建构的艰难历程。

另外，小说《第九个寡妇》中的历史叙述为大陆新历史主义小说提供了一个独特的文本，作家离散视野下的历史叙述具有民族寓言的性质。她以历史叙述建构身份的方式与老一代移民作家白先勇、新移民作家张翎的创作有着明显的区别，并有可能预示着海外华文文学历史题材小说创作的一个新的发展方向。

作家严歌苓的小说创作成就与她的文化身份、离散视角密切相连，东西方文化冲突与个体的生命体验结合在一起，最终构成了作家的多重视角和女性意识，这使得严歌苓小说中的女性形象、书写策略、文本特质与大陆本土文学区别开来。作家严歌苓具有流动的身份状态，但其文学创作时刻不离自己的民族文化背景，其小说创作既具有民族性，可以与本土文学进行对话，又超越了本土文学的单一性，具有"另类"的特征。严歌苓小说如同其他优秀的流散文学"一方面拓展了固有的民族文学的疆界，另一方面又加速了该民族文学的世界性和全球化进程"。因此，作家严歌苓的小说创作不仅对中国本土文学具有参照价值，而且对于拓宽华文文学、加速中华文化和文学的全球性特征具有积极的意义。也正是因为严歌苓小说本身在文本层面的巨大价值，才使得她的一系列小说陆续被改编为电影电视剧，并得到了收视率、票房、社会舆论等方面的丰收和认同，而这恰恰是本书下编将要详细论述的。

第一节　严歌苓的生平及其小说创作

北美新移民作家严歌苓 1959 年 11 月生于上海，母亲是歌剧团的一名演员，父亲萧马是安徽省专业作家。严歌苓的童年是在安徽省文联大院里度过的。1971 年，十二岁的严歌苓参军入伍，进入成都军区文工团成为舞蹈演员，入伍后的严歌苓经常下到牧场、前往西藏四处演出。1978 年发表处女作童话诗《量角器与扑克牌的对话》。1979 年中越自卫反击战，严歌苓踏上了硝烟弥漫的战场，成为手持五四手枪和特别通行证的战地记者，并在军区的报纸上发表了一批叙事诗，这些作品的发表使严歌苓坚定了从事文学创作的志向。1980 年和 1981 年分别发表了电影剧本《残缺的月亮》和《无词的歌》（次年由上海电影制片厂拍摄成影片《心弦》）。1982 年发表短篇小说《腊姐》，此后又陆续发表了一批小说和电影剧本，并获得好评。1980 年，二十一岁的严歌苓经历了第一次婚姻；丈夫李克威和公公李准都是作家。1983 年大裁军后，严歌苓从成都军区文工团调到铁道兵政治部创作组任创作员，后转编为铁道部铁路工程指挥部创作组任创作员。1986 年，她发表了第一部长篇小说《绿血》，获 1987 年"全国优秀军事长篇小说奖"。1987 年发表长篇小说《一个女兵的悄悄话》，获 1988 年"解放军报最佳军版图书奖"。1989 年出版长篇小说代表作《雌性的草地》。严歌苓于 1986 年加入中国作家协会。1988 年，她应美国新闻总署的邀请访美，回国后进入鲁迅文学院学习一年。

1989 年 2 月严歌苓结束了第一次婚姻，同年 11 月赴美留学，次年进入哥伦比亚艺术学院攻读英文写作硕士学位，1995 年获得学位。作家在留学初期经历了一段艰辛的海外打工生涯，并创作了一批优秀的短篇作品，如《少女小渔》、《女房东》在台湾发表并分别获 1991 年、1993 年"中央日报文学奖"短篇小说一等奖。1992 年秋天，严歌苓与美国外交官 Lawrence 结婚，定居美国旧金山，此后从事专职创作，并发表了一大批优秀的作品，其中既有长篇小说《扶桑》、《人寰》、《无出路咖啡馆》，也有短篇小说《天浴》、《红罗裙》以及中篇小说《白蛇》、《谁家有女初长成》、《也是亚当，也是夏娃》等。这些作品获得国内外的多项大奖：《红罗裙》获 1994 年"中国时报文学奖"短篇小说评审奖；《海那边》获 1994 年"联合报文学奖"短篇小说一等奖；《扶桑》获 1995 年"联合报文学奖"长篇小说奖；《天浴》获 1996 年台湾"全国学生文学奖"短篇小说一等奖；《人寰》获 1998 年第二届"中国时报百万小说奖"以及 2000 年"上海文学奖"；《谁家有女初长成》获 2000 年《北京文学》下半年"中国当代文学作品排行榜"中篇小说第一名；《白蛇》获 2001 年第七届"十月（中篇小说）文学奖"。2004 年，其夫被派往美国驻尼日利亚大使馆工作，严歌苓随夫旅居南非。2006 年，严歌苓发表了长篇小说《第九个寡妇》、《一个女人的史诗》，《第九个寡妇》于 2006 年被香港《亚洲周刊》评选为中文十大小说之一。2006 年，《金陵十三钗》获《小说月报》第十二届"百花奖"原创小说奖。2008 年，《小姨多鹤》被《当代》长篇小说评为"五年最佳小说"。2009 年，《小姨多鹤》又被评为首届"中山杯华侨文学奖"最佳小说奖。2011 年，《陆犯焉识》荣登中国小说协会举办的年度长篇小说排行榜榜首。

严歌苓的小说成就是显著的，她在出国前就已有了较高的起点，出国后更是创作了大量的优秀作品。无论是从事专职创作还是在四处漂泊的处境中,严歌苓始终都有新作品出现,如今她已拥有了三百多万字的作品和十多项国内外大奖,这些丰硕成果使她成为新移民作家中的佼佼者。严歌苓的作品被翻译成英、法、荷、西、日等多国文字,英译版《扶桑》曾登上 2001 年洛杉矶时报最佳畅销书排行榜,她用英文创作的长篇小说 *The Banquet Bug*(《赴宴者》)也于 2006 年在美国、英国出版,并获华裔美国图书馆协会"小说金奖"。

严歌苓的父亲萧马先生曾用聪明、勤奋和丰富的生活体验归结她成功的原因。应该说,家庭的文化氛围、自身的文学潜质和勤奋努力以及丰富的生活经历造就了其文学创作的成就。严歌苓成长于"文革"时期,作家父亲的书房便是她的学堂,家庭氛围和成长环境对严歌苓走向创作之路产生了不可忽视的影响。十二岁参军入伍后,她多次下牧场、上战场、进西藏,二十岁开始发表作品,出国前就已有三部长篇小说问世并多次获奖。留学美国时的严歌苓已是而立之年,三十岁开始学习英语,并攻读英文写作硕士学位,留学期间她一边学习一边打工,饱尝学习和生活的艰辛却从未停止写作,在时间的空隙中创作的小说获得多项大奖。作为一名女性,她的婚姻生活经历了出国前的离婚与出国后的再婚,曾经的情感创伤、此后与白人丈夫异族之恋的曲折经历都在作家心里留下了深深的痕迹,丰富的人生经历和深刻的女性体验为小说创作提供了丰厚的文学素材,我们在作家的小说中可以多次看到军旅生涯、留学经历、文化差异、女性婚恋等与作家经历有着密切关系的文学主题。从生活的地域来看,严歌苓出生于上海,成长于安徽,当兵在成都,工作于北京,定居美国十几年后又随丈夫前往尼日利亚旅居,作家始终处于一种"流动"的状态,这种不断变化的文化身份和生命体验同样影响着作家的小说创作,构成其作品主题,推动其作品女性形象与创作风格的演变和拓展。

第二节　严歌苓小说的反响和国内研究现状

一、严歌苓小说在文学艺术界的反响

严歌苓的文学创作主要是以小说为主，留美初期创作的作品，最初是在中国台湾发表并获得一系列文学大奖，内地的评论界则是在 20 世纪 90 年代中期以后才逐渐关注严歌苓的小说创作，新世纪以来涌现了大量的评论文章，近几年人们对于严歌苓作品的研究热度更是与日俱增。文学评论界对于严歌苓小说创作的成就和贡献给予了很高的评价，海外华文文学研究专家饶芃子教授认为"严歌苓是近十年来北美华文创作成就最为显著的作家……她的小说闪烁着'新移民'文学独有的精神特质"[①]。陈思和认为"90 年代以后，海外题材创作的代表当之无愧是严歌苓。她的一系列作品在海外华人文坛上获得了巨大成功"[②]，并认为严歌苓笔下的女性人物是"作家贡献于当代中国文学的一个独创的艺术形象"[③]。刘登翰认为"在美国新移民华文的小说界，女性作者的崛起非常引人注目……其中的代表首推严歌苓"[④]。刘俊认为严歌苓书写"大陆故事"的小说是"北美华文文学 90 年代最高水平的代表之一"[⑤]。旅美评论家陈瑞琳称严歌苓的作品"以窥探人性之深、文字历练之成熟而受到读者青睐，屡在中国台湾、香港以及北美

[①]　饶芃子：《"歌者"之歌——陈瑞琳〈横看成岭侧成峰——海外文坛随想录〉序》，《华文文学》2004 年第 1 期。

[②]　陈思和主编：《中国当代文学史教程》，上海：复旦大学出版社 1999 年版，第 351 页。

[③]　陈思和：《第九个寡妇·跋语》，见《第九个寡妇》，北京：作家出版社 2006 年版，第 396 页。

[④]　刘登翰主编：《双重经验的跨域书写：20 世纪美华文学史论》，上海：上海三联书店 2007 年版，第 221 页。

[⑤]　刘俊：《北美华文文学中的两大作家群比较研究》，《中国比较文学》2007 年第 2 期。

文坛获奖，从而成为海外新移民作家一面耀眼的旗帜"①。评论家雷达认为"严歌苓的作品是近年来最讲究艺术性的作品"②。旅美作家陈燕妮在《赴美人物访谈》中认为："在美国的所有华裔女人中，严歌苓是一个了不得的异数。她制造了一条常人不敢想象的道路，把本不能走的路，硬走成路。"李槟认为"严歌苓等八十年代作家对中国移民况味的美国抒写……体现了留学生文学和海外华人文学的最新的，也是最有高度的成就"③。

二、国内研究现状

从 1997 年到 2014 年的 17 年间，关于严歌苓及其作品研究的论文，以"严歌苓"为关键词、以"题名"为检索项，在中国期刊网中，可以查到单篇学位论文 678 篇，在博硕士学位数据库中可以查到论文 109 篇。对近二十年来严歌苓研究在大陆的成果进行总体的回顾与分析，可以发现评论界的研究主要集中在以下几个方面：

（一）关注移民题材作品

在留学生和移民题材的作品中，短篇小说《少女小渔》、《女房东》、《海那边》、《红罗裙》、《扶桑》、《人寰》等长篇小说以及改编的几部电影频频摘取台湾和国际上的各种大奖，随之也引起了国内研究者的关注。朱立立在《边缘人生和历史症结——简评严歌苓〈海那边〉和〈人寰〉》（《华侨大学学报》1999 年第 2 期）中认为严歌苓的小说至少有以下几个特色值得评论界关注：一是人物决不囿于华族华人，而是包容了美国不同种族的成员，因而突破了美华文学本土化的困境；二是严歌苓通过对边缘人生的细腻刻画，凸显出少数族群或弱势群体属性认知重建的尴尬和艰难；三是表现异质文化碰撞中的人性冲突；四是坚持以鲜活、动感的人性

---

① 陈瑞琳：《风景这边独好——我看当代北美华文文坛》，《华文文学》2003 年第 1 期。

② 雷达：《严歌苓作品研讨会在京举行》，《当代文学研究资料与信息》1998 年第 1 期。

③ 李槟：《"自由神"与"曼哈顿"——八、九十年代留学生文学初探》，《世界华文文学论坛》2002 年第 4 期。

抵抗现代社会的冷酷无情和现代人内心世界的虚无寂寞。刘俊在《论美国华文文学中的留学生题材小说——以於梨华、查建英、严歌苓为例》(《南京大学学报》2000 年第 6 期) 中认为对於梨华、查建英、严歌苓这三位作家在"内容"和"形式"上的发展过程进行考察，可以大致勾勒出美国华文文学中留学生题材小说在主题上不断深入和技巧上新质迭出的历史轨迹，即"内容"上是由展示表层的受挫经历，到深入的历史文化思考，再到普遍的人性探寻；"形式"上是由情绪叙述，到冷静叙述再到洒脱叙述。王震亚的《人文关怀的真切表现——试论严歌苓的移民小说》(《世界华文文学论坛》2000 年第 3 期)、李槟的《移民的况味——严歌苓小说中的美国抒写》(《当代文坛》2001 年第 6 期) 等文章也从不同角度评论了严歌苓移民题材的小说。另外，黄万华的《故土和本土之间的叙事空间——美华小说的历史和现状》(《南方文坛》2000 年第 4 期) 以严歌苓等人的小说创作为例，梳理了美华小说的历史发展脉络，分析了严歌苓等 20 世纪 80 年代大陆移民作家和 60 年代的台湾留学生作家，在不同的时代如何以富有个性的小说创作构成不同阶段美华文学延续、拓展的链条。李亚萍的《论严歌苓小说中人物的失语症》(《华文文学》2003 年第 3 期) 分析了严歌苓几部小说中的人物在异国他乡出现的交流障碍，揭示了新移民面对异国语言和文化时的尴尬状态。

(二) 作品比较

近几年随着华文文学理论研究的深入，许多论文运用比较文学的方法分析了严歌苓的作品，比较的对象既有大陆作家、台湾作家，也有华人汉语作家与华人英语作家。高小刚的《"说出来"和"弄错了"——评两种海外华人小说语言》(《世界华文文学论坛》2002 年第 1 期) 将英语的华人写作和汉语的美国题材写作进行比较，认为严歌苓和汤亭亭代表着 20 世纪 80 年代以来海外华人创作的两种全然不同的风格，从中可以看到不同的世界观在叙述语言上的反映。刘艳的《困境的隐喻——略论张爱玲、严歌苓的创作》(《文艺争鸣》2004 年第 6 期) 认为严歌苓具有张爱玲式的"冷冷的成熟"，两位作家拥有相近的文化品格：怅惘孤寂的错位意识、女性话语的真实言说、具有精神分析特征的人性心理的展露抒写，两位作家之间诸多差异又不乏相似之处的创作，成为传统与现代、东方与西方文化遭遇困境时的隐喻。湘潭大学万莲姣的《性别叙述的声音及其文化隐喻——关于〈扶桑〉和〈永远的尹雪艳〉的对读》（《中国比较文学》2006 年第 7 期）认为白先勇和严歌苓的两篇小说流动着同中有异、异中有同的性别文化声音，这种声音构成诸多声响，既隐藏在叙述人那基于生理的社会性别里，同时也弥漫在小说虚构人物的性别文化心理结构中，蕴含着一种女性神圣文化隐喻。

（三）作家身份和文化意蕴

严歌苓的重要作品创作于其赴美留学之后，因此研究者往往将她置于海外华文文学的研究范围内进行探讨，关注文化身份、种族冲突等问题对其作品的影响。陈思和在《人性透视下的东方伦理——读严歌苓的两部长篇小说》[1] 一文中认为严歌苓的小说里"总是弥散着阐释者的魅力"。《扶桑》是一个夹在东西方文化困惑中的青年女子对一百年前同等处境下的女子传奇的阐释，那是不同时间的阐释；《人寰》则是用西方现代文化的视角来审视东方国土上所发生的关于男人间的友谊道德等一系列伦理原则，是不同空间的阐释，而小说文本叙事的文化视角和故事本身包容的文化内涵之间的差异，立体地展示了人性的复杂性和多义性。柳珊的《阐释者的魅力——论严歌苓小说创作》（《当代作家评论》1999 年第 1 期）认为阐释者自身价值观念的不确定性、叙述上的群体性与抒情性、阐释者的抒情性影响着叙述方式和作品故事。王泉的《文化夹缝里的梦幻人生——严歌苓小说中的意象解读》（《华文文学》2004 年第 4 期）从严歌苓小说中独特的审美意象入手，探讨其小说的文化意蕴，认为作家在异质文化的窗口下抒写的中国女性命运具有深刻的悲剧美。

（四）中国书写与民族寓言

较多研究者认为严歌苓小说的叙述模式和人物形象是历史叙述和民族寓言的反映。吴宏凯的《海外华人作家书写中国形象的叙事模式——以严歌苓和谭恩美为例》（《华文文学》2002 年第 2 期）认为海外华人写作中始终有着浓厚的家国关怀，这既是中国文学的传统也是海外华人作家在特殊的文化境遇中作出的文化选择，而不同的文化身份使得海外华人作家在

---

[1] 严歌苓:《严歌苓文集》（2），北京：当代世界出版社 2003 年版，第 201 页。

书写中国形象时有着不同的切入角度和书写模式，严歌苓和谭恩美分别以历史记忆和神话想象的方式对中国形象进行了阐释。李亚萍在《族裔女性的发声——以〈女勇士〉和〈扶桑〉为例》（《暨南学报》2003 年第 3 期）一文中认为美华女作家汤亭亭的《女勇士》和严歌苓的《扶桑》都以丰富的历史想象重塑过去，融合了传记与小说的双重特点。她们的作品塑造了在种族和性别歧视中勇敢生存的华人女性形象，以此来反思当下华人女性的生存状况。华人女作家对过去的书写不仅重新建构了自身形象，而且揭示了被美国主流话语掩盖和压制的华人历史。杨红英的《民族寓言与复调叙述——〈扶桑〉与〈她名叫蝴蝶〉比较谈》（《华文文学》2003 年第 5 期）指出由于移民史与殖民史都处在西方和东方、强势和弱势两种历史文化的交汇点上，所以严歌苓和施叔青两位作家在《扶桑》与《她名叫蝴蝶》中都采取了民族寓言式的人物形象书写形式和复调式的叙述模式，并对美华移民史和香港殖民史展开富有开创性的书写。葛亮的《安能辨我是雄雌——由〈魔旦〉与〈蝴蝶君〉的比较分析看华人（男性）的文学再现策略》（《国外文学》2006 年第 3 期）将严歌苓的小说《魔旦》与黄哲伦的戏剧《蝴蝶君》进行比较，探讨两位华人作家如何运用迂回的方式颠覆西方对于华裔男性的成见，揭示作品中具有讽刺意味的东方再现策略。龚自强、陈晓明等的《20 世纪中国知识分子的磨难史——严歌苓〈陆犯焉识〉讨论》（《小说评论》2012 年第 4 期）认为严歌苓的《陆犯焉识》以她的祖父为原型，写出 20 世纪中国知识分子历经的磨难，写出他们性格与心理的弱点，写出他们成长中付出的惨重代价。通过对身处大时代压力下的日常生活和人物内心世界，尤其是对存在的、持续的、精神性的挖掘，使得严歌苓笔下的政治与人生不再具有单义性、明晰性，而是出现了政治、人生、人性、知识、情爱等的复杂内涵和丰富多义。

　　另外，有些论文还探讨了严歌苓小说的叙事艺术和语言特色。黄万华的《语言的舞者——严歌苓小说语言论》（《吉首大学学报》2007 年第 5 期）认为严歌苓的小说语言具有中国文字的神韵和生命，作家一直在努力拓展自己的母语资源，使汉语走出中国本土并获得了拓展和深化。陈振华的《扑朔迷离的现代性叙事——严歌苓小说叙事艺术初探》（《当代文坛》2000 年第 3 期）认为严歌苓小说丰富的思想内涵与现代性叙事艺术表现相得益彰。杨学民的《时间与叙事结构——严歌苓长篇小说叙事结构分析》（《当代文坛》2004 年第 2 期）探讨了严歌苓小说对时间与人和文学的关系，认为作家是以时间为结构要素构建出形式和意味统一的叙事结构，并促成了她对小说文体的创新。李玉杰的《"总想讲一个好听的故事"——论严歌苓〈补玉山居〉的叙事艺术》（《华中师范大学学报》2013 年第 3 期）认为严歌苓是一个对叙事艺术相当讲究的作家。在长篇小说《补玉山居》中，作家将四个各自独立的小故事完美组合在一起，通过"补玉山居"联结，不仅使"分享秘密"的叙事艺术得以实现，而且还使整部作品具备了"对位"性。同时，作者又通过诸如建构精彩情节以及"开放式结尾"等种种艺术技法，使这四个小故事各成一部独立的精彩短篇。

（五）探讨人性与女性形象

人性思考是严歌苓小说中一直贯穿的主题，不少研究者对作品的人性进行了深度探讨。王震亚的《历史深处的人性闪光——再论严歌苓的移民小说》（《世界华文文学论坛》2001 年第 3 期）认为严歌苓创作了多部反映早期华人移民生态与心态的小说，作品不止注重对社会政治文化问题的思考，更注重对人类共有的、人性层面上的开掘，将人性的复杂与微妙、人生的无奈与多难一一显现出来。金岚的《唱响人性之歌——严歌苓小说浅析》（《铜陵学院学报》2004 年第 3 期）认为严歌苓小说始终在揭示人性的丑恶、光辉或缺陷等复杂性。

另外，有些论文探讨严歌苓小说中的女性形象，如李培的《雌性的魅惑——试析严歌苓小说中女性形象的独特内涵》（《华文文学》2004 年第 6 期）认为严歌苓用原始雌性的最高层表现——母性来颠覆传统男性与女性的强弱观念，从雌性的本能扩张——情欲来考察她们灵与肉的争斗，以雌性特征能否自然绽放来衡量她们的人性是否完整，从而在小说文本中营造出独特的魅惑氛围。宋微的《人在边缘——论严歌苓旅外小说中的女性形象》（《职大学报》2005 年第 3 期）分析了严歌苓小说中的女性人物形象，认为严歌苓小说中的边缘书写既是对自己的边缘身份进行某种确认，也是作者反抗中心与主流、证明自我存在的价值与意义的一种方式。杨晓文的《严歌苓小说〈小姨多鹤〉论》（《华文文学》2012 年第 5 期）认为小说通过描写一个生于斯长于斯的日本人的中国故事，以异文化为对象进行了一次有意义而又漏洞百出的他者想象。吴春的《论女性历史叙述的多种可能性》(《怀化学院学报》2012 年第 7 期)认为《小姨多鹤》通过改写与设置个人视野来解构宏大叙事,从个体体验来消解革命政治,突出了对个体生命意识的尊重,以"逃离—隐藏"的叙事模式,向读者展现了女性眼中独特的历史图景。

(六) 单篇文本细读

研究者往往对严歌苓小说中的重要作品和重要人物进行深度分析,如对《雌性的草地》、《扶桑》、《第九个寡妇》等小说的评论。王列耀的《女人的"牧"、"被牧"与"自牧"——严歌苓〈雌性的草地〉赏析》(《名作欣赏》2004 年第 5 期)认为严歌苓在这篇小说中强调了男女先天的自然属性方面的差异,以女人的生物性特征来反衬虚幻的"革命"名义和虚幻的"男女平等"名义的荒诞,这种从性别差异出发,与曾经流行一时的"社会意识"相对立的"自然意识"可以称之为严歌苓思维中的"雌性的草地"。陈彬妮的《永远留在草原上的那抹"黄"与"红"——浅谈〈雌性的草地〉中小点儿与沈红霞的"性与欲望"》(《华文文学》2005 年第 3 期)认为严歌苓巧妙而成功地运用了颜色和物的象征,展现了人物对性的渴望和对爱情的执着,作品因此具有丰富的象征意蕴。

众多研究者对《扶桑》情有独钟,有的从叙述技巧、历史意识,有的从人物形象、文化意蕴等不同的角度对小说《扶桑》进行了深入、细致、具体的挖掘。比较有代表性的论文有陈涵平的《论〈扶桑〉的历史叙事》(《华文文学》2003 年第 3 期)认为长篇小说《扶桑》展现出一种历史叙述的特征:多种人称的交替出现、元叙事的大量使用和跨时空内容的拼贴式比较。这种历史叙述的运用和严歌苓的移民经历有着千丝万缕的联系,在创作中则表现为通过对文学性的追求而获得最高的历史真实性。姚晓南的《严歌苓的叙事意识及其〈扶桑〉的叙事解读》(《暨南学报》2004 年第 4 期)认为多种人称的复合叙事和对历史化叙事的刻意追求是《扶桑》的重要叙述视角。林翠微的《百年良妓的凄美绝唱——严歌苓〈扶桑〉女主人公形象的文化意蕴》(《华文文学》2004 年第 3 期)探究了扶桑的母性形象以及西方人的东方情结,认为小说在错综复杂的种族情爱中展现了东西方从未停止的冲撞和磨砺。龚高叶的《扶桑:从妓女到地母——浅论严歌苓对妓女形象的另一种书写》（《科技信息》2006 年第 6 期）和葛亮的《"母性"他者与东方"镜像"》（《华东理工大学学报》2006 年第 2期）也都分析了扶桑这一形象体现的东方式母性或雌性特征。朱耀龙的《爱情：一种纯真的原生美——对严歌苓小说〈扶桑〉的情感解读》（《当代文坛》2004 年第 3 期）认为严歌苓的小说中隐藏着一个秘密：人类社会的男女都渴望着一份原始的激情，那种纯粹的本能式的需求、不经人类社会文明污染的纯生物式的男女之情。另外，还有毛尊的《〈扶桑〉的叙事魅力》（《名作欣赏》2006 年第 6 期）、金琼的《谜样的扶桑与盘根错节的历史——严歌苓〈扶桑〉的文化意蕴》（《名作欣赏》2006 年 12 期）都从不同角度探讨了《扶桑》的叙事特色和文化内涵。

从总体上看，严歌苓研究的关注焦点主要有如下几个方面：一是关注重点篇目和重要人物形象，在文本细读的基础上揭示小说的思想内涵和艺术特色；二是大量运用比较文学的方法把严歌苓与其他作家进行比较研究；三是关注严歌苓小说的叙述模式和艺术技巧；四是探讨作家的文化与作品的内涵。

海外华文文学专家、博士生导师饶芃子教授指导的众多博士学位论文都涉及对严歌苓作品的研究，如：李若岚《海外华文文学中的中国想象》（2003 年）；李亚萍《20 世纪中后期美国华文文学的主题比较研究》（2004年）；陈涵平《诗学视野中的北美新华文文学的文化进程》（2005 年）；李思捷《身份书写与跨文化心态透视》（2005 年）；蒲若茜《族裔经验与文化想象》（2005 年）。另有福建师范大学陈晓晖的《当代美国华人文学中的"她"写作：对汤亭亭、谭恩美、严歌苓等华人女作家的多面分析》（2003 年）。这些论文在涉及对严歌苓的作品研究时往往是将严歌苓作为作家群中的一个代表进行新老移民的主题比较、华裔作家与华文作家的身份比较、华文女性文学之间的横向比较、海外华文文学的身份书写研究以及文化心态的分析等，从各个侧面分析探讨了严歌苓小说创作的特点和意义。

在硕士学位论文中，有的从移民作家、华裔英语作家与华文作家的比较来探讨严歌苓小说的内容题材和文化内涵，如孔祥伟的《严歌苓、虹影历史叙事之比较》（暨南大学，2005 年）和胥会云的《美国华裔英语文学与华文文学个案比较研究——汤亭亭与严歌苓》（复旦大学，2004 年）；有的从心理层面来挖掘严歌苓小说中的女性人物形象，如丁元骐的《当生活在痛苦之中——严歌苓小说中女性人物心理深层分析》（复旦大学，2004 年）；有的论文探讨严歌苓小说中的异族、异性形象，如朱耀龙的《论严歌苓汉语写作中的美国形象》（暨南大学，2004 年）和马阳的《"我"和"他们"——论严歌苓作品中异性形象的建构及其意义》（暨南大学，2007 年）；有的从审美风格、叙事语言等角度来研究小说的艺术特色，如黄河的《边缘人生的诗性言说——严歌苓小说论》（湖南师范大学，2005 年）和李芬芳的《走在双轨上的错位人生——严歌苓小说双构性叙事语言分析》（西南大学，2001 年）；还有的从移民文化和历史叙述角度来探讨严歌苓小说的文化内涵，如张莉的《异质文化语境下的严歌苓书写》（西南大学，2004 年）和朱国昌的《另一种生命表现形式——严歌苓小说论》（上海大学，2004 年）；有的论文集中于严歌苓小说的的女性书写和女性形象，如李文杰的《论严歌苓的女性写作》（山东师范大学，2007 年）、牛永勤的《严歌苓小说女性形象精神内涵及女性观》（中央民族大学，2007 年）、龚高叶的《严歌苓新移民小说中的女性生存叙事》（汕头大学，2006 年）。

第二章　跨界书写：
严歌苓小说题材的跨文化阐释

严歌苓小说题材以作家留学美国、旅居非洲为分界线，出国前的作品常常以部队生活、知青故事为主题；留美初期的创作侧重于对移民题材的书写；定居美国后创作的作品则往往是对故国及自身成长的反思；旅居非洲后，作家创作的作品则是较为纯粹的"中国书写"。综观严歌苓的小说创作，从出国前的军旅、知青题材到出国后的移民故事，从双重视角下的故国回望直至"中国书写"，其题材书写与作家的人生经历和文化身份的转变密切相关，而人性思考与女性体验则始终是贯穿如一的小说主题。

第一节　军旅与知青故事

严歌苓十二岁参军入伍，对部队生活极为熟悉，其成长期又正值"文革"的特殊历史阶段，虽然作家本人没有做过知青，但"文革"中的所见所闻以及父母的遭遇对作家的创作产生了深远的影响，因此，无论是出国前的创作还是出国后回望故土的书写，部队、知青、"文革"都是她的小说创作中不断出现的题材。

严歌苓早期的创作主要是短篇小说，从 1980 年至 1986 年，她陆续发表了短篇小说《腊姐》、《血缘》、《歌神和她的十二个月》、《芝麻官与芝麻事》，中篇小说《你跟我来，我给你水》。作家早期创作的小说题材主要集中于战场、部队、家常的故事。如《无词的歌》以回忆和现实的故事相结合，讲述在朝鲜战争中，炸伤了双眼的志愿军文工团小提琴手黎小枫被朝鲜阿妈妮救回并得到精心治疗的故事；《芝麻官与芝麻事》是关于工程指挥部的话务员女兵们与她们的班长之间的故事；《七个战士和一个零》

讲述了在海拔 5 000 米的多吉拉山的兵站，一个意外到来的姑娘和七个战士的故事；《父与女》中的小桥从小失去了母亲，与父亲相依为命，父亲为了女儿的幸福拒绝了女教师的爱情，小桥成人后才真正理解父亲为她作出的牺牲。

严歌苓早期创作的剧本和小说带有较为明显的时代痕迹和艺术局限性。从 1986 年至 1989 年，作家专注于长篇小说的创作，陆续发表了长篇小说《绿血》、《一个女兵的悄悄话》以及代表作《雌性的草地》，前两部作品的主题依然集中于部队生活，她曾因此被称为"军旅作家"；长篇小说《雌性的草地》则讲述了知青的故事，小说融入了作家独特的女性情感和生命体验，成为严歌苓出国前的小说创作的代表作。

第二节 移民题材

在作家严歌苓的移民题材书写中，既有对新移民生存状况的展现，也有因文化差异、种族隔膜而造成的精神与心理的困惑；既有新移民女性在异国婚恋中的迷失，也有早期移民的历史回顾和悲情故事。在这些移民题材的书写中，东西方文化碰撞所造成的文化、性别的冲突和复杂的人性始终是作家关注的焦点。

一、新移民的生存状况与精神困惑

1. 异国的生存困境、语言隔膜和价值冲突

新移民在中西文化的碰撞交汇中往往充满对自身身份的焦虑，以及冲破中西语言、文化的樊篱以达到和谐相处的美好心愿。《学校中的故事》是写移民生存的困境与精神追求的痛苦；《方月饼》中留学生"我"与美国女友玛雅有着完全不同的人生观和价值观；《簪花女与卖酒郎》、《栗色头发》是关于语言的障碍和种族的隔膜而造成的情感痛楚；《茉莉的最后一日》是华人推销员与白人茉莉因彼此意愿相违而造成的悲剧；《抢劫犯查理和我》中的"我"在遭遇抢劫时迷失在白人抢劫犯查理的文明气息中，以致再次遭劫；《少女小渔》以美好人性化解东西方文化的隔膜；《橙

血》写华裔移民阿贤自我族性的觉醒。这些小说通过写东方人与异族的相遇，反映了移民在生存困境、语言隔膜和价值冲突中的痛楚。

《学校中的故事》是以大学校园生活为题材的短篇小说，其中有作家留学美国时边打工边学习的真实体验和感受，"待下来，活下去"的困窘与无奈常常体现在小说中，使这篇小说成为作家真实生活的写照。小说中的"我"（李芷）是来自中国大陆的穷困留学生，一边打工一边学习，"那时，我刚到美国，整天'累呀累呀'地活"。"我不愿美国同学知道中国学生都这样一气跑十多个街口，从餐馆直接奔学校，有着该属于牲口的顽韧。"① "难道还有比凄惶地跑到美国、半老了才开始学语学步的中国人更甚的焦虑和疲惫。"② "我"的生存困境和精神追求时时发生着冲突和矛盾，选修课老师帕切克面临着与"我"同样的处境，"生活的压力与生命的尊严"时时困扰着这个作家，他执着于文学艺术，却同其他代课老师一样是个穷文人、作家，在学期结束时往往无法预知下学期是否还能拿到合同，但帕切克丝毫不会因此取悦学生，反而对待学生严厉苛刻，甚至显得偏执和怪僻。为了文学艺术创作，他最终放弃了教职，选择了生活贫困但内心充实的艺术创作之路。"我"对帕切克的选择表现出理解和欣赏，然而，面临生存的压力，"我"只能默默地认可帕切克追求艺术的精神，却无法像他一样义无反顾。"与帕切克相比，我曾经出版的那三部东西叫什么？但我比他走运，几乎所有搞文学的人都会比他走运。因为没人像他那样拿文学当真，人们搞文学是为了开心，生命是为了开心。"③

留学生身处异国他乡，时时面临文化差异和价值观念的冲击。《学校中的故事》里的"我"辛苦打工、勤奋学习只为学到更多的知识，而同学黛米却说："我凭什么要多学？""学得多或少，深或浅，我不在乎，我要学得开心！活着就是为了开心，上学也是，我花那么多钱来上学，我不该开心吗？"④《方月饼》中的"我"为了筹备中秋节聚会，用干一小时的活才能挣得的钱购买了"方月饼"，邀请在美的同胞共度中秋，然而"所有

① 严歌苓：《严歌苓文集》(5)，北京：当代世界出版社 2003 年版，第 225 页。
② 严歌苓：《严歌苓文集》(5)，北京：当代世界出版社 2003 年版，第 226 页。
③ 严歌苓：《严歌苓文集》(5)，北京：当代世界出版社 2003 年版，第 236 页。
④ 严歌苓：《严歌苓文集》(5)，北京：当代世界出版社 2003 年版，第 232 页。

人都来电话取消了聚会计划"，于是"我"邀请同屋的美国女孩玛雅共度这个中秋。然而，正如美国的月饼是方的，美国女孩玛雅无法理解"我"的思乡之情和中国神话传说，当"我"动情地对她讲起月亮里私奔的嫦娥、捣药的玉兔、伐桂的吴刚时，玛雅却认为"一男一女中间还有个兔子却谁和谁都不挨，这故事劲在哪儿？"文化背景的不同造成了理解上的阻隔，而彼此价值观念的差异则让"我"的友谊观遭到多次嘲弄："我"偶尔翻了她的报纸就被要求分担一半的订报费；"我"抱抱她的猫咪就收到一张账单；"我"在中秋佳节邀请她一起吃月饼赏月，对方却提醒"我"要分担买花的钱，原因是"我"也欣赏了她带回的花。"我"对于中秋和故乡的精神依恋与玛雅在物质层面的斤斤计较相映成趣的同时，又让人感到悲哀。"我"在异国同样看到八月十五的月亮，但"一定不是我故乡的它，一定不是我的父母十几小时前看到过的它。它很白很圆，像一枚阿司匹林大药片"①。中西文化间的巨大差异使"我"身处异域的苦闷和孤寂显得尤为沉重。

　　语言是人在社会中进行交流、表达自我的主要工具，也是一个民族的文化载体，失去了语言就会失去"存在的家"（海德格尔）以致迷失自我。移民来到一个陌生的国度，原本就对外界的种种差异具有高度的敏感，一旦无法使用所在国的语言，也就失去了交流的能力和表达自我的权利，自我的身份和内心的尊严也无从确立，由此产生精神和心理上的焦虑。《簪花女与卖酒郎》中的齐颂、《栗色头发》中的"我"都是在语言的隔膜中无比痛楚的"失语"移民。

　　《簪花女与卖酒郎》中的齐颂从中国山东刚来到美国，就邂逅了酒店伙计墨西哥小伙子卡罗斯，彼此颇有好感，但齐颂不懂得英语，只能用"是"和"不是"来回答卡罗斯的提问，两人无法交流却逐渐有了一种两情相悦的默契。此时齐颂的姨妈已在背后将齐颂卖给了他人，懂得英语的姨妈不仅掌握了话语权，而且操纵了齐颂的命运，当姨妈拉着齐颂往门外走时，齐颂不仅失去了话语权，也失去了获得爱情的机会：

---

① 严歌苓：《严歌苓文集》（5），北京：当代世界出版社 2003 年版，第 224 页。

齐颂挣着，泪快出来了："姨妈，你告诉他，我有空还来的，叫他等我！"

卡罗斯等着姨妈替他翻译，一脸生离死别的紧张。

"她说她不会再来你这儿了。"姨妈在卡罗斯肩上拍了软软一掌，完全是个慈母般的老辈儿。

卡罗斯凄惨地笑笑说："那就请告诉她……我爱她！"

这回姨妈不咬声了。

齐颂急问："姨妈，他这句说的什么？"

"说的屁话，听了要脏你的耳朵。"姨妈说。①

《簪花女与卖酒郎》中的异国男女因语言无法沟通而错失了真情，《栗色头发》中的"我"则从语言中感受到文化隔膜、种族歧视以及价值观念冲突所带来的痛楚，并因此拒绝了"栗色头发"的情感。"我"是一个刚从中国大陆来到美国留学的穷学生，虽然正在努力学习英语，但只会简单的几句话，当"我"在街头等人时，一个"栗色头发"的美国男子前来与"我"搭话，"我"无法听懂他的提问，只能以自说自话的方式来回应对方，"我"与他答非所问、文不对题的对话显得滑稽可笑：

他问：你来美国多久了，学什么？

我答：我的朋友会来接我的，谢谢你，不用你开车送我。

他说：你长得非常……特别，非常好看，我从来没见过像你这样理想的古典类型的东方女子。

我说：对呀，天是特别热。洛杉矶就是热。不过我的朋友一定会来的，你不必操心。

……

他接着说：我希望你帮个忙……

见他停顿下来，我估计他结束了句子，便根据猜测自说自话起来。到美国，十有八九人们都是问我同一些问题，所以我用不着去听就顺口背

---

① 严歌苓：《严歌苓文集》(5)，北京：当代世界出版社 2003 年版，第 219 页。

诵。我说：我来到美国一个月零七天，正在苦学英语。我大学专修中国文学，曾经学过八年舞蹈、四年芭蕾、四年中国古典舞。我把握十足地想：假如他再来下一个问题，我就答：家住北京，故乡上海，父母健在，弟兄和睦等。他苦笑起来，被语言的非交流状态折磨得很疲劳。①

　　语言是表达自我、与对方交流的主要方式。如果说白人男子与东方女子"我"的无法沟通是语言层面的障碍，那么"我"在打工经历中的种种遭遇则体现了文化、种族差异造成的隔膜和痛楚。《栗色头发》中的"我"与所有的中国大陆留学生一样"想多挣钱，少付学费，住便宜房子和吃像样的饭"②。"我"为绘画俱乐部做东方女子模特、给富裕人家当保姆、为白人老太太做护理，每次打工经历都遭遇到语言、身份和价值观念的冲击。当"我"在绘画俱乐部违心地夸奖一个坐在轮椅上的白人姑娘画得出色时，她却十分自信地笑着说："中国人长得都这样。"面对"我"这个拥有健康身体的东方女子，这个残疾姑娘依然具有足够的优越感和种族身份的自信；画廊老板以可观的价钱引诱，提出让"我"做裸体模特的要求，"我"听懂了他的英语却只能以沉默来表达内心的愤怒；"我"在白人老太太家当护士时发扬拾金不昧的传统美德，将捡到的蓝宝石戒指还给老太太，而"我"的诚实却遭到了她的质疑，"我明天把它带到首饰店去鉴定一下。不过你有把握它的确在门外草地上？"③老太太金钱至上的价值观和对中国人品行的质疑使"我"的民族尊严受到伤害，"我"不仅在实际语言的交流中无法言说自己，更因无法得到异族的价值认同而感到精神上的"失语"。"刹那间，我又回到对这种语言最初的混沌状态。我不懂它，也觉得幸而不懂它。它是一种永远使我感到遥远而陌生的语言。"④

　　"栗色头发"对"我"一往情深，"我"也已经可以用英文与他交流，但"我"却时常从他的言行中感受到种族歧视，他模仿中国人吐痰以取笑这一恶习，他认为80%的中国人不刷牙，并常常用"那个"腔调来讲中国人，

---

①　严歌苓：《严歌苓文集》（5），北京：当代世界出版社2003年版，第135页。
②　严歌苓：《严歌苓文集》（5），北京：当代世界出版社2003年版，第134页。
③　严歌苓：《严歌苓文集》（5），北京：当代世界出版社2003年版，第159页。
④　严歌苓：《严歌苓文集》（5），北京：当代世界出版社2003年版，第160页。

"栗色头发"的这些言行激发了"我"的种族意识和民族自尊，使"我"最终超越男女情感，拒绝回应他的呼唤："我正无家可归，回应他将是一种归宿。不，也许。某一天，我会回应，那将是我真正听懂这呼喊的语言的一天。"① 语言的沟通只是最初的一步，只有获得文化的认同和尊重才能真正赢得自信和尊严，从而实现不同种族、不同性别之间真正的沟通和交融。

2. 种族、性别的双重对峙

作为海外作家，严歌苓对于东方文化所处的弱势地位和边缘处境有着敏感的认知。面对强势文化，作家对东西方文化的相互沟通怀有极为复杂的心态，她一方面清醒地认识到西方文化与东方文化之间强弱地位的差距，另一方面又无法放弃自我文化与族性的坚守，于是往往在小说中安排华人与白人的异性相处，通过描写种族、性别的冲突和隔膜来呈现消除差距、达到彼此沟通的艰难。《茉莉的最后一日》写推销员郑大全与茉莉意愿相违而造成的悲剧，生活贫苦的移民郑大全靠推销为生，他需要挣回更多的钱以照顾待产的老婆，当他以苦肉计进入了茉莉的公寓后，其目的是急于推销出按摩床，而八十岁的老茉莉是一个孤寡的富婆，她放郑大全进去的目的则是"想把他制成个器皿，盛接她一肚子沤臭的话"。两个不同生活层面和文化背景的人有着完全不同的目的，这种错位使他们漠视对方的需求，结果互相伤害、两败俱伤。《抢劫犯查理和我》中的"我"在遭遇白人青年查理的抢劫时竟然爱上他那古典美的脸和抢劫时诗意般的轻柔声音，"我"不仅没有告发他，还与他约会，结果再度遭到他的抢劫。这种被劫者对抢劫者的情爱构成一种暧昧的错位关系，抢劫者的目的在于钱财，而"我"却被这个白人抢劫者在实施抢劫过程中散发的文明气息所魅惑。"我"的内心被文明的表象迷惑，甚至因情感上的欣赏和偏爱而忽视他行为本身的罪恶。《少女小渔》中为了获得绿卡而被动与意大利老头"假结婚"的小渔，则以她的善良宽容感化了猥琐失意的意大利老头，弱者小渔温情而饱满的美好人性化解了种族、文化的对立，呈现出一厢情愿的文化和解的姿态。

《橙血》中华裔移民阿贤对自我族性和生命意识的觉醒，则在一定程

---

① 严歌苓：《严歌苓文集》(5)，北京：当代世界出版社 2003 年版，第 160 页。

度上消解了西方文化的优势地位。小说讲述了七十岁的白人玛丽与四十多岁的中国男人阿贤的故事。阿贤十四岁时就跟随玛丽，并服侍这个长期坐在轮椅上的残疾老妪，他凭着智慧和勤劳帮助玛丽成功地经营着橙园。玛丽欣赏这个异国男性灵巧柔韧的手指、聪明灵活的头脑、勤劳朴实的性格，她把阿贤当作唯一可以亲近信任的人，并在遗嘱中将60%的产业划到他的名下。然而，玛丽和阿贤表面上相亲融洽的主仆关系却有着内在的种族对抗，玛丽对阿贤的喜爱和信赖是建立于自我地位的优越感和审美取向的偏执上的。在三十年的岁月里，玛丽要求阿贤一直留着东方人的长辫、身穿丝绸衣饰，在她的眼中，阿贤代表东方文化的无限魅力，她将阿贤当成了一个固定景物、一块珍奇化石，以个人的审美意愿维持阿贤在自己心目中理想的东方形象，而无视阿贤内心的真实感受。在这种主仆关系中，玛丽代表着一种西方强势，她对阿贤的喜爱和信任是一种高高在上的恩赐态度，如同她亲昵地称阿贤为"我亲爱的孩子"，其背后则是玛丽强烈的占有欲和控制欲。她将阿贤以及他研制出来的橙果视为自己的专利，不允许任何人侵犯，甚至试图主宰阿贤的思想与情感，干涉他的一言一行，这种自私专制的爱恋使阿贤无法忍受，他常常与玛丽产生矛盾和分歧，当一群中国果商来到橙园购买橙子时，极度鄙视中国人的玛丽高傲地断然拒绝，她认为"任何东西在中国人那里都会得到淹没般的繁衍"。玛丽对中国人的歧视激起了阿贤的族性意识，尤其是中国女人银好的出现唤起了阿贤的种族记忆和正常的男女情感，加速了他的自我意识和族性身份的觉醒，"他忽然意识到他大半辈子错过了什么"。当他决心挣脱禁锢自己多年的精神枷锁、寻找自由的生活时，却在逃离的夜晚中弹身亡，亲手策划这起枪杀事件的正是爱阿贤"几乎就像爱她自己"的玛丽。小说中阿贤的民族自尊心和对自我族性的确认在一定程度上消解了西方文化的强势地位，但他的觉醒和逃离最终却以悲剧作为结局，作家显然意识到面对强大的西方社会，处于弱势地位的移民在生存和精神上"无处可逃"的双重困境，小说因此呈现出作家一贯的"冷静的忧伤"①。

---

① 陈瑞琳：《冷静的忧伤——从严歌苓的创作看海外新移民文学的特质》，《华文文学》2003年第5期。

　　3. 同胞文化差异的痛楚体验

　　文化的差异不仅来自白种人，即使是移居美国的香港、台湾同胞也会因观念的西化而与来自大陆的移民产生文化的隔膜和价值观念的差异。《栗色头发》中的"我"在香港商人家做女佣时，雇主尽可能地榨取"我"的劳动力。"我"任劳任怨地辛苦干活，还要整天为一块天花板玻璃的破碎而感到愧疚不已，为了弥补这一过错，"我"更加卖力地劳动。在烹饪时，为了保护雇主的小孩，"我"的脸被严重烫伤，但"我"仍然一刻不停地忙碌，并准备拿到工资后留下赔偿费用和道歉信。到了最后"我"才得知这块玻璃在四年前就已破损，"木呆呆的我站在草地上，让泪水在我的创伤的脸上流着"，"我知道这种事谁都没错，却感到不可名状的伤害"[①]。"我"内心因责任、道义而导致的负疚感来自中国的传统美德，但在西方的现实社会中却毫无价值，不同的价值观念造成弱势一方难以言说的痛楚和伤害。

　　港台移民与大陆移民虽是同胞，但由于政治意识形态、经济发展水平以及接受西方文化影响的程度不同，尤其是移居美国后的 ABC 家庭深受西方文化影响，他们往往以俯视的姿态来看待大陆新移民。与异族之间的排斥相比，同一种族之间的歧视和偏见往往更容易激起种族身份的复杂感受和难以言明的伤痛。《大陆妹》正是呈现了台湾移民与大陆"新移民"之间的文化冲突。小说中的"大陆妹"来到美国后，住在已移民美国的台湾亲戚唐太太家，这个 ABC 家庭接受她的勤快和善解人意，但仍然对她存在种种歧视和偏见，他们让"大陆妹"用单独的大碗吃饭，"都说大陆来客一是吃得多些，二是或许有病暗里生着，大陆人活得将就，不病出来自己也不知道"[②]。他们甚至强行检查"大陆妹"的头发是否长有虱子，以防止传染。"大陆妹"教五岁的娜拉背诵古典诗歌，试图从这个小女孩背诵诗歌的声音中找到一丝共同的感受，但娜拉对"举头望明月，低头思故乡"的理解却是"故乡是 Mushroom（香菇）"。"大陆妹"在已经西化的同胞家庭中完成了身份的蜕变，她开始说"吃饭"是"毗饭"，"垃圾"是"勒

---

①　严歌苓：《严歌苓文集》（5），北京：当代世界出版社 2003 年版，第 151 页。

②　严歌苓：《严歌苓文集》（5），北京：当代世界出版社 2003 年版，第 177 页。

色"，也不再唱那些充满土腥味的山西、陕西民歌，然而这种转变的背后却是内心难以言明的挣扎和痛苦。当她得知她最喜爱的一位大陆老作家去世时，"大陆妹"泪流满面。老作家的作品可以读得出最新鲜的土腥味，而如今"一切东西都要褪尽泥腥了"，如同她自身的改变，这种对文化之根怀有无限眷恋却无法坚守的现实处境使"大陆妹"流下了痛苦的眼泪。在这篇小说中，作家严歌苓赋予了"大陆妹"以知识分子式的思考和乡愁，以此表现弱势文化中的移民被迫转变身份的伤痛，尤其是当这种转变来自于同胞的偏见时，内心的隐痛就会显得尤为凝重。小说中，"大陆妹"对于珍妮称呼"你们大陆"的内心愤慨正是作家的代言："大陆不光是我们的。什么时候成了你们、我们呢？不是这土腥的歌合成的黄土文化，生育出你我今天的国音乡韵？你的父辈离乡时太匆匆，带走的就给了你，不能带走的，便留给了我。带走的也属于我，留下的也属于你……这歌就是无垠黄土本身，是泥沙俱下的长河本身。是你所不认识的阔大不尽的穷山恶水很古很痴的抒情……"①

二、新移民的隐秘心理和丰富人性

在海外华文文学的众多移民题材中，严歌苓的移民小说有着突出的特点，作家往往以移民在异族处境中的本能欲望和性爱心理作为切入点，揭示移民的深层心理和复杂人性，如《女房东》、《阿曼达》、《海那边》等。从精神分析学的角度来讲，人的欲望和性意识是原始的本能，当这种本能与身处异国的孤独处境结合在一起时，往往呈现出隐秘的心理和复杂的心态。

严歌苓在《女房东》中以极为细腻的笔触刻画了人物的深层心理。来自中国大陆的四十八岁的老柴被老婆抛弃后，租住在沃克太太家，两人住在一栋楼里却从未谋面，每次都因机缘巧合而失之交臂，无法见面的神秘引发了老柴内心隐秘的欲望，他常常依靠女主人在客厅、浴室的物件来寻找她的印迹，猜测、想象着女房东的形象，于是，一晕浅红、朦胧湿润的

---

① 严歌苓：《严歌苓文集》（5），北京：当代世界出版社2003年版，第179页。

纸巾，镜框中的相片，沙发上被摞到一侧的靠枕，带月牙儿型浅红唇膏印痕的杯子都能诱发老柴产生种种的性爱幻想，他甚至偷偷地藏起了沃克太太的粉色衬裙，这件粉色衬裙一度不翼而飞，然后又失而复得，老柴始终不知道是自己疏忽大意还是沃克太太有意为之，粉色衬裙的行踪成了一个谜，如同两人之间无法相见的扑朔迷离。在小说结尾，他们终于有了见面的机会，但沃克太太却陷入昏迷之中，楼梯一片漆黑，老柴最终仍然没有真正见到女房东的面貌。小说中故事的奇特和性心理的隐秘形成丰富的意象和独特的艺术韵味，而老柴与神秘房东沃克太太始终无法见面，则构成了东西方、男女间无法真正沟通的隐喻。在《阿曼达》中，来到美国的杨志斌是妻子韩森的"陪读"，妻子已进入主流社会工作，而他则只能在边缘处境中打工，经济能力的差距使他不得不生活在妻子的保护下，这使他作为男人竟然在和妻子做爱时"不行"，只有在与需要他教授中文的阿曼达约会时才具有激情，这种不可思议的情欲导致他最终走入了他人设置的圈套。在这篇小说中，男性的生理欲望不仅仅是单纯的本能，而且还与经济地位、社会身份等价值标准密切相连，尤其是处于西方物质理性主义的社会氛围中，东方男性丧失了他的生存根基和价值地位，陷入了身体和心理的双重弱势处境。

《海那边》中痴傻忠诚的伙计泡是中餐馆老板王先生的仆人，王先生一向以泡的保护者自居，他希望脑筋伤残的泡"能够像头阉牲口那样太太平平活到死"，不要有任何正常人的意识和需求。没有取得移民身份的李迈克来到餐馆打工，李迈克在孤寂的漂泊中对泡的处境怀有深切的同情，他用一张捡来的女明星照片为泡制造了一个虚幻的梦境，他骗泡说女孩在"海那边"的大陆等着嫁给他，泡因此被唤起了潜在的性本能和情感意识。王先生对李迈克的行为和泡的变化极为不满，他向移民局告发了没有身份的李迈克，当李迈克被递解出境时，泡的情欲幻想和美好梦境也随之破灭，一向顺从听话的泡将王先生关在冷库里冻成"挺拔的人体雕像"。《海那边》具有耐人寻味的丰富旨意，给人以新的阅读感受。小说中，即使像泡这样的脑筋伤残者也同样拥有旺盛的生命力，王先生以泡的脑筋伤残为理由压抑他的本能需求，是以社会构架中的标准控制人之天性，这种无视个人的基本欲求和心理需要的行为只能换来无情的仇杀。从心理层面来讲，李迈克是一个具有正常身心需求的男子，却因独自身处异乡而逐渐走向迷茫，即使他怀揣着妻女的照片也无法获得确认自我的力量。当他以一张照片唤醒了泡的欲望本能和情感意识时，痴傻的泡在他制造的幻想中寻找到了正常的身心需求，而这种幻想所呈现出来的巨大力量，在很大程度上给了李迈克用幻想对抗现实、防止自我麻木的信心和勇气，他对王先生的坚定拒绝正是对这种幻想力量的维护，这种力量不仅唤起了泡的希望，也是李迈克在困境中坚守下去的精神支撑。移民面对残酷的生存处境和精神困惑，只有依靠幻想来确认自我身心的正常，这是生存和精神的双重痛楚与悲哀。作家严歌苓以一个中国海外移民的视角来观照移民的本能需要和精神状态，她对移民心态的犀利洞察，使人性的揭示具有了相当的深度和广度。

《拉斯维加斯的谜语》则揭示了移民在异国文化中，本能欲望与自我要求之间的碰撞导致的变异。六十五岁的老薛是一个极为规矩本分的化学教师，在一次赴美考察时，他亲身体验了赌城拉斯维加斯的赌局，原本勤俭朴实的老薛瞬间就被赌博唤醒了灵魂深处的欲望，为了筹集赌资，留在美国的老薛蒙骗亲朋好友、在寒风凛冽的大街上发广告、节衣缩食地省钱，然而他嗜赌成瘾却又不是为了金钱的输赢，他在赌博过程中绝对的专注神情、彻底的忘我境界以及有条不紊的操作动作，更像是在兢兢业业地从事一种职业："如此一个清教徒般的赌棍，使赌博原本所具有的放荡和纵容，以及一切罪恶成分都发生了变化。"① 老薛这种无目的、无休止的赌博行为其实是他在国内走过的人生轨迹与赌博本身所代表的西方文化相碰撞的结果。老薛在国内是一个勤俭理性、一生规矩的老师，社会准则使他要求自己的一切行为都应找到价值和意义，即使是娱乐也不例外。平淡自律的生活和工作几乎消磨了他本性中放纵自我、向往快乐的欲望，而赌博则正是代表奢华放纵的娱乐，当西方娱乐城拉斯维加斯诱发了老薛沉睡心底的本能欲望时，他一方面无法抗拒这种诱惑，另一方面又无法摆脱长期"正经化"的人格品性，于是本性中的嗜赌欲望与他长期对自我的内在要求形成了碰撞，致使老薛将原本是奢侈娱乐的赌博变成了磨炼意志的事业。长期被压抑快乐本能的老薛，已经无法完全沉醉于赌博的纯粹娱乐

---

① 严歌苓：《严歌苓文集》（6），北京：当代世界出版社2003年版，第315页。

中，他在东方的品性与西方的娱乐之间成为一个清教徒般的赌棍，一个矛盾体中的"拉斯维加斯的谜语"。

三、新移民女性在婚恋中的情感迷失

1. 异国婚姻中的母子情爱

短篇小说《约会》、《红罗裙》和长篇小说《花儿与少年》则是三个相通的故事，都是讲述年轻的中国母亲带着儿子嫁给年长的美国华裔老头的故事。在这些小说中，作家关注的并不是异国婚恋本身，而是以隐秘的心理和复杂的人性作为探寻的主旨，揭示母子关系在异国婚姻的情感迷失中承载的复杂情爱。

五娟（《约会》）、海云（《红罗裙》）和徐晚江（《花儿与少年》）为了现实的种种考虑嫁给了美国华裔老头，她们的跨国婚姻往往只是改变生活状况的工具，这种满足彼此现实需求的交易式的婚姻无法拥有两情相悦的爱情。五娟是为了儿子才嫁到美国，丈夫没有给予她尊重和自由；海云也只是把丈夫看作自己和儿子的经济来源和生存依靠，丈夫则把海云看成从中国大陆贩来的"货"，信任和关怀无从谈起；徐晚江则在维护现实的无爱婚姻时，暗中关爱着儿子和前夫，幻想着有朝一日重新回归曾经的家庭生活。她们在交易式的婚姻和无爱家庭中都有一颗孤寂的心灵，身处异国他乡更是加深了这种孤独无助，只有儿子成为她们唯一的情感支撑。母子间的真诚关心给她们的人生带来一丝亮色，这使她们将青春尚存的生命活力和雌性之爱全都寄托在儿子身上，于是年少英俊的儿子与成熟温柔的母亲既是血缘关系的母子，也是一对彼此吸引的异性，母亲与儿子成为最为亲密的朋友、亲人甚至恋人。这种暧昧难明的母子、男女关系，既具有一般意义上的恋母情结和畸恋心理，又呈现出人性在异族语境下复杂而丰富的内涵。

从哲学意义的层面来讲，人的需求分为几个层次，首先是生理、安全感的需求，其次是情感、精神的需求，最后是自身价值和生命意义被实现的需求。这些异国婚姻中的女性似乎都无法在这几个层次的需求上得到满足：异国的陌生和异族人的冷漠让她们缺乏安全感，老夫少妻的年龄差距

使她们不能享受正常的性爱生活，交易式的婚姻又无法使她们获得情感的满足，而在经济上依赖丈夫的家庭主妇身份，更使其自我价值的实现无从谈起。在重重的恐惧和无助中，只有母子间的血缘关系和相依为命的情感联系能够让她们确立自我的存在，找到心灵的依靠与安慰。她们贪恋着血缘产生的亲切和信赖，从身到心与儿子不可分离。当儿子成为异国丈夫眼中的障碍并被迫搬离家庭时，这种身体上的分离不仅无法割裂亲情，而且加剧了母子间的守望：五娟将每周与儿子晓峰的见面看成是她唯一的希望和快乐，徐晚江则每天借跑步半小时的自由时光与儿子偷偷会面。在陌生的异国和无爱的婚姻中，母子血缘的联系显得格外牢固和异常珍贵。儿子成为母亲情感的寄托，母亲则可以与儿子亲密无间地交谈、相处甚至撒娇，这种超越了一般母子的依恋关系将亲情、感情、性爱融为了一体。《红罗裙》较为典型地体现了这种复杂情感的融合。

《红罗裙》精心设计了海云与儿子健将、丈夫周先生、继子卡罗之间微妙的关系。三十七岁的海云嫁给了七十二岁的华裔律师周先生，周先生与美国前妻生下的混血儿卡罗也与他们住一起。卡罗爱上年轻的继母，于是四个人之间形成一种微妙的关系。

作为女性，海云的爱情世界一直是有所缺憾的，儿子健将则始终是她情感上的唯一寄托，这使母子情感承载了亲情之外的情爱分量。海云十四五岁时爱上一个篮球中锋，后来却嫁给了一个少校，"海云没爱过那个中级军官，嫁他是为了好有个儿子。来的还真是个儿子，那以后她就再也忍受不住少校那带有牲口哨青味的吻"[①]。这个儿子与自己的亲生父亲并不相像，却酷似海云少年时暗恋的篮球中锋，因此少校丈夫的死不仅没有让海云悲伤，反而成为她"黑洞洞的心底的一个期盼"。为了儿子能在国外有出息，她带着儿子健将嫁到了美国，住进宽敞的一五〇城堡里，手指上还戴上了"小灯泡一般晶闪"的钻戒。但在冷冰冰的家庭城堡里，充足的物质生活并不能弥补无爱的婚姻，海云的爱情世界依然是一片空白。她的生命寄托和情感安慰只有儿子健将，她与儿子在生活中的亲密程度似乎承载了母子亲情之外的更多情感，甚至包括微妙的性爱感受。卡罗对海云的爱

---

① 严歌苓：《严歌苓文集》(5)，北京：当代世界出版社 2003 年版，第 200 页。

恋也不足以减少海云对儿子的情感，她甚至常常暗中比较，对卡罗在生活和精神上的优越产生恨意，为儿子健将感到不平。尤其是当周先生父子与健将发生矛盾时，海云像一头发怒的母狮，以她原始的母性拼死保护自己的儿子，即使爆发剧烈的家庭争斗也在所不惜，海云对儿子的母爱、情爱包含着复杂的情感和不可替代的分量。

儿子健将同样心痛、爱恋母亲，他时时以保护母亲为责任，处处为母亲感到不平。他享受着海云在他面前半是撒娇、半是亲昵地称他为"小死人"的感觉。在平时的生活中，他耐心地陪母亲逛街，常常细心地为她整理衣饰，"熟练地替母亲系上带子，又伸手到裙子里面，去抻平贴身的衬裙，他这套动作十分麻利灵巧，一看便知是常常做，彻底懂得了女性着衣要领和窍门"①。他被母亲试穿太阳裙时的美丽震惊，母亲却因裙子价格昂贵而心存顾虑。他逃学几个星期打工挣钱，为母亲买下了这条裙子。当海云听到儿子不经意地说出打工挣钱的艰辛时，这件"夕照红的太阳裙"不仅照亮了海云三十七岁年轻的脸，更激起了海云内心的雌性欲望："海云这时已剥下了衣服，欲试新装，几乎裸出大半个身体。听儿子讲到此，她眼眶一胀，两大注眼泪倾出来。她不知低吟了句什么，将儿子搂进怀里——她那原始的雌性胸怀里。儿子在她赤裸的乳房间一动不动，她又感到十年前那种拥有，这种拥有感将支撑往后她与儿子的长相别。"② 在陌生的异国、无爱的婚姻中，只有儿子使她获得了自我的确认和心灵的安慰，这种相依为命的亲情和雌性的本能融合在一起，构成了母子情感的丰富内涵，这种特殊的亲情因融合了母爱、情爱、性爱等多种因素而显得尤为沉重。

作家通过异国婚姻中的母子相依呈现出血缘与亲情在女性生存和情感上的意义。同时，作为一位女性作家，严歌苓对于女性的宿命怀有深切的体悟。小说中的海云自主选择了两次婚姻，并走出国门嫁到了国外，与儿子相伴相守来对抗孤独。然而，当儿子最终被继父送往寄宿学校，卡罗也离开了家庭时，海云终于意识到健将和卡罗都不会再回来，"外面多大，

---

① 严歌苓：《严歌苓文集》(5)，北京：当代世界出版社 2003 年版，第 204 页。
② 严歌苓：《严歌苓文集》(5)，北京：当代世界出版社 2003 年版，第 211 页。

多好"。作为女性，她只能在冰冷的城堡中独自守望，"海云什么也不去想，不去想卡罗，不去想健将，更不去想她爱过的篮球中锋和没爱过的少校"①。生命中的这些男人曾经带给她爱情、亲情和温情，最终却都无法成为她真正的心灵归宿，无所希望的海云在丈夫难得一次的性爱中"隐隐听见卡罗那到处是断裂的钢琴声"。海云对自我宿命的妥协毕竟伴随着心灵的裂痛，即使走过了千山万水、走进了异国他乡，她也只能承受独自守望的宿命和难以言说的隐痛。对于女性而言，"飞翔的翅膀总要在现实的泥沼中沉沦，追寻后的归宿总是回到原来出发的那一点，于是幽禁中守望的姿势成为女性宿命的姿势"②。

　　2. 移民女性的情感体验

　　在作家以女性的异国婚恋为题材的小说中，既有夹杂于过往与现实的情感故事《人寰》，也有改编自亲身经历的异国婚恋故事《无出路咖啡馆》，以及听来的故事《也是亚当，也是夏娃》。在这些移民女性的婚恋故事中，性别往往与种族、文化混杂在一起，呈现出婚恋故事的多重含义，同时，严歌苓在经历了东西方文化碰撞后，一定程度上吸收了西方世界有关"人"、女性的价值观，这使她能以东西方交融的双重视野书写移民女性的情感体验。

　　长篇小说《人寰》中的"我"是一个移民美国的四十五岁女博士生，一个离过婚的中年女子。因心理和精神的困惑，"我"以西方式的"talk out"寻求心理治疗，对心理医生叙说自己曾经在中国经历的两个具有传统情结的故事以及在美国的一段异国之恋：贺一骑与"我"父亲之间施恩与报恩的不正常友谊；少女时期的"我"对父亲的朋友贺一骑的暗恋；移民的"我"与年长的美国教授舒茨之间的恋情。作家在小说中以一贯的女性立场书写"性"，"我认为能写好性爱的作家所写的爱情是最具有深度、力度的。这样的作家是最懂人性，最坦诚，最哲思的"③。同时以东西方的双重视域探讨与"性"有关的政治和伦理问题，这使小说中少女时期的

---

①　严歌苓：《严歌苓文集》(5)，北京：当代世界出版社 2003 年版，第 212 页。

②　费勇：《幽禁中的守望与浮世里的追寻——凌叔华〈绣枕〉与严歌苓〈红罗裙〉》，《小说评论》1999 年第 4 期。

③　严歌苓：《波西米亚楼》，北京：当代世界出版社 2001 年版，第 120 页。

"我"与贺叔叔、成年之后的"我"与舒茨的故事充满暧昧难明的丰富
意象。

贺一骑与"我"爸爸的故事反映了特定历史时期的友谊和道德，他们
既是能够彼此理解的精神安慰者，又是互相利用的亲密"朋友"。两个男
人的友谊"向来就存在着一点儿轻微的无耻"。父亲在"文革"时借助贺
一骑的政治地位和权力躲过了政治灾难，在乱世中获得了生存的保障和人
身安全；贺一骑则利用父亲的感恩心理和写作才华为他辛苦地写作出书，
并博取名声。当贺一骑陷入政治风暴被批斗时，父亲在大庭广众之下打了
贺一骑一记响亮的耳光，以化解被利用的屈辱感，但也因此在内心留下了
深深的悔恨和伤痕。当历史回归平静，贺一骑原谅了父亲，两人重归于
好，父亲带着赎罪的心理继续为贺一骑著书立说，比以前更加尽心尽力，
甚至透支健康也在所不惜。贺一骑与"我"爸爸之间在施恩与受恩、宽恕
与赎罪之间建立起极不正常的友谊。贺一骑对权势和知识分子的心理的巧
妙利用充满强者的世故，而父亲对于权势的依赖、妥协以及廉价的感恩之
心则透视出一种极为独特的中国知识分子的心理和道德观念。

"我"在成长时期对于贺叔叔的爱慕则夹杂着情欲和权势的多重旨意。
女性情爱应是最具有个人化意义的审美情感，然而在社会意识形态的调教
下，女性的情爱已不仅仅是私人化欲望，而是承载了政治、历史赋予的审
美意义。少女时期的"我"从六岁起便崇拜、暗恋父亲的朋友贺一骑，这
份爱在"我"六岁至二十九岁的成长历程中始终萦绕着"我"的生活。
"我"对贺叔叔的爱固然有少女在成长时期的情欲萌动，但更多带有当时
社会政治环境的烙印："爱不爱他不取决于我个人的好恶、情趣，取决于
时代和理想。没有这理想，或许他连英俊都没有。理想给了我们成见、审
美。他眉宇间的正气，嘴唇的刚毅，前额的胜利和征服感，愈老，这些美
的特征愈显著。他是九亿中国农民优越长处的集合。然后经过过滤、打
磨、抛光和精炼。"① 社会政治形态和时代的理想形成了少女的爱情观，
"我"爱贺叔叔不再是个人化的情感需求，而是"红旗下的情感教育"②

---

① 严歌苓：《严歌苓文集》(2)，北京：当代世界出版社 2003 年版，第 159 页。
② 康正果：《红旗下的情感教育——说〈人寰〉》，《小说评论》2001 年第 4 期。

造就的结果。对于贺叔叔和父亲的私人恩怨，"我"既为父亲感到屈辱，又为他打出的那一记耳光而感到羞愧。"我"对贺叔叔的情感因此掺杂着一丝引诱的报复和为父亲赎罪的复杂心理，但这些仍然不能遮挡"我"爱慕权力赋予他的魅力。他处世的圆滑和世故虽然有种轻微的无耻，但他身上体现的强者的权力却让少女时期的"我"充满被征服的渴望。这种夹杂着强权和情欲的不正常情感不仅让少女时期的"我"深陷其中，且一直在"我"的情感生命中延续，以至于"我"在经历与舒茨的异族之恋时，依然能强烈地意识到自我情感的非正常性，这也正是"我"产生困惑并寻找心理治疗的原因。

小说中的"我"接受了年长的美国教授舒茨的引诱，一半是出于被迫，一半却是出于自愿，因为他掌握的一个讲师空缺的名额可以让"我"获得生活的保障，他对"我"的关心也在一定程度上缓解了"我"的孤独和焦虑，这种情感带有利用的目的，即使随后"我"与舒茨产生了真正的感情，但这份情感的源头仍然使"我"感到深深的困扰。"我"一边回顾年少时的情感历程，一边经历现实中的情感生活，在对医生不断的倾诉中逐渐寻求到了答案：在"我"从一个天真无邪的六岁"小女孩"成长为一个四十五岁的成熟"女人"的历程中，父亲与贺一骑、"我"与贺叔叔之间的不正常情感一直影响着"我"的生命，即使多年以后身处大洋彼岸，舒茨与"我"的恋情也依然难以逃脱强者与弱者之间征服与被征服的情感关系，"我"对舒茨的情感既有当年"我"暗恋贺叔叔时对强者、权力的信赖和崇拜，也有"无法破除我爸爸、我祖父的给予。那奴性、廉价的感恩之心，一文不值的永久的忏悔"。这种对自我情感的认识和醒悟让"我"终于找到了问题的症结，渴望做个"正常的人"的"我"从此离开了舒茨，并结束了心理医生的治疗。

应该说作家在小说《人寰》中以西方现代文化的视角来审视东方国土上发生的友谊、道德和情爱故事，这是东西方文化的碰撞和交融赋予作家的双重视野，但这两种文化和视野并未完全调和，甚至时常发生矛盾，正如"我"在小说中以不太流利的英语讲述中文故事时，常常对异国语言与真实自我的差距有着高度的敏感："讲英文的我是一个不同的人"、"另一种语言含有我的另一个人格"、"我常常感到我在英文中的人格与人性是多么不同"。于是，西方的视角和语言并未真实地展现东方故事中的伦理道德，却在重新叙述的过程中揭示了超越东西方文化的深刻人性。

小说中"我"与贺叔叔、舒茨之间的性爱故事是呈现政治和人性的切入点，严歌苓曾希望自己以最不保守、最无偏见的态度去写一部情爱小说，《人寰》的题材应是一个不错的选择，然而作家在创作时仍然心存顾虑。她曾在一次演讲中谈道："《人寰》这个作品在开始写作时是不保守的，可我感到读者可能会把小说中的'我'和我联系起来，所以作了些割舍。不然，它是一个不错的机会：一个女人对一个心理医生讲自己的感情史和心灵史，应该更坦诚些。所以我意识到，即使有艺术形式的保护，艺术家做到坦诚也是不容易的。"① 身处大洋彼岸的作家严歌苓依然不能做一个真正自由的作家，这种创作上的顾虑形成了小说《人寰》模糊暧昧的审美特色，同时也在一定程度上造成了小说解读的难度，影响了作品的可读性。

《无出路咖啡馆》则是作家根据自己的亲身经历改编而成的一部作品。小说讲述了中国留学生"我"与美国外交官安德烈·戴维斯之间的爱情故事。小说中的白人外交官安德烈对"我"这个中国留学生的关心和帮助既有实际生活的照顾，也有精神层面的尊重。他定期寄来支票，他记得"我"不喜欢吃的东西，他甚至为了"我"免受测谎试验的羞辱，辞去了外交官的工作，他在默默中为"我"所做的一切使"我"感到欣慰和感动。然而，"我"却仍然感受到安德烈对"我"的爱似乎更多是出于强者对弱者的施舍和保护，他和福茨、牧师夫妇这些美国人一样，把"我"看作是从箩筐里漂来的孩子，在等待他们的拯救，这种情感来自西方的人道主义精神和救赎心理。而"我"却渴望一种平等意义上的爱情。当"我"意识到因安德烈与"我"之间的强弱差距不可能实现男女情感的平等时，"我"最终放弃了安德烈，以回归贫困和孤独的处境换取生命的尊严。

严歌苓在她的散文《FBI 监视下的婚姻》中曾回顾自己与白人丈夫 Lawrence 的婚恋经历。她的丈夫曾是一位美国外交官，美国法律规定外交官不允许与来自共产主义国家的人结婚，于是他们受到了 FBI（联邦调查

---

① 严歌苓:《波西米亚楼》，北京：当代世界出版社 2001 年版，第 120 页。

局）的调查，Lawrence 为了使严歌苓免受各种调查骚扰以及测谎试验的羞辱，愤然辞去了外交官的职务。他们于 1992 年在美国结婚并定居旧金山，直至 2004 年其夫才重新成为外交官并被派往美国驻尼日利亚大使馆工作。严歌苓与丈夫作为来自两种不同的文化背景下的夫妻，两人之间同样经历了文化差异和思想观念的磨合。在一些访谈中，作家严歌苓曾毫无隐讳地谈到她与丈夫之间因文化差异造成的交流障碍，但与小说不同的是，他们经受了这种差异的考验，在十几年的婚姻生活中彼此理解包容，至今仍感情稳定。小说《无出路咖啡馆》中的故事既是作家自身经历的写照，也有虚构的成分，但作品中因文化冲突造成的伤痛则是作家心中真实的感受。

《也是亚当，也是夏娃》中借腹生子的故事是作家根据一个听来的真实故事改编而成的。"我"（夏娃）是一个离婚、失业、贫困的中国女人，亚当则是一个富有、高雅、英俊的西方男人。他是一个同性恋者，为了尽到家族繁衍的责任，他以五万美元与"我"这个东方女人达成交易，用试管注入的方式让"我"为他生下了女孩菲比，西方的亚当和东方的夏娃在重重的矛盾中组成了一个似是而非的家庭。

严歌苓的小说始终在思考笔下的女性人物在异国文化冲击下的情感出路。《也是亚当，也是夏娃》中的"我"是一个失婚的女性，被"M"抛弃之后，"我"一直在寻找新的认同和归属。在与亚当的交易中，"我"曾对妻子、母亲的身份产生过幻想："或许他对孩子的这份爱最终会纳我于内，他的富有、英俊、智慧最终会令我有一个归属。"然而同性恋者亚当对女性毫无兴趣，尤其是"我"所代表的"没有质量"的人种常常会遭到亚当极具优越感的轻蔑，他对"我"充满怀疑和不信任，甚至在房内安装监视器监视"我"的一举一动。"我"所幻想的亚当"妻子"、菲比母亲的身份也无法在现实中得以实现。当合同完成后，"我"又面临着与女儿分别的痛苦。作为女性，"我"既失去了哪怕是虚幻的妻子、情人的身份，也失去了抚养孩子的权利，更为不幸的是美丽的混血女儿菲比先天丧失免疫力。在经历了巨大的心灵伤痛之后，"我"不得不接受亚当的请求，重新回到这个无以命名的婚姻中，与他共同担负起照顾这个弱小生命的责任，为此"我"甚至放弃了正常恋爱、走入婚姻殿堂的机会。虽然菲比最终还是死去了，亚当却因此对"我"有了新的认识和理解。

在小说《也是亚当，也是夏娃》中，"我"这个东方女性虽沦落到撕下尊严进行生殖交易的地步，但在与亚当相处并履行生殖责任的过程中，"我"仍然以东方价值观所认同的妻子（家庭伦理）、母亲（血缘亲情）、情人（情感相依）的身份对待亚当和孩子，尽职尽责地履行责任和义务，并常常投入真实的情感，忘记了自己只是一纸契约中的角色。随着孩子的去世，"我"也同时失去了女性的三种身份，但"我"与亚当在完成契约的过程中，经历了共同的生命经历和情感磨合，"我"的东方情感和伦理观念最终使亚当认可并接受。于是，西方的亚当与东方的夏娃成为相处愉快的亲密朋友，这是东方伦理观念与西方契约关系相互较量的结局，两种文化因此有了相互接受的可能。而作为女性的"我"则获得了情感意义上的真正命名："伊娃这名字从认识他之后就成了我的真名字，这么多年下来，它理直气壮地获得了重新命名我的权力。它有足够的理由使我承认它，作为一个永久性的名字。"[1] 严歌苓的移民小说往往呈现出异族男女双方的差异和无法完全融合的忧伤。而在小说《也是亚当，也是夏娃》中，种族和性别的双重身份似乎得到了确认，这个悲情故事因此有了些许亮色。或许在逐步融入西方的过程中，作家对东西方的情感碰撞多了几分清醒和理性，她既在一定程度上接受了西方式的情感态度，又维护了自我原有的情感属性。然而，小说中的"我"在争取认同的过程中所付出的艰辛和隐忍依然传达出作家在身份认同中的种种焦虑，以及文化认同危机中的困惑与思考。

四、早期移民的历史回顾与悲情故事

小说《扶桑》、《魔旦》、《风筝歌》对早期移民的生活状况进行了历史回顾，并以异国恋情的故事展现性别、种族的冲突矛盾，这些小说往往呈现出作家在强烈的种族意识下，对文化隔膜的悲观情结和对自我族性的卑微坚守。

《扶桑》讲述了一百多年前的东方妓女扶桑与美国男孩克里斯的爱

---

① 严歌苓：《严歌苓文集》（7），北京：当代世界出版社 2003 年版，第 220 页。

情故事。为了创作这篇小说，作家花了四年时间查阅了一百多本有关华人移民的史书，收集了大量的移民史料，这使她在小说中能够真实地展示早期移民悲惨的生存状况以及遭受的种族歧视。有评论认为："她从中西文化的对话与冲撞的背景下生动展示了海外中国人的生活传奇"，"展示出海外题材创作的新空间"。作家在小说中塑造的"地母"扶桑这一女性形象具有丰富的东方文化内涵，她的宽容忍耐以及谜一样的东方魅力使美国白人男子克里斯为之痴迷终身，她对克里斯的最终拒绝则在一定程度上呈现出对自我族性的坚守，小说中的爱情故事和人物因此具有浓厚的象征意味。

　　作家在《魔旦》中的异族恋情、性别暧昧以及移民史混合在一起形成层层隐喻。《魔旦》讲述的是一个发生在旧金山唐人街的故事，叙事者"我"偶然在唐人街"中国移民历史博物院"发现了一个奥妙的故事，随着"我"同博物馆看守老人的交谈，"我"对故事和人物的想象逐渐展开：美国男子奥古斯特迷恋上了十七岁的粤剧名旦阿玫，而阿玫却与一个"大人物"的情妇中国女子芬芳相爱，奥古斯特百般无奈，决定带阿玫离家出走，最后却死于神秘的暗杀。小说中阿玫身为男子，但在剧中的旦角却是女性身份，奥古斯特对戏中、戏外的阿玫的恋情使性别的界限含混不清。阿玫与芬芳相恋则在同族女性身上找到了自我性别、族性的确认。小说中性别身份的暧昧和种族恋情的迷失与唐人街的历史一起构成种种隐喻。

　　《风筝歌》中的混血女孩英英与流浪汉肯特的故事同样发生在唐人街，这是一个由于不同文化之间的相互吸引而造成情爱错位的悲剧。唐人街梅老板的女儿英英爱上了流浪汉肯特，并甘心放弃安逸舒适、备受宠爱的生活，追随肯特四处流浪漂泊，但英英最终被肯特抛弃，沦落为穿着"80%的肉体露在外面的服饰"上台表演的马戏团"溜冰皇后"。英英原本是一个天真纯洁、温良踏实的中国式女孩，她虽然出生在一个中西结合的家庭，但传统保守、刻板的父亲梅老板主宰着家庭，父亲具有绝对的权威，对她宠爱有加。流浪汉肯特的到来则让英英看到了另一个不同的世界，肯特身上"一种生动，一种恰到好处的崛凝的俏皮，无法设防的危险性"深深吸引了英英，肯特也从中国家庭中的英英身上看到一种新鲜的女性特质，两人因彼此的不同而相互迷恋。英英舍弃温馨的家庭追随流浪汉肯特，这种行为与母亲海伦当年的选择如出一辙，海伦曾为了爱情背叛了家庭和种族，从小镇出走嫁给了年长她二十岁的华人梅老板。20 年后，她的混血女儿作出了同样的选择。母女两代都因异性的文化差异造成爱情的盲目，即使背叛种族和家人也在所不惜。但英英没有母亲幸运，"对任何东西都不想永久占有"的流浪汉肯特不可能有华人梅老板的责任感和担当，他把"英英"两个奇怪、古老的中国文字刻在胸口后便离她而去，英英不仅失去了爱情，也失去了自己的家庭、族群以及曾经拥有的宠爱和保护。以前每逢她的生日，宠爱她的父亲都会为她在唐人街放飞一只带歌的风筝，而三十来岁的她独自抽烟时"看见一只风筝在海天之间。那是一只大雁形的风筝，女郎想起今天是自己的生日"①。这个发生在唐人街的悲情故事不仅表现出女性对于爱情的误读，也呈现出不同文化背景下的异族男女真正相爱的艰难。严歌苓对于不同文化的异族男女之间的情爱和婚姻始终抱有悲观的态度，无论是早期移民中的扶桑与克里斯，还是新移民中的奥古斯特与阿玫、肯特和英英，这些男女故事最终都成为不同种族和文化冲突中的情感悲剧。

作家在小说中常常有意安排本族边缘人与异族"他者"相遇的机会，且往往是中国女性与美国男性的故事，中国女性/弱者与美国男性/强者对应中美关系，形成一种寓言式的结构，这种性别、种族的对应结构在其他留学生文学中也经常出现。但值得注意的是，严歌苓在移民题材的书写中往往采用独特的书写策略："他者"与"自塑"形象同为边缘人。小说中的"自塑"形象有的是来自中国大陆穷困的留学生或新移民，有的是移民史中地位低贱的人物，有的则是处于弱势地位的华裔，这些人物在异族的生存中无疑都是种族、文化、经济上的边缘者。而小说中的"他者"形象则往往是贫困者、衰老者、同性恋者、精神病患者、罪犯，这些异族"他者"虽身处西方社会，但同样属于边缘族群和弱势群体。这种书写策略在一定程度上缓解了强弱之间的巨大差异所造成的焦虑和紧张，成为弱势方无法走近强势者的自我安慰，同时，这种同为弱者的书写策略也使异质文

---

① 严歌苓：《严歌苓文集》（7），北京：当代世界出版社 2003 年版，第 217 页。

化间的平等对话成为可能。

　　作家严歌苓在小说中往往以"平常心"塑造同性恋这一独特的人物群体，这种平实观念是作家在现实中经历思想碰撞后的巨大转变，严歌苓曾谈到自己初来美国时，对同性恋者仍然怀有一种偏见，为此曾受到白人同学的批判，他们认为对同性恋者、黑人、躯体畸形者的歧视是一种无知和偏见。作家在接受西方观念的过程中逐渐反思自己以前的价值判断，尤其是当自己也遭遇了同性恋者的爱慕时，她对于同性恋者的认识发生了很大转变，从开始的排斥和恶心到后来的同情和理解。"我意识到自己以前对同性恋的看法是错误的，它并不都是病态、变态的。还有一个很有意思的事情就是我所居住的旧金山就是全美的同性恋大本营，同性恋的比例高达25%。如果我对这件事不能转变态度的话，就没法在那里生活下去。有时候我跟先生走在街上，我跟他说，你看那个男的多讨厌，老盯着我看！我先生却说，你别自作多情，他看的是我！"① 异国的生活经历和各种观念无疑对作家严歌苓的观念产生了冲击和影响，她笔下的同性恋题材的作品也因此成为"最干净的同性恋小说"。

第三节　"回归"题材

　　在经历了移民题材的书写后，严歌苓的小说创作逐渐回归大陆题材，形成身在北美却书写中国故事和大陆历史的写作特点。严歌苓出生于20世纪50年代末，其成长期经历了"文革"动荡的岁月，又见证了经济贫困时期以及改革开放等历史事件。故国的经历在经过岁月的沉淀之后成为作家回望故土的小说题材，其中既有家常故事和"文革"叙事，也有自我成长的记忆和女性命运的书写，这些题材是作家经历了移民体验、文化冲突之后，对大陆故事和自我成长经历的重新理解和记忆，具有开阔的视野和独特的角度，作家对人性的思考和探寻依然贯穿其中。

---

① 朱沿华：《最干净的同性恋小说》，《新闻周刊》2002 年第 18 期。

一、家常故事

（一）贫困人生

作家在回望故国题材的书写中，创作了一系列以平民的家常故事为题材的小说。作家移居海外后，对生存之痛有了更为透彻的理解，而时空导致的心理距离则使她在表现故国普通人的生存困境和真实人性时，既不是直接的揭露批判，也不是强烈的控诉，而是以平和的叙述语调展现人物在艰难生活中的生存痛苦和精神困惑，有时甚至以一种调侃的语调呈现贫穷者、落魄者的无奈。从这些家常题材的中短篇小说中可以看出作家对故国贫穷者的生活状况和其奔波劳碌的命运怀有悲天悯人的情怀。

《审丑》写美术学院的老师赵无定在自己的成长过程中，见证了捡垃圾的老头和孙子"小臭儿"的故事，也见证了人可以达到的"无耻"程度。靠捡垃圾为生的老头含辛茹苦抚养孙子"小臭儿"长大成人。当兵回来后的孙子为了满足私欲，继续向老头索要财物，老头为了满足孙子的要求，一边继续捡垃圾一边去美术学院做人体模特，每天站十几个小时，换来了孙子"一屋铮亮的家具、铮亮的各'大件儿'、铮亮的钢琴、铮亮的一个女人"①。当老头的生命逐渐被榨干，不再有任何利用价值时，成了暴发户的"小臭儿"将他拒之门外，一锅三鲜饺子沤烂在锅里也不让老头吃一口，老头最后在孤独无靠中死去。《家常篇》中灰灰的父亲去世后，母亲在十几年中独自抚养灰灰姐弟长大，已结婚的姐姐与母亲、灰灰同住在狭窄的小屋里。为了能让灰灰在结婚时获得自己的房间，姐弟俩为母亲找了一个老头相亲，并希望她尽快嫁人搬离家中，母亲悲痛一番之后只能接受儿女的安排。她这辈子所能做的决定就是当曾经年少的儿子阻碍她找寻自己的幸福时，她自觉断绝了爱情并独自抚养儿女；当成年的儿子需要房间时，她再次自觉地走出这个她操劳一辈子、拉扯大这双儿女的房子。《洞房》描写上海许多结婚的夫妻因分不到房子而不得不在野外过夜的生活困境，这些夫妻还需时时带着结婚证以应付纠察队的盘问。小说反映了

---

① 严歌苓：《严歌苓文集》（7），北京：当代世界出版社 2003 年版，第 33 页。

上海人在狭窄的住房、困窘的生活下的婚姻和爱情，以及由此造成的彭大这类人物自尊与自卑的心理扭结。《馋丫头小婵》中由老保姆"姥姥"抚养长大的小婵从小就嘴馋，在"文革"末期生计艰难时，老保姆省吃俭用甚至自己挨饿也要将小婵抚养长大。十多岁的小婵平日"只浑头浑脑地笑"，看似蠢笨的小婵却为了"姥姥"不再挨饿，从了板刷头，并用打胎为姥姥换来了一包砂糖和一大块咸肉。"某天小婵发现是自己让'姥姥'饿的，就用了这个简单法子，让'姥姥'好好饱了一度。"① 当小婵的真姥姥——条件优越的老华侨来接小婵出国与父母团聚时，小婵坚决不离开相依为命的保姆"姥姥"，"两个姥姥一块，拖死狗一样，也没把她拖进计程车。她忽然觉得那个穷'姥姥'那么让她舍不下。我们都搬进了新公寓楼。小婵和她的馋痨、坏名誉，以及渐渐动弹不得的穷姥姥留在了原地，仍'嗷呀嗷呀'地讲话，仍如常消耗着食物和岁月"②。《除夕·甲鱼》描写"文革"期间老萧一家人如何在饥饿中蒸煮一只老甲鱼。作协的老萧被下放到偏远贫穷的农村，一家人生活困窘。除夕之夜，老萧为整年没开过荤的家人买回一条老甲鱼当作年夜饭。村里人一边来请求老萧写对联，一边极为关注老萧家厨房的动静，老萧只得与妻子、儿女在除夕之夜忙碌着秘密砍杀、蒸煮甲鱼，老甲鱼却久煮不熟，一家人在热切的期待中饥饿万分，却发现家中的荤腥引来了满院子饿极的狗。

　　作家在这些"家常篇"小说中，往往通过"吃"与"住"的细节来展示生存的艰辛和人心冷暖，尤其是对"吃"的展示充满丰富的意蕴。饥饿中的"吃"原本是人的本能，但小说中的"吃"却在艰辛的生活中焕发出人情的温暖和人性的美好。《除夕·甲鱼》中的老甲鱼成了老萧一家人在困苦中度过一年后的期待和欣慰。《馋丫头小婵》中的小婵从小嘴馋，但这个看似愚笨的丫头却有颗感恩之心，她在愚昧中以自己的身体换取食物，只为"姥姥"不再挨饿。小说中的"吃"呈现出美好的人性，于是艰辛的生存状况也成了可以接受的处境，而愚昧中的过失也因此可以得到谅解。《审丑》中的"吃"则呈现了捡垃圾的老头在艰辛的生活中对孙子的

---

① 严歌苓：《严歌苓文集》（5），北京：当代世界出版社 2003 年版，第 102 页。
② 严歌苓：《严歌苓文集》（5），北京：当代世界出版社 2003 年版，第 103 页。

无比疼爱，"有回耙出一串风干板栗，总是生霉生虫不值当挑拣，被谁家丢弃的。他用残残破破的一嘴牙将栗壳嗑开，嗑开十来只，大约会得一只好的。他将好的聚在肮脏的手心，看小臭儿从他手心一颗颗拈了填进嘴里。他目光随小臭儿的手举起落下，下巴颏松弛地附挂着。似乎有种苦痛在这怜爱里，似乎怜爱到了这种程度便是苦痛了"①。

　　普通的"吃"在展现温情的同时也呈现人性的丑恶。《家常篇》中的灰灰对周围的环境和自身的处境常有怨气，不健全的心态使他对待"吃"有种恶狠狠的态度："每回灰灰吃柑子都骂骂咧咧，骂时运、世道，骂得包罗万象，从剥皮到啐出最后一颗籽儿，都带着股讨血债样的狠劲。"②"吃"得恶狠狠的灰灰完全可以做出断绝母亲的幸福、变相驱逐母亲的行为。《审丑》中吃一块冰糖的细节生动地展现了孙子"小臭儿"自私贪婪的本性：

　　"臭儿啊，赶明儿挣钱给谁花？"老头问。

　　"给爷爷。"男孩匆忙地答，不情愿从糖上分心。

　　"给不给爷爷买好吃的？"

　　"买！"

　　"那你的糖让不让爷爷尝一口？"

　　小臭儿立刻警觉了。但思考一小刻，他伸着胳膊，尽膀子长度将冰糖递向老头，脚却将整个身体留在原地。老头半躬身，朝孙子靠近几步。小臭儿虽然仍举着冰糖，身子便往后缩一截。老头低躬的身体和前伸的嘴使无定想起那类尊严都老没了的老狗。

　　老头闭上眼，张开嘴，大声地"啊呜"一下，却连糖的毫毛也没去碰。小臭儿怔一怔，马上笑得格格的。是那样松心的笑，意外自己安然度过了预期的大难。③

---

①　严歌苓：《严歌苓文集》（5），北京：当代世界出版社 2003 年版，第 25 页。
②　严歌苓：《严歌苓文集》（5），北京：当代世界出版社 2003 年版，第 46 页。
③　严歌苓：《严歌苓文集》（5），北京：当代世界出版社 2003 年版，第 28 页。

（二）犯罪题材

在"回归"题材的小说中，有两篇犯罪题材的小说值得注意：中篇小说《谁家有女初长成》和短篇小说《少尉之死》。贫困的生活不仅展现了各种人性，同时也造成了许多人物的悲惨命运。《谁家有女初长成》讲述了贫穷山区的女孩潘巧巧被拐卖并沦为杀人凶手的不幸遭遇。《少尉之死》写的是一个当兵的农家子弟因家境贫寒导致犯罪的悲剧。作家以大陆的乡村现实为题材，对处于转型期的中国现代生活发生的裂变进行了深入的思考，体现出中国传统文化中关注人生的维度。同时，长期旅居美国的作家严歌苓深受西方人文传统的影响，并对西方心理学、行为学颇感兴趣。因此，作家在这两篇犯罪题材的小说中不仅关注社会问题，更重要的是以现代意识探索人性，对人处在极端处境中的非常行为进行了理性的探析。

《少尉之死》中的少尉刘粮库来自偏远的农村，家境极为贫寒。一次回乡探亲，为了给女朋友馍馍带去像样的礼物，一向遵纪守法的少尉冒险去军需仓库行窃，却失手杀死了司务长，被判处死刑，而女朋友馍馍在他探亲之前就已心许他人。作家在小说中展现少尉的悲剧时，对人物的心理和行为进行了描述与剖析，揭示了人们在食物的长期欠缺下对贫穷产生的恐惧以及由此形成的内心挣扎。

少尉的老家是一个极度贫穷的山村，"那块土地种进去是穷，长出来还是穷"。他的家人整天只能以一锅红薯叶充饥，家中还有久病的母亲和傻子哥哥，常年负债累累使参军入伍并成为少尉的刘粮库并没有脱离贫困的处境，"他把自己榨了个干，仍是不济事的"①。而女朋友馍馍同样家境贫寒，她是家中第四个姑娘，父亲认为生下她还不如生下个白面馍馍。她与少尉真心相爱，却因贫穷而无法结合，在少尉实施偷窃以及馍馍决定离他而去的过程中，两人内心始终充满矛盾和痛苦。少尉在部队中一直克己忍让，为了给心爱的馍馍买礼物，他在街上反复转了多次，却因口袋中的钱太少而无法买到像样的礼物，万般无奈之下终起偷窃之心，却在无意中杀死了司务长，成为杀人凶手。馍馍深爱着少尉，面对物质世界的诱惑，她不断地说服自己："我不想那些金的银的，我也不想好衣裳、花头巾、

---

① 严歌苓：《严歌苓文集》（5），北京：当代世界出版社 2003 年版，第 92 页。

透明长袜子。我就想你。要个你就比好还好，比够还够。"①但馍馍最终还是无法阻止内心对贫穷的恐惧和对富足生活的向往，尤其是少尉拖在身后的债务、贫穷和一个永远需要去供养的家使她无法承受。在矛盾中挣扎的馍馍"恨自己，恨自己从未延伸到穷山恶水之外的血缘，恨那个长进她肉里、血里、骨里的穷"②。馍馍最终带着对少尉的爱和对贫穷的恨离开了他。少尉的母亲为了儿子能够摆脱世代的贫穷，要求他不要再回家来，她在送别儿子时的一段话展现了贫穷处境中的绝望：

> 他说："娘，等我攒下点钱，接你和爹到北京看看。"母亲像没听见。闷走了近半个钟头，当他再次求母亲别再送下去，母亲住了步。然后，等稍喘匀了气，她眼缓慢地东张西望着对他说："别再回来了。这回回军队，就奔你自己的日子去吧。反正馍馍也不是你的了。别让我和这个穷家愁死你，拖死你。看看这穷地方，你还奔它个啥往回跑呢！活出一个算一个吧。听娘的，再别回来了。这趟走了，永生永世别再回来……"说完，母亲没有再送他，也没看他走远，而是自己掉头往回走了，很慢却很坚决。③

　　无法改变贫穷却对美好生活充满向往，小说中身处其中的每一个人都深受煎熬，少尉则背负着这种无言的痛苦走向了不归路。对此，作家并未直接控诉人物的悲惨处境，或者探析重大的社会问题，而是在温和的叙述中展现极度贫穷中的人性冲突和内心挣扎，让人深感沉痛和悲凉。作家时而在小说中巧妙地通过人物传达对相关问题的思考，因此严歌苓式的"阐释者"经常出现在这类小说中。《少尉之死》中采访少尉的女作家和《谁家有女初长成》中批判巧巧的军官都是理性的思考者和旁观者。这明显带有作家本人的阐释和思考。这些阐释和思考时常恰到好处，但有时也难免过犹不及，形成小说叙事中的"硬"处。

---

① 严歌苓：《严歌苓文集》(5)，北京：当代世界出版社 2003 年版，第 86 页。
② 严歌苓：《严歌苓文集》(5)，北京：当代世界出版社 2003 年版，第 86 页。
③ 严歌苓：《严歌苓文集》(5)，北京：当代世界出版社 2003 年版，第 95 页。

（三）心理变异

《小珊阿姨》和《扮演者》两篇小说描写演员因向往名气、渴望崇高的地位而导致的心理变异。《小珊阿姨》中的小珊阿姨曾是红极一时的演员，她已经20年没演戏了，却一直强烈渴望重返舞台，这种毫不自知又锲而不舍的想法让导演们纷纷躲避她。小珊阿姨对自己的期待和要求与现实的处境形成鲜明的反差，由此造成一系列滑稽可笑的言行，让人啼笑皆非。《扮演者》则是一个极具讽刺意味的作品，一个普通的演员在人为的"造神"运动中断送了自己的生命。二十九岁的钱克是舞剧团的演员，这个没有文化的"二流子"人物曾让菜场女售货员打过三次胎，还经常拖欠食堂的伙食费，平日更是"趿着鞋，叼着烟，甩着一月不洗的头发，两眼一路调戏着女演员们就走来了"①。一次，沈编导发现他的长相颇似伟人毛泽东。为了扮演《娄山关》中毛泽东这一重要角色，钱克在沈编导的要求下闭门修炼，终日读书、写字、练书法，学习党史、朗诵毛泽东的豪迈词句，并反复模仿伟人的动作和神态，经过一段时间的训练，钱克逐渐进入了角色，甚至有了伟人的神情和气质。"他走来，旧军大衣挥洒出他的神威。他像一只猛虎一样步态持重，有一点慵懒。"②"他眼睛的余光瞄到了自己抬起的那只右手，它是所有巨大塑像的那个标准手势：在号召又在指路，在点拨历史又在昭示未来。"③钱克与伟人的惊人相似使所有的人大吃一惊，沈编导十四岁的女儿怀着对伟人的庄严敬意献身于他，众人也对他视若神明，不自觉中对他伟人式的言行充满敬佩和信赖。钱克的一句话就能制止舞剧团内的打架事件，一个眼神就能指挥不合作的工人迅速开始工作，一挥手就能对付难缠的记者，人们臣服于他言行中的威严和神圣，连钱克自己都忘记了如此的酷似竟只是一场扮演，他在充满权威的伟人角色中再也不愿走出来。"他知道被人看成伟大的、神圣的人物之后，世界是个什么面目。世界是仆从的、温驯的，世界是有颂歌和鲜花的。世界是充满尊严的。是的，尊严。"④当沈编导夫妇在剧院门口由于女儿被其侵犯而

---

① 严歌苓：《严歌苓文集》（6），北京：当代世界出版社2003年版，第100页。
② 严歌苓：《严歌苓文集》（6），北京：当代世界出版社2003年版，第96页。
③ 严歌苓：《严歌苓文集》（6），北京：当代世界出版社2003年版，第104页。
④ 严歌苓：《严歌苓文集》（6），北京：当代世界出版社2003年版，第107页。

等着向其清算这笔账时，钱克宁愿以伟人的姿势站立在失火的剧院中被大火吞噬，也不愿活着逃出来重新成为往日被众人鄙夷的钱克。一个"二流子"式的人物在造神运动中成为"神"，又因这个似是而非的"神"丢掉了性命。这个充满轻微喜剧色彩的悲剧结局将"文革"中"领袖崇拜"的腐朽思想化解为一种轻微的调侃，耐人寻味。

二、"文革"叙事

在作家严歌苓的文学创作中，"文革"叙事是其回望故土的重要题材。作家创作了一系列"文革"题材的优秀作品，如《天浴》、《人寰》、《白蛇》、《穗子物语》等，并在国内外获得多项大奖。"文革"对于中国人尤其是经历过这段历史的人来说是一个挥之不去的梦魇，也是众多作家常常选用的文学题材。作家严歌苓成长于"文革"时期，在形成人生观和世界观的重要阶段见证了"文革"这段历史，期间的经历和见闻给作家留下了难以磨灭的记忆，以至于作家在回望故土的作品中不断书写"文革"题材。但与创作同类题材小说的大陆作家不同的是，作家留学、定居美国多年后远离故土和母语语境，时空与心理的距离使她在审视曾经的民族历史和自我体验时多了几分冷静和客观，她的"文革"书写也因脱离了本国的意识形态压力而显得更为自由和真切。因此作为移民作家，时空背景的迁移、文化身份的转变以及个体生命的诉求使她在回望故国的"文革"叙事中往往具有新的观察角度和表现特色，对历史的反思则具有一种开阔的世界性视野和相当的深度。作家自己曾经谈道："移民也是最怀旧的人，怀旧使故国发生的一切往事，无论多狰狞，都显出一种特殊的情感价值。它使政治理想的斗争，无论多血腥，都成为遥远的一种氛围，一种特定的环境，有时荒诞，有时却很凄美。移民特定的存在改变了他和祖国的历史和现实的关系，少了些对政治的功罪追究，多了些对人性的了解。若没有移民生活给我的叙事角度和那种近乎局外人的情绪基调，亦即英文给我的语言方式，我不可能写出《天浴》、《人寰》这类故事。"①

---

① 严歌苓：《呆下来，活下去》，《北京文学》2002 年第 11 期，第 55 页。

作家"不在其中"的距离感和独特的"叙事角度"造就了作品的独特性。与国内众多"文革"题材的小说相比，严歌苓极少在作品中直接表达对"文革"的抨击以及对创伤性的控诉，而是以较为冷静的叙事心态书写"文革"，挖掘人性的深度。同时，严歌苓的创作也与六七十年代留美的台湾作家群有着明显的区别，作为"无根的一代"，作家白先勇、聂华苓、陈若曦等创作过一系列反思"文革"的小说。他们的作品往往侧重于对传统文化消逝的感叹和对人类历史的反思，而新移民作家严歌苓的"文革"叙事则更多的是以女性视角来探寻"文革"这段特殊历史背景下被扭曲、压抑、窒息的人性。"很多年后回想很多人的行为仍然是谜，即使出国，我也一直没有停止这种追问，人为什么在那十年会有如此反常的行为？出国以后，有了国外生活的对比，对人性有了新的认识，再后来接触心理学、人类行为学，很多事情会往那方面联想，会把善恶的界限看得更宽泛一些。"① 作为一个长期旅居海外并主动学习美国文化的海外作家，严歌苓无可避免地受到西方心理学、行为学等理论以及西方世界"文艺复兴"以来所形成的"人"的价值观等多方面的影响，甚至带有西方社会看待"东方人类"的历史文化视点，这些都使严歌苓"文革"题材作品中的历史书写、人性反思具有新的观察角度和表现特色。

（一）"文革"创伤

小说反映人们在"文革"这一特殊年代中留下的心灵和精神的伤痛。《老囚》中，"文革"造成父女亲情的扭曲，"我"的姥爷在"文革"时期是被判刑30年的政治犯。在劳改营关押期间，姥爷极为思念分别十几年的女儿，为了观看女儿演出的电影，姥爷冒着被枪毙的危险，在冬夜的雪地里行走了30多公里。当他历经千难万险赶到影院时，却只在泪眼中看到一个似是而非的镜头。"文革"结束后，姥爷被释放回家，妈妈对姥爷却非常冷漠，她始终对姥爷的政治身份曾经影响她的前途而耿耿于怀，全家人也只是把姥爷当作一个能做家务的免费保姆。"我从来没有听到妈叫姥爷'爸爸'。她实在无法把她一生不幸运的根源叫作'爸爸'。我们家的每一

① 孙小宁：《严歌苓：我到河南种麦子》，http：//ent. sina. com. cn/2003-11-28/1608242337. html。

个人都希望过：不要有这样一个姥爷。没有这样一个姥爷，我们的日子会合理些。"① 饱受冷落的姥爷唯一的乐趣是偷家里的钱去看电影，这种行为最终获得了"我"的理解，因为姥爷只有通过看电影才能寻找到曾经拥有的一丝亲情，并从中得到心灵的安慰："姥爷去看电影中扮演次要角色的妈妈，因为妈在银幕上是和悦的，是真实的，姥爷能从银幕上的妈的笑容里，看见八九岁的她——他最后锁进眼帘和心腑的女儿形象。"②

《我不是精灵》中的画家在"文革"的创伤中丧失了人的基本情感。"文革"刚结束时，"我"从南京出发去北京寻找父亲，试图劝说他不要与母亲离婚，途中结识了父亲的朋友韩凌。年长"我"二十岁的画家韩凌在"文革"中的悲惨遭遇使"我"对他充满深情，然而"文革"留下的创伤早已使画家对人性、爱情、友谊失去了信心。"他被关押的时候，有人让他把十根手指放在地上，然后跳上踩！一边踩一边骂：你不就是以手发的迹吗？毁了它！结果十根指头都被踩断了，有根手指后来截了肢。想想看，他对人除了恨，还会有什么？他早看透了人的势利、妒忌，弱肉强食。"③ "我"自认为深爱着这个深受创伤的男人，并相信能以自己的真情感动他。在经历了无数次空空的等待和漫长的期盼后，"我"终于明白"文革"创伤已经使韩凌不会再相信任何真爱，他与"我"交往只是将一个纯洁的女生当作与常人不同的精灵，他需要这个少女特有的痴情以满足他精神上的寄托和对爱情的幻想。"我"最终离开了他，因为"我"不愿成为这种非常态的情感精灵，"我"需要一份正常、平等的情感。

《陆犯焉识》塑造的是一个在动荡岁月里被剥夺了人身自由的男性知识分子形象。小说自始至终贯穿着"追寻自由"这样一条主线。主人公陆焉识早在十几岁时，就失去了为自己婚姻做主的自由，并换取了出国留学的机会。回国之后，基于利益关系的学术圈子之间的互相倾轧使他无法实现学术独立的理想，而家中女人间琐碎的心机之争也使他苦不堪言。他费心费力地敷衍着身边各种人，"为了不让别人为难，常常做别人为难他的

---

① 严歌苓：《严歌苓文集》(7)，北京：当代世界出版社 2003 年版，第 122 页。
② 严歌苓：《严歌苓文集》(7)，北京：当代世界出版社 2003 年版，第 123 页。
③ 严歌苓：《严歌苓文集》(5)，北京：当代世界出版社 2003 年版，第 114 页。

事，做别人要他做的人"，结果却是"一不留心，他失去了最后的自由"。在 20 世纪 50 年代的政治变革中，他稀里糊涂地被冠以"反革命"罪行而被流放大西北 20 年。特赦之后，儿女阻挠他和前妻复婚、邻居猜忌他不合时宜的言行、前妻在他们见面之前竟然失去了记忆。在经历了背井离乡的游子生涯、死里逃生的囚徒生活、夫妻相见不相识的无奈、与亲生儿女的心灵隔膜等一系列悲欢离合之后，陆焉识带着妻子的骨灰回到曾经囚禁过他肉体自由的荒原，去寻找自由的终极意义。

（二）"文革"书写的独特文本《白蛇》

中篇小说《白蛇》以复调的叙述方式和同性情爱的书写拓展了"文革"题材的叙述方式和书写深度，成为"文革"题材书写的独特文本。《白蛇》于 2001 年获得《十月》主办的第七届"十月（中篇小说）文学奖"。小说以"官方版本"、"民间版本"、"不为人知的版本"三种叙述方式并置交错，讲述全国著名舞蹈家孙丽坤在"文革"中的遭遇。舞蹈家孙丽坤以演"白蛇"著称，"文革"期间成为被批斗的对象，并被长期关押在一间仓库。一个化名徐群山的神秘"男性"冒充中央特派员多次探望孙丽坤，一个月后神秘失踪，孙丽坤随之精神失常。针对这一事件，"官方"进行了各种调查，"民间"也有种种猜测，但只有"不为人知的版本"才揭示了事件的真相和人物的心灵世界。在众多"文革"题材的创作中，通过"文革"叙事来揭示心灵史的小说并不少见，但作家严歌苓在小说《白蛇》中并不是采取传统的线性叙述模式来叙述故事，或以"心灵史"独白的形式进行心理剖析，而是以拼贴式的叙事方式构成一种隐喻性结构，从而揭示女性的个体生命感受和人性的善恶美丑。

1. 叙事方式

"独特的视角操作，可以产生哲理性的功能，可以进行比较深刻的社会人生反省。"① 小说以"官方版本"（4 个）、"民间版本"（3 个）、"不为人知的版本"（7 个）三种叙述并置交错，使不同的人物站在自己的立场来描述舞蹈家孙丽坤及相关事件，呈现出复杂交叉的多重视角和事件面目。其中，"官方版本"和"民间版本"中叙述的人物经历以及其中的价

---

① 杨义：《杨义文存》（第一卷），北京：人民出版社 1997 年版，第 197 页。

值判断呈现出明显的"不可靠"叙述,只有"不为人知的版本"揭示了事件的真相,作家以这种结构性的隐喻形式揭示了历史话语、民间视野遮蔽下女性个体生命的真实心灵以及人性的深度,文本因此充满叙述的张力和丰富的内涵。

"官方版本"由革委会宣教部、省歌舞剧院革命领导小组、市公安局等国家单位的几份正式公文以及一篇官方特稿构成,公文陈述了舞蹈家孙丽坤在"文革"期间的"罪行"和遭遇,孙丽坤被定案为"资产阶级腐朽分子"、"国际特务嫌疑"、"反革命美女蛇",遭到长期关押,在她精神失常后,官方试图要查清徐群山究竟是何许人?为何要冒充中央特派员多次探望孙丽坤?"他"将孙丽坤带出关押点的那一天中究竟做了什么?孙丽坤为何从此精神失常?经过多次调查,官方最终因无法查清真相而不了了之。因此,"官方版本"在形式上的权威性叙述并没有构成事件内容的"可靠"性。

"民间版本"则描述了民众对于孙丽坤的各种猜测。在民间的混乱视野中,孙丽坤成了"国际大破鞋"、"作风很乱的人"、"一六零床的老女人",徐群姗则是人们眼中的"中央特派员"、"毛料子"徐群山以及少女"姗姗"。人们先是对气派十足的徐群山充满无限的敬畏,事发之后又纷纷表示自己曾质疑徐群山的身份,人们在随意的猜测中最终还是没有弄清事件的真相。孙丽坤精神失常后,医院的护士和病人对常来探望她的姗姗产生了怀疑,在强行验证姗姗的性别后,又因"女人和女人有什么看头"的观念而无意徐群姗与孙丽坤之间的真实情爱,因此,在"民间版本"的众说纷纭中,徐群山的真实身份、孙丽坤精神失常的原因以及姗姗与孙丽坤的关系仍然是一团谜。

"官方版本"的庄严语调和"民间版本"的混乱视野都无法揭示人物的真实身份和事件真相,只有在"不为人知的版本"中,"我"(徐群姗)的日记和孙丽坤的心理历程才揭示了个体内心的情感经历和事件真相。舞蹈家孙丽坤曾是 S 省歌舞剧院的主要演员,在国内外舞蹈比赛中获得过多项大奖,以演"白蛇"最为有名,她独创"蛇步",自编自演的舞剧《白蛇传》在全国巡回演出,引起轰动,并被北京电影制片厂拍摄成电影。"文革"期间孙丽坤遭受迫害,并被长期关押在一间仓库中。少女徐群姗从小就对舞蹈家孙丽坤充满敬仰和爱慕，并在日记中倾诉对舞蹈家孙丽坤的爱慕之情。当她二十岁从插队的知青点出走时，偶然发现自己少女时期的偶像被监禁在仓库里，便装扮成一名男性，化名徐群山，冒充中央特派员探视孙丽坤，在与孙丽坤单独相处中释放自己内心久存的爱慕。通过一个月的接触和交谈，毫不知情的舞蹈家深深爱上了这个年轻的特派员，徐群山成了她在困境中莫大的精神支柱，当徐群山将孙丽坤带出关押点，并让孙丽坤知晓了自己的真实性别后，孙丽坤无法承受巨大的打击而精神崩溃，她被送往精神病院治疗，徐群姗还原为女性身份"姗姗"在医院陪伴、照顾孙丽坤。"文革"结束后，孙丽坤重返舞台，并开始了新的生活，徐群姗也已结婚，但两人的内心始终对这份刻骨的情感难以释怀。

　　作家在"不为人知的版本"中以个人心灵史的书写再现个体的真实状况，其揭示的真相与"官方版本"、"民间版本"两个"不可靠"叙述的内容大相径庭，构成强烈的对比，三个版本交错叙述的策略隐含着作家关于历史、民间与个人关系的深刻思考。作者曾谈到小说的题材来源于她在70年代听到的一个神奇故事"一个著名演员和一个'外调员'有了私情后，突然疯了。没有人见过调查员的面貌，因为他（她）始终戴着口罩。唯一知道口罩下面真相的只有女演员。这位伪装的'外调员'后来消失于茫茫人海，把谜底封存在女演员那段名垂千古的心灵史里，无人可揭示。我企图给予谜底一种揭示……"① 在特殊的历史年代，官方的记载、民间的关注都无法真正揭示人物以及故事的真相，无数个人的真实经历和内心情感被宏大的历史、喧哗的民间淹没和遮盖，作家试图在小说中通过历史、民间的"不可靠"叙述和"不为人知"的"可靠"叙述揭示个体被遮蔽的心灵史和真实经历。

　　布斯提出的"可靠的叙述者"与"不可靠的叙述者"是按照叙述者与隐含作者之间的关系来加以区分的，也就是说，叙述者的讲述与隐含作者的道德价值观念相吻合时就是"可靠的叙述者"，当叙述者的价值观念与隐含作者相冲突时则为"不可靠的叙述者"，这样的叙述者对作品所做的描述或评论使读者有理由感到怀疑。《白蛇》中孙丽坤的遭遇、徐群姗的

① 严歌苓：《严歌苓自选集》，济南：山东文艺出版社2006年版，第115页。

性别和身份以及两人之间的情感关系在两个"不可靠"版本中始终是个谜。只有在"不为人知的版本"中，徐群姗的日记和孙丽坤的心理历程相结合才真实地展现了人物内心的隐秘和事件的真相，两个"不可靠叙事"和一个"可靠叙事"构成纵横交错的故事脉络，产生迷离的叙事效果，并呈现出斑驳的历史背景、世态人情和人物命运。更为重要的是，这种并置交错的叙述方式揭示了复杂虚幻的历史和民间表象下女性心灵史的真实和深邃，蕴含着作家对"历史真相"、"民间说法"的质疑和人性的反思。

2. 揭示人性

《白蛇》中的"官方版本"和"民间版本"在揭示事件真相以及个体的心灵史方面呈现出"不可靠"叙事倾向，但恰恰在另一方面真实地展现了特殊年代中权力的压迫和民众阴暗的心理。作家以独特的叙述方式和较为冷静的叙事笔调，对特殊的历史和扭曲的人性进行深刻的揭示和反思。

"官方版本"的公文文件具有既定的格式和语调，充满官方的权威和庄严，但其陈述的内容却与文件的权威性话语构成强烈的对比，不仅舞蹈家孙丽坤在"文革"期间被定性的种种"罪行"充满荒诞，而且官方对她所采取的暴力行为本身就应受到制裁：孙丽坤不仅遭到无休止的批斗，被强迫书写长达四百多页的反省书，一遍又一遍地"交代"与捷克舞蹈家的"腐化"过程，甚至在暴力的强制挟持下进行妇科检查！这使正式的公文成为孙丽坤遭受权力迫害的证明，极具讽刺意味。"文革"结束后，晚报的特稿报道了孙丽坤重返舞台并开始了新的生活，"祝愿她在舞蹈上迸发出第二度青春，也在人生中获得她应得的温暖和幸福"①。但对于孙丽坤在"文革"中经历的磨难和不公正待遇却只字不提，特稿因此失去了应有的客观性。"官方版本"中，徐群姗的真实身份以及孙丽坤精神失常的原因无法查清而不了了之，官方形式的权威性以及陈述内容的真实性值得质疑。

"民间版本"中的芸芸众生则在不同程度下与"官方版本"中的权力迫害构成了同谋，民众在所谓"革命"的旗号下释放着个人内心潜藏的邪

---

① 严歌苓：《严歌苓文集》(6)，北京：当代世界出版社2003年版，第6页。

恶，他们对曾经不可企及的舞蹈家进行群体式的迫害，呈现出混乱时代民众的盲从和人性的邪恶。S 省曾以舞蹈家孙丽坤为本省的骄傲，人们对她充满敬仰和爱慕，但在"文革"期间，曾经观看孙丽坤演出并对她充满敬仰的市民参与了斗争大会，建筑工地的老少男人们对她进行随意的下流调侃，医院的病人们则对孙丽坤进行种种任意的猜测，曾将孙丽坤尊为"祖师爷"的歌舞剧院的学员们成为专政队员，专门看押孙丽坤，并对孙丽坤进行毫不留情的迫害，"女娃过去把孙丽坤当成'祖师爷'，进她的单独练功房（里面挂着她跟周总理的合影），进她的化妆间女娃们都曾恭敬得像进祖宗祠。如此的恭敬，自然是要变成仇恨的。所以让这些女娃舞着大棒看押孙丽坤孙祖宗是顶牢靠不过的"①。为了彻底摧毁孙丽坤曾经拥有的高贵和尊严，女娃们甚至当面监视她上厕所，"孙丽坤起初那样同看守女娃眼瞪眼一小时也蹲不出任何结果，她求女娃们背过脸去。她真是流着泪求过她们：'你们不背过脸去，我就是憋死也解不下来！'女娃们绝不心软，过去看你高雅傲慢，看你不食人间烟火不屑人屎，现在就是要看你原形毕露，跟千千万万大众一样蹲茅坑"②。原本应该拥有健康心灵和无邪青春的年轻学员们，在混乱的年代中各个心态扭曲，以摧残、践踏曾经敬仰无比的舞蹈家来寻找内心的平衡，展现出人性的无情和残忍。更让人震撼之处则是高雅的舞蹈家孙丽坤在经历了身体与精神上的摧毁后，从身到心发生了彻底的改变，她被关进仓库不到半年"就跟马路上所有的中年妇女一模一样：一个茧蛹腰、两个瓠子奶，屁股也是大大方方撅起上面能开一桌饭。脸还是美人脸，就是横过来了；眼睫毛扫来扫去扫得人心痒，两个眼珠子已经黑的不黑白的不白"③。在民众的无情迫害下，她习惯了若无其事地当着女娃们的面蹲茅坑，学会了以污言秽语同建筑工们打情骂俏，喜欢上了抽烟锅巴，甚至为了换来烟锅巴，她可以当着满身淫汗的老小男人们玩起两条曾经著名的腿，连那些建筑工人都没料到"一个如仙如梦的女子变得对自己的自尊和廉耻如此慷慨无畏"④。强大的外在势力与邪恶的人性

---

①　严歌苓：《严歌苓文集》（6），北京：当代世界出版社 2003 年版，第 4 页。
②　严歌苓：《严歌苓文集》（6），北京：当代世界出版社 2003 年版，第 5 页。
③　严歌苓：《严歌苓文集》（6），北京：当代世界出版社 2003 年版，第 4 页。
④　严歌苓：《严歌苓文集》（6），北京：当代世界出版社 2003 年版，第 6 页。

共同完成了对美丽和高雅的摧残，曾经是美的化身的舞蹈家孙丽坤在群体的迫害下完成了自我迫害，彻底变成一个丑陋、庸俗的女人。美丑的强烈对比和人物的前后变化使作品极具震撼人心的力量。严歌苓曾谈到"在非极致的环境中人性的某些东西可能会永远隐藏"。"我的写作，想得更多的是在什么样的环境下，人性能走到极致。"① 作家正是通过"文革"这种特殊的环境挖掘人性的深度，并以冷静的叙述心态对中国的文化、历史以及国民心态进行了相当程度的反思。

严歌苓在移民海外后所创作的众多小说体现出作家对历史、个体、人性等问题的深刻思考，这固然与作家个体的审美取向、价值观念有关，但移民海外的生活经验以及西方文艺哲学思想对作家产生的深刻影响更不可忽视。严歌苓留学美国后，对本国与西方文化思想上的差异有着深切的体验，在哥伦比亚大学艺术学院攻读英文写作硕士学位时，她深受西方教育和文化的影响。定居美国多年后，作家在书写"文革"这段历史、思考"人"这一哲学命题时还是会带有双重身份的痕迹，其"文革"叙事小说与国内的同类题材小说也因此呈现出明显的差异。或许只有当作家与故国及其历史拉开一定距离后，才能更为自觉地观照特殊年代中官方、民间的真实面貌及其本质，并对历史、"人"以及人性本身进行更为深入的哲学思考。

3. 女性意识

作家严歌苓的小说始终有着强烈的女性意识，常以女性主义的书写将性别、情感的思考寓于作品创作中，如果说《白蛇》中的"官方版本"和"民间版本"在展示时代氛围和故事情节时深入挖掘了人性，那么"不为人知的版本"则以心理描写、意识流手法呈现出女性个体生命的心灵和真实情感，传达出作家对于情爱、性别的女性主义思考。

严歌苓曾谈到自己一直在创作中探究"爱情是不是人本性中的东西"，以及那种"为爱而爱的，理想主义的爱情"② 是否存在这两个问题。作家

① 舒晋瑜：《严歌苓：从舞蹈演员到旅美作家》，《中国图书评论》2002 年第10 期。

② 严歌苓：《波西米亚楼》，北京：当代世界出版社 2001 年版，第119 页。

一方面对于超越功利目的的情感倍感珍惜，另一方面却又认为这种情感在现实生活中难以获得，于是常常在小说中以一种温情的笔触来表现这种情感的美好。在"不为人知的版本"所展示的真相中，徐群姗对于舞蹈家的情感和爱慕从一开始就超越了世俗的观念。她在十二岁那年就迷恋上舞蹈家孙丽坤和她扮演的"白蛇"，并在日记中倾诉心中的爱慕之情，她对舞蹈家的爱恋不仅仅停留在其优美的体态上，而是包括对舞蹈家艺术灵魂的理解和迷恋，这种爱慕因深入情感的本质而得以在徐群姗的生命中一直延续。而对于舞蹈家孙丽坤而言，她自身与艺术已是融为一体，"她自身是什么？若是没有舞蹈，她有没有自身？她从来没想过这个问题。她用舞蹈去活着。活着，而不去思考"①。舞蹈就是她的灵魂，是她存在的真正价值，在舞蹈家孙丽坤最辉煌的岁月里，她生活在众多男性的追求和包围之中，这些爱慕她的男人却只是爱上了她身上所体现的世俗标准："男人们爱她的美丽，爱她的风骚而毒辣的眼神，爱她和周恩来总理的合影。除了她自身，他们全爱。"② 当孙丽坤在"文革"时期受到冲击，失去了外在拥有的一切世俗价值时，过去那些男人的"爱"也随之消失，她甚至成为众多男性迫害的对象之一，只有少女徐群姗真正懂得这位舞蹈家的生命和艺术价值，她对孙丽坤的爱慕是对舞蹈家艺术灵魂的深刻理解，或者说是对美的化身的心悦诚服，因此她能够清晰地看到自己对舞蹈家的这份爱慕如何超脱了世俗的情爱：

　　……她已经舞蹈化了她的整个现实生活，她整个的特质存在，她自己的情感、欲望、舞蹈。舞蹈只有直觉和暗示，是超于语言的语言。先民们在有语言之前便有了舞蹈，它的不可捉摸而含有最基本的准确。他在孙丽坤灌满舞蹈的身体中发掘出那已被忘却的准确。他为这发掘激动并感动。在那超于言语的准确面前，一切智慧，一切定义了的情感都嫌太笨重太具体了。……徐群山知道所有人都会爱这个肉体，但他们的爱对于它太具体笨重了。它的不具体使他们从来不可掌握它，爱便成了复仇。徐群山这一

---

① 严歌苓：《严歌苓文集》（6），北京：当代世界出版社 2003 年版，第 11 页。
② 严歌苓：《严歌苓文集》（6），北京：当代世界出版社 2003 年版，第 11 页。

瞬间看清了他童年对她迷恋的究竟是什么。徐群山爱这肉体，他不去追究它的暗示，因为那种最基本的准确言语就在这暗示中，不可被追究。①

　　同样是对身体的渴望，徐群姗却因对艺术生命的理解而升华为对舞蹈家灵魂的爱慕，这种同性相惜的情怀、对美的呵护和珍惜超越了世俗标准和社会规范，并促使徐群姗在"文革"的危难中女扮男装，冒险看望孙丽坤。同样，孙丽坤也因徐群山的到来重新燃起对生命的希望，"文革"前生活在耀眼光环中的孙丽坤并不真正懂得何为情感，"爱她的男人太多，她搁置不下他们全部，只有不断地丢掉"②。"文革"期间，徐群山的到来让孙丽坤体会到了人世中难得的真情，尤其是徐群山浑身散发的文明气息、从形到神的异样风范都让她体验到一种精致的感受，"他却从来不像任何她经历的男人那样，浑身散发着刺鼻的欲望。名叫徐群山的青年从来、从来不像他们那样"③。"活到三十四岁，她第一次感到和一个男子在一起，最舒适的不是肉体，是内心。"④ 她在潜意识中似乎能够感觉到徐群山的不同寻常，她无法确认整个事情的真实性质，却能感受到自己日益粗糙的心灵因徐群山的到来重新获得了情感和精神的滋养，原本在群体的摧残中自暴自弃的舞蹈家开始从身到心重塑自我，"意志如刀一般再次雕刻了她自身"，她偷偷地训练以恢复体形，并重新找回了那份失去已久的自尊和高贵。此时的徐群山已经成为舞蹈家生命和精神的支撑，因此，当徐群姗的性别真相大白时，她无法接受这个现实而精神崩溃，当她病愈后渐渐接受了姗姗的情感时，却又因同性之情无法为世人接受而只能分离，即使重返舞台拥有了新的生活，舞蹈家仍然对那份刻骨的情感耿耿于怀，这份情感直抵精神和心灵，成为她生命中不可承受之重。

　　4. 神话寓意

　　或许只有无功利的同性情谊才能接近灵魂之恋的情感境界，小说中关于"白蛇与青蛇"的神话故事则成为这种情感境界的隐喻，这一神话原型

---

① 严歌苓：《严歌苓文集》（6），北京：当代世界出版社 2003 年版，第 22 页。
② 严歌苓：《严歌苓文集》（6），北京：当代世界出版社 2003 年版，第 11 页。
③ 严歌苓：《严歌苓文集》（6），北京：当代世界出版社 2003 年版，第 28 页。
④ 严歌苓：《严歌苓文集》（6），北京：当代世界出版社 2003 年版，第 25 页。

的借用使小说中同性情谊的故事充满女性主义的意味和丰富的意象。早在1989年，香港女作家李碧华的长篇《青蛇》就为《白蛇传》"翻案"。作家把小说写成同性恋主题的故事，在小说中展现白蛇和青蛇之间充斥情欲、忌妒的纠葛以及充满恩怨的情谊，后经香港著名导演徐克拍成电影搬上了银幕。严歌苓同样以"白蛇"构成故事，但不同的是，作家借助"文革"这一历史背景，将神话中的白蛇与青蛇置换成现实中的舞蹈家和徐群姗，将凄美的神话传说、现实的历史时代与暧昧的同性情爱融合在一起，形成小说独特的叙述氛围，并以此传达作家关于历史、女性、情感的诸多思考。

"白蛇与青蛇"的故事在小说中时隐时现却贯穿始终，徐群姗因舞蹈家扮演"白蛇"出神入化而爱上孙丽坤。她在观看演出时想：青蛇那么忠诚勇敢，对白蛇那么体贴入微。……我真讨厌许仙！没有他白蛇也不会受那么多磨难。没这个可恶的许仙，白蛇和青蛇肯定过得特好。① 当徐群姗在"文革"的危难中冒险看望孙丽坤时，孙丽坤的感受也正如同她的舞蹈体验："她感到他是来搭救她的，以她无法看透的手段。如同青蛇搭救盗仙草的白蛇。"② 这里隐藏着舞蹈家对"徐群山"性别身份的暧昧直觉，如果说徐群姗的同性情爱取向是显而易见的，那么舞蹈家的同性情爱则呈现出一种朦胧的迷恋，如同"白蛇"在青蛇（同性）、许仙（异性）之间暧昧的双性倾向。不同的是，神话中的同性情爱因未曾言明而继续存在，现实中的同性恋情却因逐渐明晰而不为社会所容。孙丽坤得知了徐群山的性别身份后精神崩溃，正是因为她意识到自我的情感取向为社会规范所不容，她本性中的情爱力量与"社会常识"产生了一种顽固的抗拒并导致其精神失常，然而情爱的本能是无法被世俗层面的"道德准则"完全抹杀的，这也是她在病愈后接受了徐群姗真实性别身份的原因所在。徐群姗还原成女性身份姗姗后在医院陪伴孙丽坤，此后一直保持联系，如同神话中的青蛇在战败后，由男身变为女性并终身伴随白蛇，白蛇和青蛇在神话中可以始终相随相伴，现实中人却必须回归世俗的生活，于是，还原为女性

---

① 严歌苓：《严歌苓文集》(6)，北京：当代世界出版社2003年版，第19页。
② 严歌苓：《严歌苓文集》(6)，北京：当代世界出版社2003年版，第25页。

身份的徐群姗收敛起自己天性中对美好情感和艺术生命的执着追求，嫁给了一个"教科书一样正确"的规矩而平庸的男人，重返舞台的孙丽坤也有了一个众人眼中体贴的男友，两人都走向了社会所认可的正常轨道，却舍弃了最为珍贵的内心情感和生命体验。小说结尾，孙丽坤在徐群姗结婚时送去了"白蛇和青蛇怒斥许仙"的玉雕作为礼物，"姗姗看了她一眼，意思是说她何苦弄出这么个暗示来。她也看她一眼，表示她决非存心"①。这个充满喻义的细节既是小说中两个心照不宣的同性爱恋者内心的哀伤和幽怨，也隐含着作家严歌苓对于"社会常识"的质疑，以及在世俗生活中无法获得真实情感的悲凉。

小说中，徐群姗与孙丽坤之间超越社会规范的同性情爱、摆脱世俗功利目的的灵魂之恋呈现出情爱的美好和人性的温情，并在"文革"这一乱世中焕发出异样的光彩，同时也因其无法在现实中得以实现而倍显感伤。这是作家对于超脱世俗层面的真实情感心怀向往，却又认识到这种情感不可能在现实规则中长存的复杂心态。从一定意义上来讲，小说《白蛇》不仅是作家走向人物心灵史的过程，也是作家走入自我内心的艰辛历程，正如作家所说的："只想和故事中的人物们相伴下去，一步一步了解他们，通过了解他们，来了解我自己。"②

《白蛇》因叙事的独特角度和深刻的内涵成为"文革"书写的独特文本，在严歌苓的创作中占有相当的分量。小说中三种不同视角的交错、性别身份的暧昧、特殊历史阶段的混乱与人心、人性的迷失交织在一起，充满种种隐喻和多重指涉意义，隐含着作家对历史、身份、情感、人性的诸多思考。"叙述作品不仅蕴含着文化密码，而且蕴含着作家个人心灵的密码。……依据文本及其叙述视角，进行逆向思维，揣摩作者心灵深处的光斑、情结和疤痕，乃是进入作品生命本体的重要途径。"③ 通过小说探析作家的生命体验和精神诉求，读者可以体会到作品更深一层的内涵和艺术品质。

---

① 严歌苓：《严歌苓文集》（6），北京：当代世界出版社 2003 年版，第 43 页。
② 严歌苓：《严歌苓自选集》，济南：山东文艺出版社 2006 年版，第 115 页。
③ 杨义：《杨义文存》（第一卷），北京：人民出版社 1997 年版，第 204 页。

三、成长记忆

短篇小说集《穗子物语》是历史时代中的成长记忆。小说集共收录了12 篇小说，包括《老人鱼》、《柳腊姐》、《角儿朱依锦》、《黑影》、《梨花疫》、《拖鞋大队》、《小顾艳传》、《灰舞鞋》、《奇才》、《耗子》、《爱犬颗勒》、《白麻雀》。这些短篇小说曾分别发表在《十月》、《上海文学》、《北京文学》等刊物上，2005 年结集为《穗子物语》（广西师范大学出版社2005 年 4 月出版）。前 7 篇是关于童年"穗子"在"文革"期间的故事，后 5 篇描述少女"穗子"在军队文工团的经历和见闻。这部短篇小说集的自传色彩极为浓厚，主人公"穗子"贯串整部小说集，从人物和时间的连贯性来看，"穗子"的"成长小说"系列完全可以构成一部长篇小说，但作家将这 12 篇独立的短篇小说结集成一部小说集，体现出一种自觉的文体意识，这些独立成篇却又相互联系的小说以少女"穗子"的视角观看混乱的社会和扭曲的人性，同时又以成年"穗子"进行评说和反思，作家在两种视角的交错中展现"文革"、追问人性，并回避了对"文革"进行直接的政治、历史因素的追究。作家本人认为自己创作的"穗子"系列与留美初期的"文革"题材作品相比有了很大的改变，"这十五年，让我的观念都重新洗牌了"。"穗子的故事基本上全是悲剧，但我全是嘻嘻哈哈讲的，我觉得这是一个更高的境界。"① 小说的叙述语言既有凄美、暧昧的模糊性，又呈现出冷静的思辨和温和的批判。《穗子物语》独特的叙述方式和人性主题构成了其自传体"文革"叙事的独特之处。

（一）两种视角的复调结构

作家严歌苓小时候与父母一起住在作家协会的大院里，成长时代正处于"文革"时期，父亲被打成右派，家庭受到冲击，同时也目睹了作协大院里众多文人在"文革"中的命运，她曾在散文中多次提到这段历史对自己和家人的影响："文革就是把一切'文'都'革'掉，父母和他的朋友们一夜间成了反动作家，反动文人，反动这，反动那。大家的书被烧了，

---

① 严歌苓：《十年一觉美国梦（演讲）》，《上海文学》2005 年第 6 期，第 34 页。

被抄家抄走了，被封存了。"① "我们这些'黑五类'的子女没有完整的家，没了社会的承认与尊重，只剩下一点聪明来嘲骂荒唐的、不公道的世界。"② 严歌苓十二岁那年参军入伍，成为部队文工团的舞蹈演员，对部队生活有着切身的体验，因此，小说中儿童"穗子"对"文革"的观察、少女"穗子"对文工团生活的记忆都与作家自身成长的经历密切相关。作家在自序中坦言："应该说这些小说是最接近我个人经历的小说。"③ 但作家并没有将小说写成一种类似于个人回忆录的作品，她甚至力求避免读者进行这种联想，因此作家在序言中顾虑重重地一再强调："穗子是不是我的少年版本呢？当然不是。穗子是'少年的我'的印象派版本。其中的故事并不都是穗子的经历，而是我对那个时代的印象，包括道听途说的故事给我形成的印象。" "我拒绝对它的史实性、真实性负责。小说家只需对他（她）作品的文学价值负责。……我只想说，所有的人物，都有一定的原型，是否客观我毫不在乎，我忠实于印象。"④ 作家竭力想要说明《穗子物语》并非只是一种自传式的简单回忆，而是成长之后的作家以成人的姿态回忆年少时的"穗子"所经历和感受的一切。"在小说集中，我和书中主人公穗子的关系，很像成年的我和童年、少年的我在梦中的关系。看着故事中的穗子执迷不悟地去恋爱，现实里的我明知她的下场不妙，但爱莫能助。看着童年的穗子抛弃老外公，和'拖鞋大队'的女孩们一块儿背叛耿获，伤害小顾，以恶报恶，以恶报善，成年的我只能旁观。"⑤ 作家在小说中是以一种剥离自我、抽身事外的叙事状态回望这段成长经历的，于是我们在小说中可以看到两个"穗子"：一个是当年历史情境中年少时的"穗

---

① 严歌苓：《写稿佬手记》，见《波西米亚楼》，北京：当代世界出版社 2001 年版，第 10 页。

② 严歌苓：《自尽而未尽者》，见《波西米亚楼》，北京：当代世界出版社 2001 年版，第 100 页。

③ 严歌苓：《〈穗子物语〉自序》，见《穗子物语》，桂林：广西师范大学出版社 2005 年版，第 1 页。

④ 严歌苓：《〈穗子物语〉自序》，见《穗子物语》，桂林：广西师范大学出版社 2005 年版，第 1 页。

⑤ 严歌苓：《〈穗子物语〉自序》，见《穗子物语》，桂林：广西师范大学出版社 2005 年版，第 1 页。

子"，一个是成年后反观过去、审视过去的"穗子"，叙述主体则站在两个"穗子"构成的时空中自由地穿行，时而展现年少时的"穗子"眼中的世界，时而让成年的"穗子"站出来发表一番评论，两个视角相互交叉构成了小说的复调结构。

作者在小说中显然不甘于只给读者讲述优美悲凉的故事，她总是一面讲故事，一面根据自我经验对故事进行阐释和评论，两个"穗子"在小说中不同的叙事功能则为作家提供了这种可能。热奈特曾区分了叙述（说）与观察（看），即"谁说？"、"谁看？"的问题。"谁说？"是确认叙述文本的叙述者及其叙述声音的问题，"谁看？"是谁的视点决定叙述文本的问题。《穗子物语》中的叙述者和观察者，即"说"和"看"是归于不同的主体的。年少时的"穗子"是"看"故事的人，她对眼中的世界和自我的行为充满困惑和迷茫。小说中"说"故事的人则是一位在异国他乡多年，回首儿时经历并进行反思的成年人，这位成年叙述者往往与年少时的"穗子"拉开距离，以一种理性、冷静、宽容甚至有些调侃的叙事语调对年少时的"穗子"的所作所为、所见所闻做出评论和剖析。这个"说"故事者时而以第一人称"我"、"我们"出现，时而以第三人称"穗子"、"她"、"她们"进行叙述。无论何种人称，应该说成年后的"穗子"与叙述主体或者说作家本人最为接近。她时常站出来评说幼年"穗子"的"看"。如《柳腊姐》中幼年的"穗子"目睹了曾经羞涩可亲的腊姐变成了满腔愤怒、控诉公婆的红卫兵，成年的"穗子"则对年少时的"穗子"的所见所闻进行思考："满世界都是红卫兵，都不知仇恨着什么，打这个砸那个。那时我不到九岁，实在不明白红卫兵们哪儿来得那么深那么大的恨。但恨总是有道理的，起码腊姐的恨有道理，只是今天做了作家的我对那恨的道理仍缺乏把握。"① 又如《老人鱼》中外公对孙女"穗子"一片真心，"穗子"却往往利用外公最为心虚之处"不要你做我家长"攻击他，"后来外公去世了，成年的穗子最不堪回首的，就是她对老人经常讲的这句话。那时她

---

① 严歌苓：《柳腊姐》，见《穗子物语》，桂林：广西师范大学出版社 2005 年版，第 42 页。

才意识到,孩子多么残酷,多么懂得利用他人的痛楚"①。这是成年后的
"穗子"反省自己曾经犯下的错误,具有一种忏悔的意味,其中更多的是
对特殊年代中人性的反思和剖析:"不过后来穗子明白,她担心人们会心
虚是无道理的。人们在加害于人时从不心虚,从不会难为情。"②"在那个
每天早晨都会发生新的伟大背叛的时代,半年就足能使'海枯石烂'
了。"③"她们已学会在和各种人的作对中找到乐趣了。"④成年"穗子"的
这些评论和反思使读者站在与叙事者同等的位置上理解、同情这个年少的
"穗子"所处的时代以及她所犯下的错误,并原谅了以前那个"以恶报恶,
以恶报善"的"穗子",小说中的那些创伤性的童年回忆和不堪回首的历
史记忆也因此呈现出温和、冷静的忧伤。两个"穗子"之间的特殊关系和
时空差距构成了小说独特的叙事语调,《穗子物语》无论是作为"文革"
叙事文本还是"成长"小说,都无疑是拓展了其叙事模式的深度和广度。

(二) 童年"穗子"

1. 善恶结合体的"穗子"

小说集中的前 7 篇小说《老人鱼》、《柳腊姐》、《角儿朱依锦》、《黑
影》、《梨花疫》、《拖鞋大队》、《小顾艳传》在"文革"叙事中剖析儿童、
少女、成人的人性。年少的"穗子"是严歌苓小说中的一个特殊人物形
象,她身上体现了人性中善与恶的统一,她既有纯情、友爱、无私的一
面,又有极为虚荣、好嫉妒、自私的一面,可以说魔鬼与天使在童年"穗
子"身上合二为一,这是一个具有复杂人性的独特形象。

《黑影》与《老人鱼》两篇小说构成童年"穗子"两面人性的对读。
《黑影》是"文革"期间一个创伤性的童年故事,孤独的儿童与流浪的野
猫都具有"天真蒙昧的心灵",他们之间无言的沟通、感恩式的回报反衬

---

① 严歌苓:《老人鱼》,见《穗子物语》,桂林:广西师范大学出版社 2005 年版,
第 4 页。
② 严歌苓:《梨花疫》,见《穗子物语》,桂林:广西师范大学出版社 2005 年版,
第 76 页。
③ 严歌苓:《拖鞋大队》,见《穗子物语》,桂林:广西师范大学出版社 2005 年
版,第 91 页。
④ 严歌苓:《小顾艳传》,见《穗子物语》,桂林:广西师范大学出版社 2005 年
版,第 138 页。

出混乱世界中人与人之间的互相摧残以及成人与儿童之间的巨大隔膜。被定罪为"反动文人"的父亲将"穗子"送到爷爷家寄居，一只未被驯服的野猫"黑影"来到"穗子"家并成为她的伙伴，为孤独的"穗子"带来了生活的乐趣和心灵的温暖，"它不明白穗子多么希望有人以同样的方式摸摸她的头。它哪里会知道这个小女孩多需要伴儿，需要玩具和朋友"①。黑影虽是一只野猫，却有一颗比人更懂得感恩的心，爷爷和"穗子"曾在黑影摔伤时收留了它，又在它被巨大的捕鼠器夹断了足趾时救活了它，黑影则常常外出寻食，将偷来的食物叼回家给爷爷和"穗子"度过食物短缺的艰难岁月。不幸的是，黑影最终在偷食时被人抓住，人们用极为残酷的手段惩罚它，"它浑身的毛被火钳烫焦了，并留下了一沟一桩的烙伤。伤得最重的地方是它的嘴，里外都被烫烂，使穗子意识到，饥荒年头的人们十分凶猛，他们以牙还牙地同其他兽类平等地争夺食物"②。知恩图报的黑影最终在痛苦中死去，产下的猫崽也饿死了，留给童年的"穗子"一段创伤性的悲怆记忆。

在童年"穗子"眼里，成人是难以沟通和理喻的，相比混乱世界中人与人之间无休止的打斗和背叛，人与兽之间却能够和谐相处、互相援助；相比成人世界与儿童世界的隔膜，"穗子"与黑影之间却能沟通默契，"在穗子此后的余生中，她都会记住那个感觉。她和美丽的黑猫相顾无言的感觉，那样的相顾无言。这感觉在世故起来的人那儿是不存在的，只能发生于那种尚未彻底认识与接受自己的生命类属，因而与其他生命同样天真蒙昧的心灵"③。"穗子"是人类的幼儿，黑影是野猫的幼崽，或许只有两个处于幼小时期的生物才能呈现出生命的本真模样和与生俱来的善良，从而平等相处甚至患难与共，成人则常常将世界和自己扭曲，引发无数的灾难与邪恶。

---

① 严歌苓：《黑影》，见《穗子物语》，桂林：广西师范大学出版社 2005 年版，第 69 页。

② 严歌苓：《黑影》，见《穗子物语》，桂林：广西师范大学出版社 2005 年版，第 72 页。

③ 严歌苓：《黑影》，见《穗子物语》，桂林：广西师范大学出版社 2005 年版，第 70 页。

在《老人鱼》中，儿童不再是天真、纯洁的代表，童年"穗子"与外公的故事凸显出儿童本性中的趋利避害和自私无情。"穗子"的外公在血缘上与她毫无关系，政府将守寡多年的外婆配给了这个老头。"文革"时期，外公因拥有多块功勋章而被认为是战功赫赫的英雄，并享受津贴和特殊食品供应。父母将童年"穗子"托付给外公抚养，"穗子"在饥荒、混乱的时代得到了外公精心的照顾和细心的呵护。"外公天天在下午三点出现在托儿所门口。天下雨的话，老头手里一把雨伞，天晴便是一把阳伞。暑天老头端一个茶缸，里面装着冰绿豆沙，寒天他在见到放了学的穗子时，从棉袄下拿出一个袖珍热水袋。"①"穗子"被人欺负时，外公总是及时出现并舍命般地保护她，即使当"穗子"犯下"偷笋被抓"的错误时，也能得到外公极为智慧的帮助和彻底的原谅。外公对"穗子"一片真心，"穗子"却常常利用外公最为心虚之处攻击他。当外公的功勋章被认为有造假之嫌，其历史身份受到怀疑时，他的特殊食品供应也随之中断。"穗子"主动写信给父母要求他们接走自己。"穗子"离开外公后很少想起他，甚至在填写各种表格时故意省略掉历史有疑点的外公，以免招来是非。年老的外公最后身患骨癌，在孤独和病痛中死去，他的亲属栏中只填了一个亲人的名字：穗子。

原本属于成人世界的趋利避害、见风使舵、欺软怕硬的恶习同样出现在儿童"穗子"身上。作家在小说中揭示了儿童人性之恶的最初形态，其实是想隐晦地指出生存环境的恶劣和成人世界的扭曲对儿童人性之恶的造就，正如"穗子"在襁褓中感受到母亲以脚踢摇窝时"自然感到一种毁灭性的危险。她一下子收住哭声，开始她人生第一次的见风使舵"② 一般，成人世界的冷漠无情造就了儿童生存的危机感和保护自我的私心。"穗子"父母在"文革"中受到冲击，生活没有保障，寄居在外公家的"穗子"则可以在抄家的恐怖和各种暴力中受到外公的保护，并享受外公的各种食物

---

① 严歌苓：《老人鱼》，见《穗子物语》，桂林：广西师范大学出版社 2005 年版，第 3 页。

② 严歌苓：《老人鱼》，见《穗子物语》，桂林：广西师范大学出版社 2005 年版，第 1 页。

补贴，"外公对于她，是靠山，是胆子。是一匹老坐骑，是一个暖水袋"①。外公在乱世中让她获得了生存的保障和心灵的安全感，然而，当假功勋章一事发生后，原是老英雄的外公瞬间成了老白匪，在物质、名声上再也无法为"穗子"提供保障了。"穗子"亲眼看到曾经敬仰外公的成年人如何一起排挤他："他们要外公明白，人之间的关系不一定从陌生进展为熟识，从熟识向陌生，同样是正常进展。这段经历在穗子多年后来看，就像一个怪异的梦，所有人都在那天成了生人。"② 众人的言行彻底教会了"穗子"如何趋利避害，她本能地离开了已没有任何作用的外公，走得那么彻底干净，以避免受其所累。混乱社会的恐怖无序、成人世界的无情势利培养了下一代有过之而无不及的人性之恶，这也正是作家在成年之后回望童年犯错的"穗子"却无法憎恨她的原因所在。

《柳腊姐》中七岁的"穗子"则是一个友善与好嫉妒并存的矛盾体。十五岁的腊姐来到"穗子"家做保姆，"穗子"认为腊姐是她这七年的人生中见过的最好看的女人。她喜欢腊姐的美丽、聪明与温和，与腊姐成为朋友和玩伴。然而，腊姐发育良好的身体、逐渐向城里女人学习穿衣的愿望、学"穗子"唱歌却改词的自主性引发了"穗子"强烈的妒忌，"穗子"本性中自诩高贵的优越感及强烈的占有欲和支配欲使两人的矛盾渐渐浮现。直到"穗子"发现爸爸拒绝给她买那个向往已久的娃娃，却舍得以四个娃娃的价钱给腊姐买了件漂亮大衣时，"穗子"积蓄已久的忌妒之火终于爆发了，她理直气壮地偷了腊姐的五块钱买下了娃娃，并克制自己对腊姐哭泣时的怜悯，拒绝承认错误。名角朱依锦认为漂亮聪明的腊姐具有艺术潜质，她将腊姐收为关门弟子并推荐她去戏校学戏，但因腊姐从小就是别人家的童养媳，最后只得奉命离开城市回乡成亲。"文革"一开始，这个曾经羞涩可亲的腊姐变成了满腔愤怒的红卫兵。"有人在镇上看见她，剪短了头发，穿上了黄军装，套上了红卫兵袖章，在公路口搭的舞台上又

---

① 严歌苓：《老人鱼》，见《穗子物语》，桂林：广西师范大学出版社 2005 年版，第 4 页。

② 严歌苓：《老人鱼》，见《穗子物语》，桂林：广西师范大学出版社 2005 年版，第 21 页。

喊又叫又唱又蹦。"①

　　小说中七岁的"穗子"目睹了腊姐的前后变化却无法知晓其中的原因，成年"穗子"在回顾腊姐的命运时似乎也坦言无法找到正确的答案，却以人性的残缺展示腊姐转变的真正原因。对于腊姐的漂亮，外婆认为十五岁的丫头已经发育得很周全并不是什么好事情，她似乎习惯于压抑和扼杀这种自然蓬勃的美；"穗子"的妈妈则会送来大包小包的脏衣服脏被单，将腊姐当作丫鬟奴仆使用；"穗子"的爸爸送给腊姐漂亮的大衣也不过是寻求一种似是而非的感情寄托；而在"穗子"自然天性的孩子眼中，虽然腊姐是漂亮的，两人关系也似乎是平等的，但这种漂亮和平等一旦损伤了"穗子"的优越感，侵犯了她的支配权，就会激发"穗子"内心朦胧的尊卑意识，继而产生妒忌直至狠毒的报复。人性中暗藏的恶使腊姐在集体的暗示中明白了自己原本的身份和命运，她放弃了戏校的学习和改变命运的机会，从城市再次回到农村，她不甘心却又无可奈何。"文革"为她提供了一个发泄的舞台，在这个舞台上"又喊又叫又唱又蹦"的腊姐让成年的"穗子"最终领悟："恨总是有道理的，起码腊姐的恨有道理。"②

　　成长于"文革"时期的少女往往因父母的遭遇而造成种种扭曲心态，《拖鞋大队》就是关于少女背叛的故事。"文革"期间，军区将军的女儿耿荻与作协大院的"穗子"这群十几岁的女孩们成为朋友，她常常利用自己的身份为她们提供真诚有效的帮助，最后却遭到了这群女孩的集体背叛。"穗子"这群女孩的父母都是文化知识界的人物，在"文革"中被打成"反动诗人"、"右派画家"、"反革命文豪"，并被强制劳动改造，她们成了无人看管的野孩子。这群女孩表面洒脱，内心却异常地敏感脆弱，靠着紧密团结、一致排外来获得一点尊严，甚至以穿着同样款式的拖鞋作为集体的标志以壮大自己。"因为团结，她们的过街老鼠群落显得多么安全。她们这才意识到，这群落解体，她们中的任何一员都没那胆子走进学校，走入菜市场，甚至走出作家

---

　　① 严歌苓：《柳腊姐》，见《穗子物语》，桂林：广西师范大学出版社 2005 年版，第 41 页。

　　② 严歌苓：《柳腊姐》，见《穗子物语》，桂林：广西师范大学出版社 2005 年版，第 42 页。

协会的大门。"① 社会的排挤、父母的遭遇让她们有着极为敏感自卑的扭曲心理，在无力抗争的处境中她们常以自嘲来寻找内心的平衡：

"谁让你们的父亲臭名昭著呢？"
女孩们也哈哈地乐了，说："还遗臭万年呢！"
"……不齿于人类呢！"
"被扫进了历史的垃圾堆！"
她们很自豪，父亲们是反面人物，角色却是不小的，都在"历史"、"人类"的大戏剧里。②
"你爸的阴阳头比我爸好看"，"我爸装脱胎换骨比你爸装得好，看他腰弓得跟个虾米似的"，"快看穗子她爸，装得真老实耶，脸跟黄狗一样厚道！……"③

生活的贫困和精神的压抑使这些出身于书香门第的少女们不仅极为贪吃，而且言行鄙俗，满口粗言秽语。耿荻在嫌恶她们身上的恶习的同时又给予这群女孩们真诚的帮助，不仅在物质上接济她们，还常常主持公道维系着小集体的团结，然而背叛的事情终于发生了。蔻蔻的爸爸为求得改造的好成绩，将这群女孩们在端午节赶五十里路程为劳动改造的父亲送去礼物的事情供出，叛卖了所有的人。"拖鞋大队"的女孩们一致排挤蔻蔻以示报复，耿荻却从不嫌弃被众人孤立的蔻蔻，并教育她们："你们不要忘了，正是别人排斥你们、孤立你们，才使你们最初那样友爱。"④ 耿荻外表穿着、为人处事的男性化使女孩们很是敬慕，同时也对她的性别产生了怀疑。蔻蔻为了重新回到"拖鞋大队"，她与父亲一样学会了叛卖，冤枉耿

---

① 严歌苓：《拖鞋大队》，见《穗子物语》，桂林：广西师范大学出版社 2005 年版，第 95 页。
② 严歌苓：《拖鞋大队》，见《穗子物语》，桂林：广西师范大学出版社 2005 年版，第 97 页。
③ 严歌苓：《拖鞋大队》，见《穗子物语》，桂林：广西师范大学出版社 2005 年版，第 92 页。
④ 严歌苓：《拖鞋大队》，见《穗子物语》，桂林：广西师范大学出版社 2005 年版，第 118 页。

获对她非礼，最终促使这群曾经接受了耿获多次帮助和鼓励的女孩们合谋设下圈套，扒下了耿获的衣裤……在混乱的社会中，人性之恶在无须言明中得到承传和扩散，成年人、少女、父亲、女儿、朋友，无论是何种身份的人似乎都无可避免地走向了背叛。"穗子"这群女孩在社会的集体压抑中挣扎着成长，从被人排挤中学会排挤他人，在他人的背叛中学会背叛他人，不仅过早地失去了纯真，还展示出令人震惊的人性之恶。

2. "穗子"眼中的情感故事

《梨花疫》与《小顾艳传》是儿童"穗子"眼中的两段情感故事，"文革"成全了这两段爱情，最终又以分离作为结局。或许人们在情感的分合中无法清晰地分出善恶，却可以窥见人性的复杂，包括儿童"穗子"。《梨花疫》中的余老头与"穗子"家同住在作家协会大院里，他曾经是胶东打游击时的司令，因屡犯风流错误被"留职察看"。他常常酗酒骂人，言语行为中仍是一副兵痞的作风。"余老头的笑是由一大嘴牙和无数皱纹组成的；而且余老头一个人长了两个人的牙，一张脸上长了三张脸的皱纹。那是怎样藏污纳垢的牙和皱纹啊！穗子今后的一生，再没见过比余老头更好的龌龊欢笑了。"① 这个兵痞余老头在大家都忙着革命和被革命时却遭遇了爱情。叫花子萍子带着半岁的儿子来到梨花街，余老头与她产生了相依为命的情感，这个流落街头的乞丐女子唤醒了余老头心中的温情：

余老头五十多岁了，懂得了珍惜。他糟蹋过多少真心啊，……他也在此刻明白他真正恨穗子爸什么。是穗子爸这类城里酸秀才弄出一套关于女人的说法，完全是混账说法，把进城后的余司令弄乱了，使进城后的余司令丢失了世世代代乡土男人对女人的向往、期盼、原则。原来穗子爸之类对女人只是有一大堆说法；只是说说而已，只是靠边儿说上一堆美好风凉话。而余司令的女人，是手掌上的，是分量上和质感上的。真心是不可说的，却是可摸的。②

① 严歌苓：《梨花疫》，见《穗子物语》，桂林：广西师范大学出版社 2005 年版，第 76 页。
② 严歌苓：《梨花疫》，见《穗子物语》，桂林：广西师范大学出版社 2005 年版，第 83 页。

余老头收留了萍子母子并给予他们精心的照顾。有了萍子的余老头改头换面重新做人了，不仅呼吸中不再带有酒臭，而且他重新开始写山东快书了。外面的世界仍然喧嚣，余老头和萍子却开始拥有真心的情感和正常的生活，但这是在人人遭罪的混乱社会中大家所不愿意看到的。于是人们不断散播麻风病的谣言，最终使萍子和她的孩子被当作麻风病嫌疑者抓走，留下伤心欲绝的余老头。谣言的传播者包括儿童"穗子"，她甚至在萍子被抓走时的混乱中揪了一下萍子飞散的黑发，以确认麻风者脱发的说法。对此，成年"穗子"解释说："我想穗子当年是无心说说的。她到现在都不知道麻风病究竟是什么样。她说萍子是麻风病时，以为没人会当真。到现在她都想知道萍子是不是麻风者。"①"文革"中人们阴暗的心理让这段爱情成为悲剧。

《小顾艳传》中画家杨麦娶了百货大楼的售货员小顾。两人文化层次悬殊，小顾对杨麦爱得全身心投入却常常不得要领，但总能以她的世故和能干帮助杨麦渡过生活中的危机，同时也以她的凶悍赶走杨麦身边的情人，守护这场不太相称的婚姻。杨麦在既嫌恶又依赖的复杂情感中与小顾相守。"文革"中杨麦被定为"现行反革命"几乎被枪毙，小顾以自己的身体收买了军代表，使丈夫躲过了那场灾祸并重获自由。"穗子"和一群女孩则通过"凹"字形楼的地形发现了小顾与军代表的秘密。这群在"文革"中长大的女孩，"她们中没有一个身上不带伤的，真像一群天天行盗又天天挨揍的野猫"②。她们想出种种方法耻笑、耍弄、揭发小顾，以与她作对、使她难堪为乐事。"文革"结束后，杨麦成为著名的漫画家，并结束了与小顾十几年的婚姻，再婚后的杨麦却在一次醉酒时呼唤起小顾的名字，成年"穗子"终于明白了年少时的女孩子们所不能理解的这段情感。

大陆小说中以夫妻共患难却不能同富贵作为题材的作品有很多，这些小说往往侧重于描述两人的情感历程，揭示造成悲剧的时代、历史原因，而作家严歌苓在这篇小说中关注的则是爱情中的人性。《小顾艳传》中的

---

① 严歌苓：《梨花疫》，见《穗子物语》，桂林：广西师范大学出版社 2005 年版，第 90 页。

② 严歌苓：《小顾艳传》，见《穗子物语》，桂林：广西师范大学出版社 2005 年版，第 139 页。

杨麦在生活处于困境和生命受到威胁时总会受到小顾的帮助。他是爱小顾的，因为精明的售货员小顾可以让他渡过生活的困境，甚至挽救他的生命。那时的杨麦在小顾面前是驯服的："小顾说话还像曾经那样，一个句子没讲完，下一个句子又起了头，常常顺着枝节跑得太远，自己会忽然停住，换一口气，再去找她的逻辑，而逻辑往往越找越乱。杨麦就笑眯眯地看着她，哪个女人能像小顾那样，活多大一把岁数还满身孩子气。他忘了小顾的讲话方式曾经怎样让她发疯。"① 小顾对杨麦的爱似乎也只有在灾难中才能得以体现，为此她时常感激灾难成全了她的爱情："亏得有文化大革命，一夜间改变了尊卑、亲仇、功过，一夜间降大难于杨麦这样的人，使他识好歹，懂得珍惜她小顾。"② 这个爱得执着却爱得辛苦的小顾是严歌苓的长篇小说《一个女人的史诗》中田小菲的雏形，只不过小顾最终还是失去杨麦，而田小菲则守住了婚姻。小说中"穗子"这群女孩有意要摧毁这场不相称的婚姻，却忽略了这种感情在世俗生活中的价值。成年后的"穗子"在杨麦醉酒时的呼喊中才明白"曾经他和小顾的亲密，超出了他们的想象"。她终于理解并同情小顾这种毫无保留却无比辛苦的爱，因为这种感情虽然世俗却能在乱世中温暖人心。

3.《角儿朱依锦》

《角儿朱依锦》（《白蝶标本》）是《穗子物语》中比较独特的一篇。作家不再以成年"穗子"的旁观者视角在小说中评说童年"穗子"的言行，而是以纯粹的儿童视角展现"穗子"眼中的荒诞世界，这种与"穗子"站在同一视角观望世界的方式引发读者极大的同情和悲悯。马克·柯里在分析叙述视角的技巧是怎样控制读者对人物的同情时，谈到有关同情的两种观点，"当我们对他人的内心生活、动机、恐惧等有很多了解时，就更能同情他们；当我们发现一些人由于不能像我们一样进入某些人物的内心世界而对他们作出严厉的或者错误的判断时，我们就会对这些被误解

---

① 严歌苓：《小顾艳传》，见《穗子物语》，桂林：广西师范大学出版社 2005 年版，第 141 页。

② 严歌苓：《小顾艳传》，见《穗子物语》，桂林：广西师范大学出版社 2005 年版，第 150 页。

的人物产生同情"①。因此，作家虽然在《角儿朱依锦》这篇小说里同样揭示了儿童与成人世界的对立、成人之间的互相攻击、特殊年代的荒诞与怪异，以及人们的自私与冷漠，但儿童视角呈现出作家创伤式的沉痛记忆，使小说的叙述语调不再冷静温和。作家严歌苓曾在散文《自尽而未尽者》中记叙了自己九岁时目睹萌娘自杀未遂、在昏迷中接受医院治疗时受尽众人侮辱的经历。小说《角儿朱依锦》正是根据这段经历改编而成，从中可以看到童年时期的这段创伤在作家心灵深处留下的深深痕迹。

　　作家以"穗子"的视角展现儿童眼中的世界。名角朱依锦在"文革"中因承受不了种种羞辱吞药自杀，八岁的"我"（穗子）前往医院探望朱阿姨时看到了种种不可理喻的现象。医院实施抢救时将她一丝不挂地随便安放在女厕所对面的病床上，病床周围总有不良的企图围观的人，人们通过各种方式窥视她的肉体，一个病人甚至不惜架双拐从一楼爬上六楼来观看朱阿姨的身体。"我"竭力保护朱阿姨，但在这些丑陋而强大的成人面前无能为力。"朱阿姨的脸这些人平时也看不到的，别说她光溜溜的身子。我已挤到最前面，回头看看朱阿姨现在的观众。我的脊梁太小，什么也不能为朱阿姨遮挡。"②为了保护朱阿姨，"我"强行从医生那里要来一条被子将朱阿姨的身体盖严，并坐在床边守护着她，但每当"我"打瞌睡或上厕所时，被子就会被人掀开，一个电工甚至故意将香烟头掉落在朱阿姨的被子上，借拍打烟头抖落被子以偷看朱阿姨的身体。八岁的"穗子"难以与成人世界的狡诈与卑劣对抗，她只能脸上淌满眼泪，心中充满痛苦和困惑。"朱阿姨是一只白蝴蝶标本，没死就给钉在了这里，谁想怎么看就怎么看。她不防护自己，在你眼前展览她慢慢死掉的过程。她过去的多姿都没有，过去的飞舞都停止了……"③一双童真的眼睛见证的却是如此丑陋的世界，这种心灵的伤害和震撼给儿童期的"我"留下了难以磨灭的创

---

① ［英］马克·柯里著，宁一中译：《后现代叙事理论》，北京：北京大学出版社2003年版。

② 严歌苓：《角儿朱依锦》，见《穗子物语》，桂林：广西师范大学出版社2005年版，第50页。

③ 严歌苓：《角儿朱依锦》，见《穗子物语》，桂林：广西师范大学出版社2005年版，第54页。

伤。作家在散文《自尽而未尽者》中记叙萌娘的遭遇时曾激愤地写道：
"那尊严和廉耻的丧失便是我理想的丧失；他们用眼睛糟蹋萌娘身体的同
时便是掳走了我心灵的贞洁。"① "我是被毁了——在萌娘的奥秘、尊严、
贞操被毁的同时我也被毁得不剩什么了。想想看这有多么残酷：让一个九
岁的女孩顷刻间认清了太多的人之无耻和丑恶……"② 现实中的萌娘被救
活了，昏迷中的她对自己在医院的这段遭遇毫不知情，而小说中的朱阿姨
在经受种种侮辱后，被一直敬重她才华的门房韦志远拔掉了身上所有维系
生命的管子，韦志远以结束朱阿姨的生命来维护她的尊严。

　　小说中纯真的儿童与丑陋的成人世界之间产生了一种对立，但两者的
力量极为悬殊，这使八岁的"穗子"显得孤独无力，小说的叙事基调也因
此充满悲凉。"穗子"在保护朱阿姨时看到医院里实施抢救的年轻护士水
平低劣，埋头打毛衣的护士冷漠无比，围观者的猥亵更是丑陋不堪，对于
冷漠的成人世界，八岁的"穗子"无能为力。当大家看到李叔叔自杀时只
是白白眼睛说"活该！"人们对文人在"文革"中自杀的事情司空见惯，
而"穗子"显然为李叔叔感到伤心，却只能借助与成人相同的方式抵抗心
中的难过："我不要自己想念李叔叔，我不要自己心里难过，这样讲个
'活该'，我就把李叔叔忘掉了。"③ "穗子"眼中的父母同样不可理喻，年
轻好学的韦志远拿着他为朱阿姨写的剧本向"穗子"的爸爸请教，"穗子"
的作家爸爸表面上应付韦志远和其他前来请教的人，私下却对他们充满鄙
夷，把他们送来的稿子塞到床底下置之不理。妈妈向"我"借钱后赖皮不
还，还常以成人的世俗观念教育"我"，她把"我"从守护朱阿姨的医院
里拉回家时劝道："朱阿姨好转来，回到戏台上照样出名，才不会记得你
呢！""穗子"眼中的成人世界让她困惑不解，而"文革"中一系列运动
在纯真的"穗子"眼中则成了戏剧化、动作化的场景。她对"文革"的儿

---

① 严歌苓：《自尽而未尽者》，见《波西米亚楼》，北京：当代世界出版社 2001
年版，第 99 页。

② 严歌苓：《自尽而未尽者》，见《波西米亚楼》，北京：当代世界出版社 2001
年版，第 101 页。

③ 严歌苓：《角儿朱依锦》，见《穗子物语》，桂林：广西师范大学出版社 2005
年版，第 43 页。

童式理解使这段历史充满荒诞和反讽的意味，其中透露着作家对那段历史的冷静审视：

　　在我们这里，连黄狗都有名有姓有户口；朱阿姨反动，朱阿姨的狗一天到晚做贼似的，顺墙根黑影子溜，最后还是给人绑了拖走，跟朱阿姨一样游街出风头。没名没姓没户口就什么也不是，大家就不知拿你怎么办了。现在我们这里"文化大革命"，大家都不看书了。书都有名字，一有名字人家就知道这是什么东西：资产阶级还是封建主义，反党还是反革命。要是朱阿姨不叫朱依锦，朱阿姨就不是著名演员，就不会给打倒。谁也不想打倒朱阿姨，就想打倒她的名字。谁也不想拖我爸去关"牛棚"，大家拖的是写剧本的邱振。韦志远去掉所有书的名字，书就不是它们本身了，大家就不知他读的这些不是书的玩意儿叫什么玩意儿，该拿他怎么办，所以我们大家闹革命，只有韦志远安安稳稳读他手里谁也看不清叫不明的东西。①

　　我们这个地方永远有许多废纸，因为全省的作家都住在这里。过去作家写书、写剧，现在写认罪书、检举书，所以写出许多废纸来。穿假军装的革命小将也一会儿来一趟，往贴满纸的墙上再糊一层标语，大字报。我们这个作家大楼原先是红砖的，现在一块红砖也看不见了，糊满了纸。风一吹，整个楼"嚓喇喇喇"响；一下雨，满楼乱淌墨汁，人不能从那下面走，一走就滴一头墨汁。等另一批革命小将来了，前一批刚贴的大字报就成了废纸；不管糨糊味有多新鲜，更新鲜的糨糊就刷上来了；等到这小老头一来，谁的纸都是废纸。他只管撕得快活，撕得清脆嘹亮，每撕一下，双脚一蹦，"嘶啦啦啦"！②

（三）文工团的少女"穗子"

　　《灰舞鞋》、《奇才》、《耗子》、《爱犬颗勒》、《白麻雀》讲述文工团的

---

　　①　严歌苓：《角儿朱依锦》，见《穗子物语》，桂林：广西师范大学出版社 2005 年版，第 45 页。

　　②　严歌苓：《角儿朱依锦》，见《穗子物语》，桂林：广西师范大学出版社 2005 年版，第 46 页。

少女"穗子"的情感经历和她眼中的他人故事,人性的探寻同样贯穿于小说之中。

1. "穗子"的情感故事

《灰舞鞋》中文工团十五岁的"小穗子"爱上了比她大七岁的排长邵冬骏。邵冬骏为了和连级军官高爱渝谈恋爱出卖了"小穗子",公开了她写的160封情书。部队将此事件作为文工团有史以来的男女作风大案,并召开正式的批斗会,让十五岁的"小穗子"当着200多名官兵战友念了20多页的悔过书。事发之后,女兵们像躲瘟疫一样躲着她,并常以情书的内容嘲笑她。"小穗子"侥幸继续留在部队里,她在众人的嘲笑和鄙弃中做着各种苦力活,拼命练习舞蹈,试图在近乎自虐的劳累中忘记伤痛。不久后,她又经历了与军区体工队的篮球中锋刘越的情感,仍然以分手告终,经历了两次恋情的"小穗子"终于成长了。

《灰舞鞋》中的故事是作家根据自己年少时一段真实的情感经历写成的。她在文工团时爱上了一个军官,纯真的爱情换来的却是军官的出卖和众人的遗弃。年少时的这场情感打击让作家很早就体会到人性的狰狞,这或许是作家总是热衷于在作品中分析和探寻人性的原因之一吧:

在我少年时代发生过一场早恋,后来我回忆这段经历,总是惊讶地想,人们怎么会在这类口诛笔伐的运动中获得如此之大的满足和快感。再成熟一些,我想作为社会的人也许是极其缺乏安全感的。作为生物的人类更加缺乏安全感。在迫害他人时,暂时使你和集体有了一个结盟,因此你获得了暂时的安全。你要想与集体结盟牢固、长久,你就必须和被迫害者决裂得彻底。想到许多迫害原来仅仅处于这样人性的动机,人的迫害本性就不显得像个完全不可测的黑暗之谜了。①

对于这段早已远去的情感经历,作家并不仅仅只是关注他人在这件事中所表现出来的人性,同时也冷静地反观自身的情感局限。从文工团时的少女到写作这篇小说的作家,其间已经历了几十年的岁月流逝、婚姻生活

---

① 严歌苓:《严歌苓自选集》,济南:山东文艺出版社2006年版,第470页。

的变化以及多年在异国他乡的移民历程，这使作家在回望这段情感经历时产生了巨大的时空和心理距离，她不仅摆脱了当年的局限，而且能从女性角度出发，更为理性、知性地对少女时期的性意识萌动和情感态度进行自我剖析和反省：

小穗子是永远处在情感饥饿中的一类人。她的言行举动，都是为一份感情，抽象或具体，无所畏。对于这个刚过十六岁的小穗子，她就那样蹬在一双灰暗的舞鞋里，苦苦地舞动，为着尚且在空中缥缈的目光，为那目光中的欣悦。她尚不知那副目光来自何处，属于谁，她已经一身都是表白。①

你以为她此生不会再这样笑了?! 这个小穗子，这个经过恶治而不愈的害情痨的女孩。②

她的热情依赖于不可能的感情，就像她十五岁时，她要的就是犯王法的感觉，那感觉让她去上当，受背叛，险些把十五岁的身体做了祭品。她也需要那份屈辱感，众叛亲离才使一段普通的初恋不普通了，因为屈辱是有分量的。感情应有的代价。她多年来一双灰色舞鞋，一身布衣，就是对人们说，你们唾弃吧，你们鞭打吧。人们就那样成全了一个爱情烈士。③

2. 扭曲的人性

《奇才》延续了《灰舞鞋》中"小穗子"的故事，但侧重人物却是文工团中十七岁的首席提琴手毕奇。他表面上看似忠厚、懦弱、木讷。末席提琴手老吴像对自己的亲生儿子一样照顾着他，"小穗子"也因毕奇的忠厚与他交往，然而这个由寡母带大的优秀提琴手原来却是一个自私自利、巧于心计的奇才，他在内心鄙视着周围这些关心他的人，却为了更好地利

---

① 严歌苓：《灰舞鞋》，见《穗子物语》，桂林：广西师范大学出版社 2005 年版，第 199 页。

② 严歌苓：《灰舞鞋》，见《穗子物语》，桂林：广西师范大学出版社 2005 年版，第 219 页。

③ 严歌苓：《灰舞鞋》，见《穗子物语》，桂林：广西师范大学出版社 2005 年版，第 244 页。

用他们而隐藏起内心真实的感受。《耗子》则揭示了丑女孩黄小玫的扭曲心理。黄小玫进入"穗子"所在的文工团后成为这群漂亮女兵们取笑、鄙夷的对象，她的父亲在"文革"中被定为大"右派"，母亲离异后带着她改嫁给一个上海的高干。在新建立的家庭中，不仅继父与她起了隔膜，母亲也常常因为她的存在而感到左右为难。在这种环境下成长起来的黄小玫留下了严重的心理阴影。入伍后她像耗子一样隐藏着自己，对队友的欺侮违心忍让，对教员过分热情甚至有些不识趣。她表面隐忍所有的人，背后却偷看那些最得势、最作贱她的女兵们的妇科检查结果，以寻找她们的漏洞。当部队开会批判男队友池学春的作风问题时，曾暗自喜欢池学春的黄小玫迅速加入到羞辱他的行列中落井下石。中越战争爆发后，黄小玫在前线负伤，成为立功的战斗英雄，当荣誉、亲情和爱情一起到来时，黄小玫却疯了。《白麻雀》写"穗子"所在的部队文工团招收了若尔盖草原上的"歌神"班玛措。参军入伍的班玛措得到了专业老师的培养和训练。在"穗子"和何小蓉的帮助下，班玛措在种种痛苦和不适中不断"进步"，她改正了粗放的风格，学会了恰如其分地控制音量以及使用发音技巧，同时也学会了城市生活的"文明"和矫饰。她在逐渐向音乐"专业化"和城市文明靠拢时，不仅失去了原来真实的音色美，而且也没能达到"正规化"的声色要求。最终，被文工团淘汰的班玛措回到了自己的家乡若尔盖草原。

3. 部队中的青春成长

作家严歌苓有过多年部队文工团的生活经历，对严厉统一的军队管制与一群青春活泼的少男少女们之间的对立有着极为敏锐的感知。年轻的士兵精力旺盛、感情充沛，在激情的年代怀抱着青春的理想，但部队的管制和"绝对的服从"不仅压抑了这种鲜活的生命力，也使他们怀疑曾经的理想和信仰。小说《爱犬颗韧》（《士兵与狗》）通过一只藏犬颗韧与部队演出队里"穗子"这群十六七岁年轻士兵们的故事，对军队的管制以及曾经年少时的信念进行质疑和反思。"我的少年时期在军中度过，曾拥有过爱犬颗韧，它在我们欺凌作弄式的爱抚下长大，度完它短短的一生。它不能控制它的生死，我们也不能控制我们的青春。在它和我们分别时，我们感到那样无力和无助。写下这个故事，我希望纪念我们的爱犬，也纪念我们那异于全世界青少年的成长经历。"①

　　小说中，部队严厉的制度与青春期的躁动使"我们"这群文工团的年轻士兵们常有残忍、暴虐的倾向。"我们"毫不怜惜地杀死并吃掉颗韧的兄弟姐妹："那五个狗娃怎样被杀死，被吊着剥皮，被架在柴上'嘟嘟'地炖，再被我们用树枝削成的筷子作进嘴里，化在肚里。"②"我们"看重跟随"我们"的颗韧，是因为它成了"我们"在压抑的部队生活中发泄情绪的对象。"我们在它身上施与一份多余的感情。之所以多余，是因为我们是作为士兵活着，而不是作为人活着；我们相互间不能亲密，只得拿它亲密，这亲密到它身上往往已过火，已变态，成了暴虐。它从此理解了这暴虐中的温柔。"③颗韧始终与"我们"相随相伴，它成了"我们"单调生活中不可或缺的一部分。当它因误伤了司令员的孙女而要被强行枪毙时，"我们"试图藏起颗韧，司令员却给出三天限期让"我们"交出颗韧。军人必须绝对服从命令，无论这种命令是否合理，而司令员拥有撤职冯队长、解散演出队的权力，于是"我们"无法违抗上级的命令。在目睹颗韧被警卫团枪毙的惨状时，"我们"也丢失了曾经的青春信仰。作家在小说中常把幼犬的视角和这群少男少女的心理混淆，彼此构成一种呼应，以嘲讽的语调反思青春的价值。比如颗韧眼中这群文工团士兵们从事的事业充满讽刺意味。颗韧"跟了我们三个月，它知道了好多事：比如用绳子把大小布版挂起，在布片后面竖起灯架子，叫作装舞台。舞台装完我们要往脸上抹红描黑，那叫化妆。化妆之后，我们脱掉清一色军服，换上各式各样的彩衣彩裙，再到舞台上比手画脚，疯疯癫癫朝台下的陌生人笑啊跳的，那叫作演出。……它懂得了这些吵闹的、成天蹦不止的男兵女兵叫演出队的"④。

---

① 严歌苓：《严歌苓自选集》，济南：山东文艺出版社2006年版，第38页。
② 严歌苓：《爱犬颗韧》，见《穗子物语》，桂林：广西师范大学出版社2005年版，第299页。
③ 严歌苓：《爱犬颗韧》，见《穗子物语》，桂林：广西师范大学出版社2005年版，第309页。
④ 严歌苓：《爱犬颗韧》，见《穗子物语》，桂林：广西师范大学出版社2005年版，第301页。

小说中颗韧的经历与年轻的士兵们互为投影，小说因此带有某种寓言的性质。颗韧还是幼崽时就目睹了"我们"这群年轻士兵们如何以极为熟练的动作杀死它的五个兄弟姐妹，并欢快地把它们投进锅中煮烂吃掉。"我们"带走它时，它亲眼看到追赶车辆的母狗被车碾死的惨状，是"我们"让它成为孤儿，颗韧还是追随着"我们"。"我们"时常在无聊和躁动中虐待颗韧，以此发泄心中的不满和过剩的精力，它仍然与"我们"这群年轻士兵相随相伴。当小周与赵蓓的恋情被曝光后，"我们"迁怒并惩罚多事的颗韧，它却依然对"我们"不离不弃；当"我们"在雪夜被困时，颗韧冒死前往兵站求救，几乎冻死在风雪中。即使被捆绑起来等待枪毙时，它仍然对"我们"这群士兵充满信任，直到生命的最后一刻也未曾对这份信任有过怀疑："它毫无抗拒地任小周摆布，半是习惯，半是信赖。就像我们戴上军帽穿上军服的那一刻，充满依赖地向冯队长交付出自由与独立。"①

作家在小说集《穗子物语》中将个体体验与女性视野、历史记忆融合在一起，书写动荡的"文革"时期与少女成长的记忆，多层面、多角度地展现"穗子"的成长经历和生命体验。小说既有荒诞历史背景下不可多得的美好人情与人性，也有诸多变态扭曲的心灵；有儿童世界的纯真和狡黠，也有成人世界的世俗和无奈；有女孩之间的相互爱恋、理解和温情，又有彼此的伤害、攻击和背叛；有青春生命的拘禁和自由的丧失，也有旺盛的生命力、爱情和性意识的萌动。其中，作家尤其侧重于对人性的探析和观照，对儿童的善恶、少女的背叛、成人的势利以及部队体制下的青春禁锢进行了深刻的思考和剖析。"穗子"浓厚的自传痕迹和成年后的深刻反思则使小说具有一种"忏悔录"的性质，而成年"穗子"的批评和解析又使年少时"穗子"曾经犯下的错误和人性之恶得到充分的谅解，两个"穗子"的叙述视角形成"穗子"系列小说独特的叙事方式。

严歌苓是一位极具历史、文化意识的作家，前往异国他乡之后的经历使作家对"那异于全世界青少年的成长经历"有了更为敏感的认识。在过

---

① 严歌苓：《爱犬颗韧》，见《穗子物语》，桂林：广西师范大学出版社 2005 年版，第 325 页。

往的宏大时代潮流中，个人的成长经历受制其中，青春的记忆难免苦涩甚至创伤累累，记下这些经历不仅是回顾自我的成长历程，也是对一个时代的记忆。"个人的历史从来就不纯粹是个人的，而国家和民族的历史，从来都属于个人。"①从这个意义上来讲，作家对"穗子"成长系列的回忆和思考也是对民族的历史和文化的反思。

四、中国书写

作家严歌苓的小说题材从移民故事逐渐回归故土题材，直至 2006 年发表的两部长篇小说《第九个寡妇》和《一个女人的史诗》则成为纯粹的"中国"书写。两篇小说一个是农村寡妇的故事，一个是都市女人的情感历程。故事背景则贯穿了大陆从抗日战争至改革开放几十年的历史。新移民作家严歌苓的两部"中国"书写小说，以女性的个体命运和自我坚守构建了宏大历史的书写，成功地塑造了独特的大陆女性形象。这些小说因此成为北美华文文学 90 年代以来水平最高的代表之一，尤其是《第九个寡妇》不仅为当代中国文学贡献了"王葡萄"这一独特的女性形象，而且为大陆新历史主义小说提供了一个极具参照价值的文本。

另外，《上海文学》2006 年第 7 期发表了严歌苓的 3 篇非洲题材的短篇小说：《集装箱村落》、《苏安·梅》、《热带的雨》。这些是作家自 2004年随外交官丈夫出使尼日利亚以来，第一次描写非洲生活的小说，相比留学、定居美国时创作的移民小说，这些非洲题材作品在内容和视角上都使用一些新的元素。出使非洲显然为作家带来了与移民美国时不同的经历和感受，作家从以前的弱势流浪者变成了俯视"他者"的施舍者，身份的改变使她在描写非洲人物和故事时的写作姿态也随之发生了变化。在《热带的雨》中，驻外官员的妻子婷婷·海德是个中国人，当她随美国丈夫从纽约来到尼日利亚时，对非洲男孩丹纽产生了同情之心，她主动给予帮助却事与愿违。在《集装箱村落》中，从香港移民到美国的华人麦克·李来到

---

① 严歌苓：《〈穗子物语〉自序》，见《穗子物语》，桂林：广西师范大学出版社 2005 年版，第 2 页。

贫穷的非洲，他的一句随意的许诺使生活在集装箱村落的贫穷少女玛丽亚
改变了生活的态度。在《苏安·梅》中，非洲侏儒女子苏安·梅有份体面
的秘书工作，她对六十三岁的纽约老头充满一厢情愿的向往，却拒绝了来
自尼日利亚的贫穷打井技工的真情。苏安·梅和周围人的情感取向来自他
们对于种族和身份地位的衡量，"隔着种族，就是看不懂。种族的差异能
使人把苏安·梅看得很美，也能把真心的阿吉波拉看得很投机，很功利，
看成个骗子"①。这3篇小说的主题仍然涉及种族和文化的差异，但不再充
满移民情结，作家以一种轻松的心态讲述非洲"他者"的故事，为海外华
文文学带来了新鲜的题材。

①　严歌苓：《苏安·梅》，《上海文学》2006年第7期，第14页。

第三章　女性书写：严歌苓笔下的女性人生

作家严歌苓为海外华文文学创作了一批优秀的女性主义作品，并为中国文学塑造了独特的女性形象。作为一名女性作家，严歌苓始终关注女性的生存状态和心灵体验，作品因此带有浓厚的女性主义色彩，她笔下的主人公几乎都是女性，这些形象因作家在不同时期的创作而发生变化，其中一些人物又具有某种共同的特性，并构成"地母"系列形象。对严歌苓小说中的女性文学形象进行深入的阐释，可以揭示女性形象的丰富内涵以及作家身份的转变对小说创作的影响。

严歌苓出国前创作的作品是以女性意识的觉醒反思历史时代的政治权力，表现出一种启蒙状态的性别意识；在出国后的移民题材作品中，移民女性小渔（《少女小渔》）和扶桑（《扶桑》）以弱者之善显示内在的强大，但终究带有隐忍的生存策略；在作家回望故土的题材中，困境中的女性形象充满反抗的力量和活泼的生命力，呈现出女性对生活的向往、对尊严的渴望和对文明的皈依，如《谁家有女初长成》中的巧巧、《天浴》中的文秀、《金陵十三钗》中的玉墨；作家旅居尼日利亚后创作的《第九个寡妇》中的王葡萄和《一个女人的史诗》中的田苏菲则坚守自我认定的伦理、爱情，对女性个体的信念坚贞无比。严歌苓笔下这批女性形象呈现出一个发展的脉络，这些形象的变化折射出作家在不同时期对女性的观照、对生命的理解和对人性的思考。

第一节　权力重构的政治人生：
《绿血》、《一个女兵的悄悄话》、《雌性的草地》

20 世纪 80 年代，大陆女性文学创作开始复苏，具有强烈女性意识的女作家们在小说创作中既有艺术上的先锋，也有精神上的反叛者，身处其时的作家严歌苓同样毫不回避写作上的女性姿态和精神立场。作家在 1986 年至 1989 年之间发表的三部长篇小说《绿血》、《一个女兵的悄悄话》和《雌性的草地》都是直接取材于自己早年所熟悉的年轻女兵、女知青的生活，这些创作于八十年代中后期的长篇小说逐渐呈现出作家的女性意识和精神立场，尤其以 1989 年发表的《雌性的草地》最为鲜明。

　　1986 年发表的《绿血》是严歌苓的第一部长篇小说，曾获 1987 年"全国优秀军事长篇小说奖"①。小说以编辑乔怡不断寻找那个她很可能熟识的小说作者为主线，引出不同历史阶段中军营、战场的人物和故事。这部典型的军旅小说主要表达战争对人心灵的伤害，以及"人性之善的伟大力量"，全文充满理想主义的青春激情，虽然作家没有回避对部队阴暗面的揭露，但难免带有那个时代的"理想化"和人物形象的"概念化"。1987 年发表第二部长篇小说《一个女兵的悄悄话》，获 1988 年"解放军报最佳军版图书奖"②。叙事者"我"（陶小童）是故事的女主人公，作者借主人公"我"身陷泥石流、生命危急时刻的纷扰思绪和真实的内心独白，悄悄讲述了那个动乱年代的故事，呈现女性个体的心灵史。小说中女兵的"悄悄话"其实是诉说"英雄"在成长过程中遭受的人性压抑和自我丧失。陶小童是一个纯真聪慧、善于思考的女兵，在每个人都以时代的价值观为标准来扭曲真实自己时，陶小童却始终保持"个性"，成为众人眼中需要帮助和改造的对象。最终她在一系列的教育中接受了那个时代所需要的各种形式主义的改造，褪尽了女性的温柔和才情，甚至放弃了读大学的机会，变成了一个思想浅白、行为粗糙、性别模糊的女子，她的内心也因自己言不由衷地"走向自己的否定"直至面目全非而倍受煎熬。这部小说运用时空交错的叙事方式，揭示时代的荒诞和人性的压抑，但作家更为关注的是女性在时代价值标准的认同中丧失自我的苦闷，因此，作家在小说中以女性立场反思时代和人性，并揭示女性个体的感受与情绪。应该说这部

---

　　① 《绿血》1984 年 6 月于北京完成初稿，11 月 14 日于北京定稿。1986 年 1 月发表于《昆仑》杂志，1986 年 4 月由解放军文艺出版社出版。

　　② 《一个女兵的悄悄话》定稿于 1986 年 4 月 8 日，1987 年 8 月由解放军文艺出版社出版。同时由《西南文艺》发表，1998 年 10 月由春风文艺出版社出版。

小说是作家进行女性书写的开始。

1989 年发表的长篇小说《雌性的草地》① 具有鲜明的女性写作姿态和强烈的女性意识，作家以女性视角观照一群在荒蛮草地上被遗忘的牧马女兵，反思女兵们庄严而荒谬、虔诚而愚昧的信仰和激情，揭示"文革"时期政权、父权的双重挤压对女性造成的异化，并以"人性、雌性、性爱都是不容被否定的"为标准来寻找女性自身的存在。

作家受到当时国内"人的回归"和女性主义文学思潮的影响，小说中作家对女性自我丧失的焦虑以及恢复性别后自我的渴望，呈现出大陆女性作家所共有的精神立场。"真正自觉的女作家则将女性性别视为一种精神立场，一种永不承诺秩序强加给个体或群体强制角色的立场，一种反秩序的、反异化的、反神秘的立场。"② 同时，这部小说在创作上也有着自己的特色，作品"并无十分明显的政治反思和批判的倾向，也没有那种最能引发人们同情的，为知青说话的功利性极强的激情"③，而是以雌性、性欲、母性等女性特征和深刻的女性体验揭示特殊历史阶段中女性深层的性心理和生命意识，引发我们对性别、历史、时代进行更为深入的思考。如社会进步下的"男女平等"观念造成对男女性别差异的忽视，父权、政权的双重挤压对女性的异化，以及社会政治权力、"理想"准则下人性的泯灭。这种女性视角使《雌性的草地》作为"文革"题材的小说，与一般知青小说、伤痕文学区别开来。

一、"男女平等"——被偷换的概念

《雌性的草地》描写了"文革"期间，一批来自成都的女知识青年组成的"女子牧马班"在自然环境极其恶劣的川、藏、陕、甘交界的一个大

---

① 《雌性的草地》创作于 1987 年至 1988 年，1989 年 2 月由解放军文艺出版社出版。

② 孟悦、戴锦华：《浮出历史地表：现代妇女文学研究》，北京：中国人民大学出版社 2004 年版，第 26 页。

③ 黄国柱：《留恋芳草地长篇小说〈雌性的草地〉读后》，《文艺报》，1990 年 2 月 17 日。

草地上牧马的传奇故事。作家严歌苓曾经谈到当年创作这部小说的原始动机是因为听到一个"女子牧马班"的真实事迹。"这些女孩子们都是成都的知识青年，最大的也才二十岁。这块草地的自然环境是严酷的，每年只有三天的无霜期，不是暴日就是暴风，女孩子们的脸全部结了层伤疤似的硬痂。她们和几百匹军马为伴，抵抗草原上各种各样的危险：狼群、豺狗、土著的游牧男人……"①　这正是小说人物生存的恶劣环境。小说中"女子牧马班"的成立则是由于某个"老首长"随意说了这样的一句话："男娃女娃都一样，女娃也可以牧马"，于是在"革命理想高于天"的"文革"期间，一群姑娘从成都来到与世隔绝的大草地上牧马，为了把"牧"成的合格军马交到"老首长"的手中，她们在极其恶劣的自然环境和简陋粗糙的生活方式中，从事与男人一样繁重的工作。完全抹杀性别差异的艰苦劳作使这群女知青身心扭曲、生命消耗，这种无视男女差异的"男女平等"在事实上造成了另一种更为残酷的不平等，并造就了一代女子的悲剧命运：沈红霞失声、失明直至瘫痪，毛娅在回城无望后嫁给了当地的牧民，永远留在了那片荒凉的草原上，小点儿从罪行累累的女人变成了一个好姑娘却葬身于火海，老杜死在她默念了千百次的回城路途上，柯丹失去了私生子后流浪四方……这些女子在特殊的年代里承受着作为群体的人和作为个体女性的双重异化，当女性一旦自觉地汇入这一时代主潮，臣服于意识形态下的理想准则时，就意味着放弃自我，再次埋入历史的底层。

　　"男女平等"的观念自"五四"时期以来就成为女性解放的主题。中国文学史上第一个现代女作家群正是在娜拉针对男性所说的"首先我是一个人，和你一样的一个人"的影响下，女性个体作为"人"的群体性才开始觉醒的。女性向男权的世界宣告："做一个与男儿并驾齐驱的女子汉"（白薇），"去过人类应过的生活，不仅仅做个女人，还要做人"（庐隐）。但觉醒的女性们还未来得及对自身这一性别群体的特征进行深入的思考，时代的洪流就使"同男人一样"的观念以另一种形式隐没了女性自身，并

---

　　①　严歌苓：《从雌性出发（代自序）》，见《雌性的草地》，北京：当代世界出版社 2003 年版，第 1 页。

使之在"男女平等"的制度中得以加强。"文革"时期的女性解放则干脆被简化为阶段斗争，"男女平等"在特殊年代彻底成为一个被偷换的概念。"'男女平等'在很大程度上是那种通过消灭差异而实现的个体对群体、百姓对代表全社会成员利益的政权的统一隶属方式在性别上的表现。"① "男女平等"在强大的意识形态中失去了原来的真正意义，而女性则在积极参与社会进程时，又往往以抹杀自身所具有的特质为代价来实现这种扭曲的"男女平等"。

二、"父亲的女儿"——被抑制的"女人"

主人公沈红霞在"父"那隐匿不明却又无所不在的威严注视下，自觉且自愿地将"你应该走一条更艰巨的路"的指示内化为自己的行动方式，并以绝对的无私忘我、不可思议的钢铁意志一步步地塑造自己，成为"父"的忠实女儿。

沈红霞的亲生父亲是一个正派的普通军人，母亲曾是一个美丽的女兵，当怀着身孕的母亲参加舞会被一位老将军看上后，就再也没有回家，几个月后，父亲收到了一个女婴，这就是沈红霞。她长大后问父亲当时恨不恨霸占母亲的人时，父亲说："恨舞会……军人嘛，服从命令。"一个普通军人对上级的服从是无条件的——即便是霸占了自己的妻子。这位普通军人不仅将"服从命令"内化为自己的行为准则，而且在无形中要求女儿遵循同样的准则。作为亲生父亲，他在信中从来不提自己的意见，而是转达将军对她的各种指示："叫你用征服红马的精神去对待一切。"将军的权威不容置疑，父亲的服从无可争议，两个父亲共同构成"父"的威严之网——巨大而无形、牢固而无法抗拒，这是一种独特的"父女"关系式，与几千年间传统的"父女"关系有所区别。父亲与女儿因传承了性别方面的畸形文化因子而在某种程度上达成了同构：否定女性的自我意识，树立"父"的绝对权威。"女性在中国传统文化语境中一直是被男权制度边缘化

---

① 孟悦、戴锦华：《浮出历史地表：现代妇女文学研究》，北京：中国人民大学出版社 2004 年版，第 203 页。

了的一类，在可感而不可言说的父系巨型文化系统中，女性命运如浮萍。"① 当沈红霞臣服于"父"的要求时，权威的指示渐渐内化成坚定的信念，她自愿以牧马这种艰苦卓绝的形式达到一种"伟大的实现"，成为"父"的忠实"女儿"。为了更好地维护"父"的权威，她还必须摒弃"女儿"成为"女人"的可能。因为一旦"女儿"进入男女两性的性别关系中成长为"女人"，"父"（现实之父与象征之父）便丧失了其权威和意义。

小说中的沈红霞自觉自愿地实践着"女儿"对权威之"父"的拥护，用几乎苛刻的方式遵循着"父"所指引的理想准则。她头一个不声不响地接过军区首长手中的红旗，拉起一支女子牧马班，开始了与男牧民一样与世隔绝的艰苦生活，并在意识上自觉地削弱女性的雌性特质，更不用说一般女性的正常欲望，即使是唯一的一次显现出女性的妩媚与温柔也是给了即将应征的红马。为了满足"父"的期待，忠实的"女儿"成为异化的"神"，并付出惨重的代价：失声、失明、瘫痪、孤独。"在某种意义上，女性话语被抹杀，只谈"男女平等"而不谈男女差异，女性自身神秘性的难以解破，女性自我认识上的种种禁区等一切中国妇女解放中的薄弱与匮乏，都与这样一个统驭多年的'父女'关系式不无干系。"②

三、理想准则——被异化的人性

"男女平等"和"父亲的女儿"共同造就了"理想准则"，沈红霞则无比坚定地遵守这种"理想准则"：她在女子牧马班中树立了实际的权威，并以她超越常人的"神性"时刻影响着这个集体，加速了这群年轻的女孩们人性的异化。

沈红霞和她的理想准则使女子牧马班保持了信仰的纯洁性，同时也过着苦不堪言的非人生活：她号召大家喝下写有誓言的纸的灰烬以示永不反

---

① 万莲子：《一种全球背景下的新文学传统——20 世纪中国文学的"文化审美现代性"论纲》，《湘潭大学学报》2004 年第 6 期。

② 孟悦、戴锦华：《浮出历史地表：现代妇女文学研究》，北京：中国人民大学出版社 2004 年版，第 254 页。

悔；她几天几夜追马而忘记感官上的饥饿，并对同伴的饥饿反应表示轻蔑；为了实践不吃马料的誓言，她要求大家和她一样啃着草皮度过了七天七夜，差点被活活饿死。沈红霞那种过分严格的生活信条使她周围的人都感到不胜其累，他们不得不仿效这种"无懈可击"的人格，然而，理想的准则毕竟抑制不住青春萌动的雌性本能，在缺乏异性的草地上，女子牧马班的姑娘们的青春萌动因失去了正常的实现渠道而变得不可遏制。这个"荣誉集体"内部形成了种种奇特的关系以及变态扭曲的发泄方式：独眼神枪手叔叔在诱奸这些姑娘们的同时，也成了她们情感需求的释放对象；难以启齿的躁动使面貌丑陋的杜蔚蔚有了受虐的渴望，她在与柯丹的一场场厮打中发泄连她自己也不甚明了的情欲冲动；班长柯丹生下了怪异的孩子布布；毛娅在返城的梦想破灭后嫁给了当地的文盲牧民，永远留在了贫瘠的草地上……来自荒诞理想的"神性"，压制并扼杀了沈红霞和她的同伴们，"这个集体从人性的层面看是荒诞的，从神性的层面却是庄严的。……这份荒诞的庄严扼杀了全部女孩，把她们年轻的肉体与灵魂作为牺牲，捧上了理想的祭坛。因此这份庄严而荒诞的理想便最终被认清为罪恶"①。

　　小说中另一个人物小点儿则是人之本性的象征。年轻的小点儿满身戴罪：杀人、淫乱、偷窃、欺骗。她因犯命案被通缉，收留她的姑父与她有了乱伦的关系。为了摆脱姑父并掩盖自己不可告人的身份，她潜入女子牧马班这个与世隔绝且被人遗忘的群体。原以为自己的渗透会改变女子牧马班，但沈红霞以她钢筋铁骨般的意志、无懈可击的行为折服了小点儿。在逐渐融入女子牧马班的过程中，这个狡猾阴险、淫邪无耻的小点儿改邪归正了，"除了勤奋干活，一件坏事也没做过"，甚至还憧憬着美好的爱情，这个虽然满身邪恶但却有着真实人性的女子得到了拯救，而且她与姑父乱伦时所张扬的真实情欲、她曾经犯罪时本性中的真实邪恶都一并随着她对理想准则的认可而消退，直到最后在烈火的焚烧中完成了生命的纯粹，成为理想祭坛上的一个牺牲品。"小点儿是一个美丽、淫邪的女性，同时又

---

① 严歌苓：《从雌性出发（代自序）》，见《雌性的草地》，北京：当代世界出版社2003年版，第4页。

是个最完整的人性，她改邪归正的过程恰恰是她渐渐与她那可爱的人性，那迷人的缺陷相脱离的过程。她圣洁了，而她却不再具有人性。"①

小说主人公沈红霞不仅以她坚不可摧的革命意志征服了女子牧马班和小点儿，而且她还试图征服一匹红马。她在与红马的多次较量中九死一生，但红马仍然保持着自己作为杰出骏马的本性，桀骜不驯地生活在大草原上，与它钟情的母马相亲相爱。最终红马没有被沈红霞驯服，但却遭到阉割，它自然的本性和特殊的精神从此丧失殆尽。红马成了一匹普通的军马，甚至只是一堆红色的脏物。沈红霞以丧失基本的人性塑造了自己的神性，而红马成为军马却永远失去了马性，这其中显示出一种荒诞残酷的关系。"一切生命的'性'都是理想准则的对立面。'性'被消灭，生命才得以纯粹。这似乎是一个残酷而圆满的逻辑，起码在那个年代。"② 当"神化"（沈红霞）、"奴化"（牧马班众女子）、"妖化"（小点儿）的各类女性于悲惨结局无一幸免，"雌性的草地"最终变成一片荒芜时，我们可以看到作家在思考特殊年代中女性前途命运时的怅惘与迷茫。

在"文革"的荒诞年代中，偷换了概念的"男女平等"导致自然性别的变异，"理想准则"造成正常人性的异化，"父"的威严使"雌性的草地"变得荒芜，女性在重重的挤压下完成了人性的异化。作家严歌苓以强烈的女性意识，清醒地认识到女性的自我意识会在理想的准则和平等的表象之下再次淹没于历史的洪流，因此生发"女性自我丧失"的焦虑以及恢复"原本的我"的诉求与渴望。作家在小说中尽情地张扬性爱、情欲等女性特质，以"性爱是毁灭，更是永生"来质疑理想的准则、批判荒诞的年代，以女性回归自我来缓解"失我"的焦虑，同时也以雌性内涵的尽情书写为女性寻找拯救之路。

2007 年，作家严歌苓在经历了多年辉煌的创作之路后，将自己创作于20 年前的长篇小说《雌性的草地》改编成《马在吼》。改编后的小说并没有对原作进行太大的修改，只是删去原小说中十多处叙事者"我"的出场

---

① 严歌苓：《从雌性出发（代自序）》，见《雌性的草地》，北京：当代世界出版社 2003 年版，第 4 页。
② 严歌苓：《从雌性出发（代自序）》，见《雌性的草地》，北京：当代世界出版社 2003 年版，第 4 页。

情节，可见作家对当年创作的《雌性的草地》的认同，她曾承认自己创作的所有小说中"最喜爱的是《雌性的草地》"①。

作家严歌苓在出国前创作的小说，其女性写作姿态和性别意识精神虽有独特的话语方式，却与大陆本土的众多女性主义文学创作有着许多相似、相连之处。在其出国后的小说创作中，强烈的女性意识和精神立场仍然在作品里不断延续，并因东西方文化的冲击和作者身份的变化而呈现出不同的面貌，由此也为海外华文文学创作了一批优秀的作品和独特的女性形象。

第二节　双重边缘的弱者人生：
《少女小渔》、《扶桑》、《小姨多鹤》

作家严歌苓于 1989 年 11 月赴美留学，出国前其对于女性思考的困惑和迷茫并未完全解除，移民的经历和身份的改变又使作家获得了新的体验，并使其形成了独特的女性视角和观照方式。出国前的作品是作家以女性的真切体悟以及站在"雌性"的角度反思社会政治权力中的女性命运的，所以作品的女性意识和话语方式都带有大陆文坛女性主义文学的痕迹；而出国后的严歌苓则是以底层移民女性的"神性"造就了一批区别于大陆文坛的人物形象，如短篇小说《少女小渔》和长篇小说《扶桑》、《小姨多鹤》这些移民题材的独特文本和女性形象为海外华文文学带来了新的收获。

严歌苓于 1990 年开始给台湾报刊投稿，《少女小渔》（1993 年）以及几年后创作的长篇小说《扶桑》（1996 年）都在台湾发表。《少女小渔》1991 年获台湾"中央日报文学奖"短篇小说一等奖，改编成电影后又获得多项大奖；《扶桑》的发表在美国以及中国台湾都引起了轰动，得到诸多好评，获 1995 年"联合报文学奖"长篇小说奖，2002 年登上《纽约时

---

① 江少川：《走近大洋彼岸的缪斯——严歌苓访谈录》，《世界华文文学论坛》2006 年第 3 期。

报》畅销书排行榜前 10 名，1996 年在国内出版以来受到批评界的广泛关注。据悉，作家正在改编这部小说，并打算与陈冲合作拍成电影。① 应该说这两部小说获得广泛好评的原因是多方面的。从文学的角度来讲，小说最值得肯定之处应是作家塑造的女性人物形象——小渔、扶桑具有丰富的东方文化意蕴和文化象征意义，是中国文学女性人物画廊中独特的艺术形象。可以说，《少女小渔》和《扶桑》独特的文学文本和其中的女性文学形象，是作家对海外华文文学和中国当代文学的特殊贡献。

　　作家笔下的小渔、扶桑都是残酷的生存环境下的弱者，小渔被动地与意大利老人"假结婚"，扶桑是饱受蹂躏的妓女，但作家在小说中并没有以典型的女性书写策略呈现弱者的悲惨命运，而是将弱者塑造成拯救众生的"女神"，这些弱者以她的善良、宽容、温情而饱满的人性化解种族、文化的对立。弱者非但不弱，反而强大无比。这类女性形象充满东方文化的生命力和丰富内涵，是作家在双重边缘困境和移民创伤中的文化想象。小说中"女性"的命运与华人的族性结合在一起构成了一个独特的民族寓言。

一、少女小渔

　　《少女小渔》创作于 20 世纪 90 年代初，这是一个关于海外华人"绿卡婚姻"的故事。对于那些没钱、没学历、没有特殊技能的海外中国人来说，想要获得所在国的永久居留权有很大难度。"绿卡婚姻"是一条便捷的路径，即出钱和当地人假结婚，争取到身份后再离婚。这种事情在移民中屡有发生，因此许多作家常以此作为移民小说的题材，反映国外生活的辛酸和无奈。《少女小渔》则以小渔这个独特的"弱者不弱"的形象超越了此类题材的一般化书写，呈现出深层的文化内涵。小说中善良质朴的大陆少女小渔随男友江伟来到澳洲，为了获得绿卡永久居留澳洲，江伟以交

---

　　① 《扶桑》是严歌苓小说中出版次数最多的一部长篇小说，最初由联经出版事业公司于 1996 年年初出版，同时由香港天地出版公司出版，另有中国华侨出版社 1996 年版、1998 年版，春风文艺出版社 1998 年版，上海文艺出版社 2002 年版，当代世界出版社 2003 年 1 月出版的《严歌苓文集》七卷本将这部小说收录在第三卷。

易的形式安排小渔与一个"老糟了"的意大利老头假结婚。在合同婚姻的相处期间，小渔的温厚善良感化了猥琐失意的意大利老人，并使他重新燃起了对生活的希望。合同到期时小渔即将离去，老头却中风倒下了。

1. 弱者小渔

作家严歌苓在塑造小渔、扶桑这类女性时，往往喜欢浓墨重彩地写她们旺盛的生命力。小渔"人不高不大，却长了高大女人的胸和臀，有点丰硕得沉甸甸了。都说这种女人会生养，会吃苦劳作，但少脑筋。少脑筋往往又多些好心眼"。"人说小渔笑得特别好，就因为笑得毫无想法。"① 这个"好心眼少脑筋"的少女似乎缺少一种女性的性别意识和认知标准，她默默地、无怨无悔地接受一切，甚至不在意男性对她身体的侵害和攻击。在国内做护士时，就因为一个喜欢她的病人"跟渴急了似的，样子真痛苦、真可怜"而献出了自己的童贞。男友江伟对她的情感态度也与"尊重"无关，出国前，江伟是在跳舞时对她"腰上不老实"而开始约会小渔的；出国后为了留在悉尼，江伟又以一万五千元的价格安排小渔与意大利老人假结婚。小渔对江伟的安排一一服从。在维持假婚姻的过程中，江伟有时心里郁闷就拿小渔出气，甚至用性暴力发泄心里的委屈，小渔却对男友江伟有着近乎母性的宽容与关爱，甚至连哭的机会都让给江伟。"不然俩人都哭，谁来哄呢。她用力扛着他的哭泣，他烫人的抖颤；他冲天的委屈。"②

小说中的小渔在假结婚的交易中原本是最大的受害者，但她并不在意自身的苦难，不仅一如既往地宽容江伟，而且对多少有些无赖的意大利老人也充满善意和同情。看着婚礼上的老头，她心里为他难过起来：

她想他那么大岁数还要在这丑剧中这样艰辛卖力地演，角色对他来说，太重了。他已经累得喘不上气了。多可悲呀——她还想，他活这么大岁数只能在这种丑剧中扮个新郎，而没指望真去做回新郎。这辈子他都不会有这个指望了，所以他才把这个角色演得那么真，在戏中过现实的瘾。老头又干又冷的嘴唇触上她的唇时，她再也不敢看他。什么原因妨碍了他

___
① 严歌苓：《严歌苓文集》(5)，北京：当代世界出版社2003年版，第2页。
② 严歌苓：《严歌苓文集》(5)，北京：当代世界出版社2003年版，第6页。

成为一个幸福的父亲和祖父呢？他身后竟没有一个人，……①

　　意大利老头对小渔的欺骗也不会让她学会憎恨，当老头以报账、涨房价等各种方式向她索钱时，小渔明知老头说谎却一声不吭地付钱，自己却为了省钱步行上下班。她不仅不计较老头的所作所为，还偷偷为他打扫房间、在他的门前种上花、劝说他的情人瑞塔不要离开他，"她希望任何东西经过她手能变得好些；世上没有更应被糟蹋掉的东西，包括这个糟蹋了自己大半生的老头"②。经过一段时间的相处，这个曾经猥琐、吝啬的老头开始在小渔面前掩饰自己的陋习；在小渔夜晚回家摸黑上台阶时为她按亮门灯；甚至到街头拉琴卖艺自食其力，并用自己挣来的钱为小渔买火车月票。"他是个多正常的老人；那种与世界、人间处出了正当感情的老人。"③在小渔的善良感召下，他成了一个慈祥庄重并具有爱心的老人，并重新获得了生活的信心和自我的尊严。小说中有一段雨中捡钞票的细节。老头在雨中跌倒，小渔帮他追逐被风吹走的钞票，"他半蹲半跪在那里，仰视她，似乎那些钱不是她捡了还他的，而是赐他的"④。小渔在老头面前幻化成了一个能够赐予他一切的"神"，焕发出神性的光辉和强大的力量，最终甚至成为这个意大利老头生命的支撑，小渔的善良、纯朴、自然的心灵不仅涤清了人性的肮脏，消除了痛苦和磨难，而且拯救了堕落的世界，这是作家对美好人性的赞美和理想。

　　2. "弱者不弱"

　　《少女小渔》是作家在留美初期创作的小说，她曾自称《少女小渔》是一则"弱者的宣言"。作家讲述这个弱者的故事其实是对东方文化的包容性、宽恕性等特征的特别强调，并以这种方式来缓解身处弱势的焦虑感，以"弱者不弱"实现自我身份的确认和族性尊严的维护。作为一个敏感的女性作家，严歌苓在生存困境和文化冲击下对自己的移民身份与性别、种族的双重边缘处境有着切身的体会和复杂的感受，作家曾在《少女

① 严歌苓：《严歌苓文集》(5)，北京：当代世界出版社2003年版，第5页。
② 严歌苓：《严歌苓文集》(5)，北京：当代世界出版社2003年版，第15页。
③ 严歌苓：《严歌苓文集》(5)，北京：当代世界出版社2003年版，第16页
④ 严歌苓：《严歌苓文集》(5)，北京：当代世界出版社2003年版，第14页。

小渔》的后记中谈到自己远离故土后"像一个生命的移植——将自己连根拔起，再往一片新土上栽植，而在新土上扎根之前，这个生命的全部根须是裸露的，像是裸露着的全部神经，因此我自然是惊人地敏感。伤痛也好，慰藉也好，都在这种敏感中夸张了，都在夸张中形成强烈的形象和故事，于是便出来一个又一个小说"①。这种敏感和伤痛造成的移民创伤成为作家的生活体验和心灵感受，促使作家在小说创作中进行文化想象。她以夸大小渔代表的东方美德来展现人性的美好，以此实现性别和种族的自我确认。正如作家对人物的自我阐释："她的善良可以被人践踏，她对践踏者不是怨愤的，而是怜悯的，带一点无奈和嫌弃。以我们现实的尺度，输了，一个无救的输者。但她没有背叛自己，她达到了人格的完善。她对处处想占她上风，占她便宜的人怀有的那份怜悯使她比他们优越、强大。"②因此，作家对笔下的这位具有神性的弱者怀有崇高的敬意，少女小渔所证明的是"弱者自有它的力量所在"③。这种力量来源于她对世人浑然无觉的包容与怜悯，这种看似毫无原则的宽容似乎缺少文明概念中的女性性别意识，却因具有人性的亮度而散发出神性的光辉。"小渔成为一种性格，她像一块抹布，包藏了各种肮脏污垢以后自身却发出了一道粼粼的光泽。"④

3. "地母"形象的东方文化内涵

小渔身上所体现的东方文化的包容性、宽恕性具有中国"地母"的形象特质——包容万物却强大无比，这使得性别、种族对立中的拯救与被拯救的主题充满浓厚的象征意味。如果说小渔对江伟的宽容和关爱是弱势女性对强势男性的拯救，那么小渔和意大利老头则不仅涉及性别，同时也构成了一个中外文化撞击的特殊情境。在这一情境中，小渔具有超越东西方文化和道德差异的至善至美的朴素情感，她与意大利老头逐渐走向情感的和谐。这使得跨越文化障碍的沟通成为可能。这里隐含着作家在双重边缘

---

① 严歌苓：《〈少女小渔〉台湾版后记》，见《严歌苓文集》（5），北京：当代世界出版社 2003 年版，第 8 页。

② 严歌苓：《波西米亚楼》，北京：当代世界出版社 2001 年版，第 132 页。

③ 陈思和：《谈虎谈兔》，桂林：广西师范大学出版社 2001 年版，第 216 页。

④ 《严歌苓从精致走向大气》，见庄园编：《女作家严歌苓研究》，汕头：汕头大学出版社 2006 年版，第 21 页。

困境中的深层焦虑和美好向往。"只有出自于小渔那清洁明亮的心灵深处的真情（而不是江伟所不得不认同的那种实利主义的处世方式）才能切实地打破文化的隔阂，从而使不同境遇中的人心都能够得到相互间真正的沟通。"① 因此，小渔这一形象的文化象征意义是显而易见的。面对强势的西方文明，东方文化在异质文明的冲击下处于弱势地位，小渔却以其东方的品质和强大的生命力冲破了文化的障碍和樊篱，化解了人性的冲突与隔膜。作家为了在小说中实现这一愿望，甚至以青春和衰老、善良和无赖的对应来凸显弱势地位上的东方女性所具有的强大力量。文中多次体现了意大利老头的衰老、贫穷和无赖："老糟了，肚皮叠着像梯田。""他染过的头发长了，花得像芦花鸡。他两只小臂像毛蟹。""等她走到门厅，回头，见他已将钞票从信封里挖出，正点数，头向前伸，像吃什么一样生怕掉渣儿而去就盘子。……这时她见老头头颈恢复原位，像吃饱吃够了，自个儿跟自个儿笑起来。"② 这个意大利老头在被小渔逐渐感化的过程中深深感受到真正的强弱与贵贱之分，"在少女这样一个真正生命面前，他自卑着自己……小渔委屈着尊严，和他'结合'，也可以称为一种堕落。但她是偶然的、有意识的；他却是必然的、下意识的。下意识的东西怎么去纠正？小渔有足够的余生纠正一个短暂的、人为的堕落，他却没剩多少余生了"③。作家赋予小渔这一形象以丰富的文化内涵和人性意义，试图以此为东方文化的弱势地位和女性的屈辱寻找内在的价值确认，这种"弱者不弱"的想象式的自我强大是作家对自我移民创伤的安慰，是对弱者的生存策略和美好人性的肯定，也是对古老东方文化内涵的另类阐释。陈思和教授主编的《中国当代文学史教程》对《少女小渔》作了专章阐述，认为严歌苓在异质文化中，以"他者"视野作为对照所展示的东方文化意蕴已具备了"史"的意义，评价之高，可见一斑。

---

① 陈思和主编：《中国当代文学史教程》，上海：复旦大学出版社 1999 年版，第359 页。

② 严歌苓：《严歌苓文集》（5），北京：当代世界出版社 2003 年版，第9 页。

③ 严歌苓：《严歌苓文集》（5），北京：当代世界出版社 2003 年版，第10 页。

二、"女神"扶桑

如果说《少女小渔》中的小渔是一首关于新移民中女性弱者形象的长歌，那么小说《扶桑》则是早期移民中被贩卖到美洲大陆的中国女性强者的传奇。作家以深层的隐喻揭示一个"神女变成女神的故事"①。19 世纪末，中国乡村女子扶桑被拐卖到美国做妓女，扶桑美丽肉感、忍耐顺从甚至麻木愚昧，她面对种种的虐待和侮辱逆来顺受，当众多年轻姐妹在异国卖笑的苦难历程中早早死去时，扶桑却存活下来并显示出强大的生命力。美国白人男童克里斯爱上了谜一样的扶桑，从此对其展开了数十年的爱恨纠缠；神秘的华人"恶霸英雄"大勇虐待扶桑，却与她有着非同寻常的关联……

1. 移民创伤

《扶桑》这部小说充满深深的"移民创伤"。作家在小说中多次提到从图书馆借阅的一百六十多本有关移民史的书籍，试图证实自己是以小说创作真实地再现中国移民在百年移民史中遭受的迫害和歧视，以及有关移民的背景史实。作家在谈及创作缘由时也毫不避讳自己创作的动机，即想让海外华人的后代知道"中国人曾有过什么样的屈辱和被阉割了人性的历史"②，小说中多处呈现早期移民所遭受的歧视和侮辱：

你不知这个城市怎样恶意看待来自遥远东方的梳长辫的男人和缠小脚的女人。……他们在一只只汽船靠岸时就嗅出你们身后的战乱和饥荒。他们嘀咕：这些逃难来的男女邪教徒。他们看着你们一望无际的人群，慢慢爬上海岸，他们意识到大事不好；这是世上最可怕的生命，这些能够忍受一切的、沉默的黄面孔将在退让和谦恭中无声息地开始他们的吞没。③

---

① 王德威：《短评〈扶桑〉》，见《扶桑》，上海：上海文艺出版社 2002 年版，第 15 页。

② 周晓红：《与严歌苓用灵魂对话》，《中国女性》2004 年第 1 期。

③ 严歌苓：《严歌苓文集》(3)，北京：当代世界出版社 2003 年版，第 14 页。

西方人对东方人的歧视和"刻板印象"即使相隔一百多年也未曾消失，相比一百多年前从中国大陆来到新大陆的淘金者，20 世纪末的第五代移民走下飞机时必须"走过移民局官员找茬子的刻薄面孔"，在涌出机场闸门时"引得人们突然向我们忧心忡忡地注目一样，警觉和敌意在这一瞬间穿透了一百多年的历史，回到我们双方的内心"①。几代移民饱受的凌辱和欺压造成了沉痛的移民创伤，第五代移民的"我们"在看似拥有更好的条件和更多的自信时仍然无法摆脱这种精神创伤所留下的阴影：

我们同样是这样不声不响地向他们的腹地、向他们的主流进入。三四十年代华人怯生生登上电梯，穿过走廊，敲开一个门，递上优异的学校的成绩，请求一个卑微的职位。我们呢，不再那样怯，目光平视，一嘴背诵好的英文，一身仅有的西服。得到了这个职位。我们看着耸立蔽日的高楼、茫茫的马路，想：又他妈的怎样呢？玩世不恭的笑出现在我们的眼睛和体态里：这就是五代人要争夺的位置，又怎样？仍是孤独，像第一个踏上美国海岸的中国人一样孤独。②

"你们"和"我们"都属于一个历经苦难却从不屈服的民族。一百多年前，美国针对华人移民实施了多项歧视性法案，如 1870 年的因辫子案订立的相关法律条款和 1882 年的《排华法案》。这些法案导致大规模的排华骚乱不断发生，白人带着强烈的仇视在唐人街烧杀抢掠，给华人移民造成了深重的灾难。经历了漫长的时代变迁和文明发展之后，西方对东方的歧视和偏见却仍然具有延续性。一百多年后的新移民"我"在电视节目中同样可以看到白人青年对黄皮肤的东方人根深蒂固的仇恨。移民的苦难体验给"我"的心灵造成了深刻的"移民创伤"，并于"我"在反复翻阅一百六十多本有关移民史的书籍时得到加强。"我"常常为此悲愤不已。作家在小说中强调这段移民历史的真实性以及由此带来的"移民创伤"，但并没有以强烈的申诉把小说写成一个女性主义或后殖民主义的文本，而是以

---

① 严歌苓：《严歌苓文集》（3），北京：当代世界出版社 2003 年版，第 14 页。
② 严歌苓：《严歌苓文集》（3），北京：当代世界出版社 2003 年版，第 126 页。

"自塑形象"扶桑所饱含的东方文化意蕴对西方的歧视和偏见进行温和的
"颠覆"。弱者扶桑极弱地呈现出内在的强大和自尊，她的"神性"征服了
象征西方文明的克里斯，并最终拒绝了他的拯救，回归自己的族群。小说
中扶桑的形象、扶桑分别与克里斯和大勇的情爱故事、"我"与扶桑的对
话都充满象征的意味。

2. 人物意义与故事精神

在中国民间一直有关于"地母之神"的传说。地母具有旺盛的生命
力，她既是生殖力的象征，又是精神意义上的生存意志，她以包容万物的
胸怀宽恕罪恶、消解灾难。扶桑具有东方"地母"形象的特质，同时又因
处于移民处境、异国恋情之中而呈现出更为丰富的内涵，异国中的中国
"地母"成为东方民族的寓言形态，正如詹姆逊所说："讲述关于一个人和
个人经验的故事时最终包含了对整个机体本身的经验的艰难叙述。"[1]

扶桑是 19 世纪末被拐到美国的三千中国妓女中的一个，她有着旺盛的
生命力，在漂洋过海的卖笑生涯中，她的姐妹们"在十八岁开始脱发，十
九岁落齿，二十岁已两眼混沌，颜色败尽，即使活着也像死了一样给忽略
和忘却"。只有扶桑像个奇迹一样活了下来，而且还成了名妓，她被多次
拍卖，遭受皮鞭的抽打、甚至轮奸，在患痨病后差点被人勒死，经历了种
种非人的折磨却仍然"健壮、自由、无懈可击"，这个任人踩躏的旧金山
性奴具有不可思议的强大生命力，甚至连虐待她的人都为之惊讶不已。扶
桑"成熟、浑圆、高大、实惠，动作迟钝，口慢脑筋慢"，"微笑得那么无
意义，带一丝蠢气"，她被搁在贩卖的船舱里的神情如同动物，"噘起的嘴
唇和垂下的睫毛使她脸上出现了母牛似的温厚"，上岸称体重时"卖力地
吊在那里，被猎来的兔那样团团缩紧腿，让人看详尽"。这个从远古走来
的扶桑美丽性感、麻木顺从，有着未被文明污染的纯洁善良，扶桑的外表
与神情如同张爱玲信仰的"地母"形象："奥涅尔以印象派笔法勾出的
'地母'娘娘是一个妓女，一个强壮、安静、肉感、黄头发的女人，二十
岁左右，皮肤鲜洁，乳房丰满，胯骨宽大。她的动作迟慢、踏实，懒洋洋

---

① ［美］詹姆逊著，张旭东编，陈清侨等译：《晚期资本主义的文化逻辑》，北
京：生活·读书·新知三联书店 1997 年版。

地像一头兽。她……像一条神圣的牛，忘却了时间，有她自身的永动的目的……"①

　　宽容忍耐的扶桑对一切痛楚和罪孽全身心接受，始终保持着一抹"谜样的微笑"，甚至以享受的姿态承受一切苦难和不幸。扶桑的神秘魅力使十二岁的白人男孩克里斯为之痴迷，他爱上了这个具有魔力的东方女子。少年克里斯不惜违背家训、背叛家族来与扶桑相会，扶桑的内心也深深地爱恋着这个异国的少年。当时正处于美国历史上排华运动最强烈的时期，克里斯不自觉地参与了一场"反华排华"运动，并于不知情中参与了对扶桑的轮奸。扶桑没有做任何反抗，只是奋力用牙咬掉施暴者胸前的纽扣，并把情人克里斯的那枚藏于发髻中，她以这种行为"掩藏起最远古的那份雌性对雄性的宽恕与悲悯，弱势对强势的慷慨与宽恕"。她原谅了克里斯的罪过，并拒绝了被他拯救的机会，重新回到了自己的族群，即使那是一种地狱般的生存状态。扶桑身上的母性同样感化了杀人如麻的大勇，这个在洋人眼中"数十位恶霸英雄的总积"的人物以他的仗义和勇猛与洋人对抗，处处维护同胞的利益。大勇成为那个华人移民饱受歧视、凌辱的年代中的华人英雄，同时他又是一个典型的东方男权者，他像对待宠物一样使唤、虐待逆来顺受的扶桑。这个集恶霸与英雄于一体的大勇最终为了扶桑被洋人处死，扶桑拒绝了克里斯的爱情，与大勇举行了刑场上的婚礼，并以寡妇的身份生存至晚年。

　　扶桑这一形象以及她与白人克里斯、同胞大勇的爱情具有丰富的象征意义。扶桑是一个卑弱、顺从、忍耐的女性，这个弱者以她的悲悯宽恕了强者对她的欺凌，呈现出弱到极处的内在强大和尊严，"她把她的厚谊变成宽容，她把宽容织成一张网，蓦然间，他已逃不出，成了终生的良心的俘虏，甚至她把他吐实情的机会也歼灭在这张包容一切的宽容之网中。是是非非一网打尽"。小说中，扶桑"跪着"的形象充满丰富的意象：

　　克里斯带点酸楚地承认，跪着的扶桑是个美丽的形象。美丽是这片和谐。跪着的姿势使得她美得惊人，使她的宽容和柔顺被这姿势铸在那里。

---

　　①　张爱玲：《女作家聚会谈》，《上海杂志》1944 年。

她跪着，却宽恕了站着的人们，宽恕了所有的居高临下者。她跪着，用无尽的宛如和柔顺梳理这黑色的绞索般的长发。这个心诚意笃的女奴是个比自由含蓄而丰富得多的东西，这个不可捉摸的含义使她美，使她周围的气氛也美了。①

扶桑成为弱势东方的象征，她"跪着"的形象以弱者展示出悲悯和宽恕的神性力量，因此"跪着"的低贱姿态与真正的高尚并不冲突，正是这种矛盾的和谐构成了扶桑"谜一样"的东方魅力。西方白人克里斯爱上了东方女性，他眼中的妓女扶桑与神秘"东方"息息相关："庞大的发髻，一根白玉簪，一串浅红绢纱花从左耳一路插下来"、"半透明的绸衣"、"微微一笑"，扶桑对于克里斯是"如此新鲜、异样的诱惑"。"东方，光这字眼就足以成为一种神秘的起源。"十四岁的白人克里斯通过中国妓女扶桑"不仅走向女性，他还走向东方和远古，走向天真的一种原始"②。这个东方女性的苦难和"跪着"的形象使白人男童克里斯产生了拯救她的强烈欲望，他时常"梦想中的自己比他本身高大得多，持一把长剑。一个勇敢多情的骑侠。那昏暗牢笼中囚着一位她在等待他搭救"。克里斯变成了古老陈腐的东方文化的拯救者。白人克里斯把扶桑救出妓院，拯救会里的白人给她换上宽大的白麻布衬衣，但扶桑却对干净文明的拯救会极为不适应，甚至一度容颜憔悴。当重新穿上皱巴巴的、妖艳肮脏的红色绸衣时，她的容颜再度焕发出迷人的光彩。扶桑的东方情调必须在野蛮、愚昧和落后的生存环境中才能真正得以体现，这使克里斯的"英雄"拯救行为失去了他想象中原有的伟大意义，并使强者对弱者想当然的"拯救"呈现出极大的反讽意味。作家描述扶桑的变化并不是出于嗜痂成癖的阴暗保守心理，或是出于认为只有妓女才能体现东方文化的思想，而是通过扶桑传达了一种观照东方弱势文化生存力量的全新角度：强者可以践踏弱势文化，却不能剥夺它存在的权力；弱势文化虽难免藏污纳垢，却同样具有自身强大的文化魅力。这种观照方式为作家在种族、性别双重身份的迷失中提供了一个

---

① 严歌苓：《严歌苓文集》（3），北京：当代世界出版社2003年版，第159页。
② 严歌苓：《严歌苓文集》（3），北京：当代世界出版社2003年版，第195页。

确认自身的有效方式。

东方女性扶桑包容一切、悲天悯人的情怀是一种东方雌性精神的体现。她拒绝了克里斯的拯救,放弃了身体、爱情的自由,重新回到自己的族群继续承受苦难,如同地母般笃定、虔诚。克里斯对她坚守自我生存状态的选择百思不得其解,却终其一生爱恋、牵挂着扶桑,这个西方的白种男人直到六十岁时才悟到自己爱上这个女人的原因"竟是母性。那种古老的母性,早期文明中所含有的母性"。"母性是最高层的雌性,她敞开自己,让你掠夺和侵害;她没有排斥,不加取舍的胸怀是浮荡最优美的体现。"这种母性包含"受难、宽恕,和对于自身毁灭的情愿"。这一最终领悟揭示了小说中关于中国女性、母性、东方的文化隐喻。克里斯没能实现西方强者拯救东方弱者的梦想,却终其一生爱恋着这个"谜一样"的扶桑,甚至为了扶桑成为一个反对迫害华人的学者。这个再次遭到反讽的"拯救"主题象征着弱势的东方文化对强势的西方文明的征服,扶桑因此成为民族群体的寓言,隐含着作者对自我族性的确认和弱势群体的辩护,正如小说中有关海与沙的比喻所包含的喻义:"你以为海以它的汹涌在主宰流沙,那是错的。沙是本体,它盛着无论多么无垠、暴虐的海。尽管它无形,它被淹没。"①

如果说扶桑与克里斯是有关东西方文化、不同种族之间的意义关系,那同胞大勇与扶桑则具有男权与女性之间的象征意义。大勇是一个复杂的人物形象,他以他的勇敢、威猛和正义维护同胞的利益,颠覆了西方人对东方男人的"刻板印象",同时又在扶桑面前呈现出东方男权者的形象。他以非人的方式虐待扶桑,心中却对家乡那个未曾见面的未婚妻怀有无限的牵挂和柔情,他至死也不知扶桑正是他未曾谋面的未婚妻。而知情的扶桑在男权者大勇面前只能沉默不语,她默默地做着他的东方"妻子",并最终以她的忍耐包容感化了这个"恶霸英雄"直至为她慷慨赴死。扶桑为死去的大勇终身守寡。于是,性别的压迫在扶桑身上遭遇了一个严重的反讽。大勇这个曾经摧残她的男权人物为她而死,并成为她的最终归宿,父权、夫权下的女性与男性的对立得以化解,并在异国演绎成一个传奇的爱

---

① 严歌苓:《严歌苓文集》(3),北京:当代世界出版社 2003 年版,第 50 页。

情故事。这是作家在移民体验中面对种族、文化的冲击时，对本民族的男权与女性关系的重新认知，这种女性意识明显与本土文学中的女性主义文学有所区别。

"第三世界的本文，甚至那些看起来好像是关于个人和力比多趋力的本文，总是以民族寓言的形式来投射一种政治：关于个人命运的故事包含着第三世界的大众文化和社会受到冲击的寓言。"① 小说中扶桑分别与克里斯和大勇的情爱故事在性别、种族、身份方面具有多重的文化象征意义，《扶桑》也因此成为一个典型的民族寓言。西方文明中的克里斯想要拯救东方弱女子扶桑，却被扶桑"谜一样"的魅力所诱惑而沉醉；东方恶霸大勇虐待宽容忍耐的扶桑，最终却为了她对抗洋人而失去性命，"我"主动书写扶桑的故事却时常被她的品质所打动，进而反思自我的生存状态和价值观念。这个在小说中始终沉默的扶桑以她东方式的"地母"形象征服了西方的拯救者、东方的男权者以及具有优越意识的现代人，化解了不同种族、性别、文明的对立，使"弱者不弱"焕发出东方文化内涵的神性光辉。陈思和认为严歌苓塑造的小渔、扶桑形象具有一脉相承的人性意义和精神内涵。"将少女小渔的精神世界从肮脏的假婚姻交易中升华出来，所有普通的人性因素如羞耻、道德、欲望、爱情……都轻轻地淡出，个人归化到一个大的道德范畴里去。我愿意把这种道德范畴称作宗教，一种东方民间气氛颇浓的宗教。这种宗教精神在严歌苓的长篇小说中得到了进一步的发挥。人性的力量在这种宗教般的弥撒里散发开去。这样一种悲天悯人的精神……体现在对人性悲哀的深刻同情之中。"②

3．"我"的反思

小说中叙述人"我"是第五代移民中的一个作家，与早期移民一样处于西方文化的边缘，即使"我"嫁给了一个白人丈夫，也无法消除因文化、种族而产生的隔膜。"我"与白人丈夫从语言到观念都无法完全沟通，就如白人丈夫所说："亲爱的，我们说 yes 的时候，心里想的 yes，不像你

---

① 《处于跨国资本主义时代中的第三世界文学》，见张京媛主编：《新历史主义与新文学批评》，北京：北京大学出版社 1993 年版。

② 《严歌苓从精致走向大气》，见庄园编：《女作家严歌苓研究》，汕头：汕头大学出版社 2006 年版，第 28 页。

们说 yes 的时候而意思却是 no。""我"也深深地意识到:"我和我丈夫所拥有的历史绝不可能是共同的。"作家曾谈到自己在跨国婚姻中的真实感受:"就是在这种生活当中我的困惑,我的不被人完全理解的痛苦,以及种种,我都抒发在了《扶桑》里面。他们被拆开了,被种族歧视拆开了,是一种悲剧。他们俩结合,就像我和我丈夫今天一样能够结合在一起,是不是也是一种悲剧?所有的痛苦和困惑,所有的吸引力和排斥力是不是都还存在?的确还存在。"① 小说中的"我"正是面临这种感情困惑和精神痛苦,在"我"对"你"的讲述中反思自我的婚恋和价值观。身为第五代移民的"我们",在生存、歧视、苦难、婚恋方面似乎面临着与扶桑相似的命运,"我"在对扶桑"你"的审视和讲述中发现了扶桑的可贵品质:她在更为恶劣的处境中却诚心地接受苦难,对邪恶宽容大度,并默默地珍藏着真爱,与扶桑这个一百多年前的底层娼妓相比,"我们"失去了"你"品性中的真爱、善良和宽容,甚至失去了自我的东方属性,迷失在这片"富裕"的新大陆上。作家通过"我"这个困惑的第五代移民,不时地向"你"倾诉女性移民的生存境遇、情感困惑和自我迷失,尝试着从早期移民中一个历经苦难却鲜活生存下来的"神女"身上找到族类生存的策略和自我确认的力量,以缓解个体在生存困境和精神追求中的内在焦虑:

你想知道是不是同一缘由使我也来到这个叫"金山"的异国码头。我从来不知道我跨过太平洋的缘由是什么。我们口头上嚷到这里来找自由、学问、财富,实际上我们并不知道究竟想找什么。②

人们认为你在出卖,而并不认为我周围这些女人在出卖。我的时代和你的不同了,你看,这么多的女人暗暗为自己定了价格:车子、房产,多少万的年收入。好了,成交。这种出卖的概念被成功偷换了,变成婚嫁。这些女人每个晚上出卖给一个男人,她们的肉体货物一样聋哑,无动于衷。这份出卖为她换来无忧虑的三餐、几柜子衣服和首饰。不止这一种出

---

① 严歌苓:《著名旅美作家严歌苓访谈录》,见《波西米亚楼》,北京:当代世界出版社 2001 年版,第 203 页。

② 严歌苓:《严歌苓文集》(3),北京:当代世界出版社 2003 年版,第 3 页。

卖，有人卖自己给权势，有人卖给名望。有人可以卖自己给一个城市户口或美国绿卡。有多少女人不在出卖？难道我没有出卖？①

让我告诉你你心里这份不适是什么，就是我们这些人一听就哈哈大笑的"爱"。这个字让我们这些整天打工、上学、三十多岁还在跟十八九岁的人抢奖学金的人一听就哈哈大笑，真的。我们从这字眼里嗅出一股馊了的味。到这个国家来的时候，我们咬牙切齿地说着："自由"、"发财"、"做爱"，因此，假如谁突然冒出一句我爱你，你想我们能怎么样？除了哈哈大笑还能怎么样？哈哈一笑就把肉麻怛怩以及一个被淡忘的本能都处置了。那本能是从你到我，从咱们的祖辈到现在的对爱的渴望。②

第五代移民"我"在种族和性别的双重边缘中迷失自我，一方面想要尽快融入西方的现代社会，另一方面又在多元文化的夹缝中感受失去传统根系的孤独和焦虑，面对东方文化的弱势地位与女性的生存境遇，"我们"的价值观念在文化尴尬中发生裂变。19世纪末的扶桑还保持着独立、宽容和坚韧，100多年后的"我"却在力求被现代西方接纳和认同的过程中丧失了自我，历史是前进还是后退了？究竟何为低贱、何为高贵？"我"在讲述扶桑的故事时的不断反思和解析，构成了文本深层的文化内涵。

4."自塑形象"的书写策略

《扶桑》涉及了关于移民史、唐人街、异族之恋、同胞相处等移民题材中的几乎所有重大主题，并以扶桑、大勇作为"自塑形象"来达成西方期待视野的满足和自我族性的书写。孟华曾用"自塑形象"一词来指称中国作家塑造出的中国人形象，"承载着这些形象的作品必须符合下述条件之一：它们或以异国读者为受众，或以处于异域中的中国人为描写对象"③。前者是指作家创作意图中的读者期待群，后者则是规定作品中人物形象所处的背景，如果说小说《少女小渔》中的小渔符合后者，那么电影中的小渔和小说《扶桑》则同时符合两个条件，既是处于异域中的移民形

---

① 严歌苓：《严歌苓文集》(3)，北京：当代世界出版社2003年版，第183页。
② 严歌苓：《严歌苓文集》(3)，北京：当代世界出版社2003年版，第102页。
③ 孟华：《比较文学形象学论文翻译、研究札记（代序）》，见《比较文学形象学》，北京：北京大学出版社2001年版，第15页。

象，又体现出作家针对西方读者的倾向。尤其是小说《扶桑》，作家以移民形象的书写隐喻民族文化时，是以一定程度上满足西方读者期待视野作为书写策略的，这是小说《扶桑》在国外获奖并受到欢迎的重要原因之一。正如王德威所言："作者这两年积极参与台湾各大报文学奖，屡有斩获；对评审及预期读者口味的拿捏，亦颇具心得。"① 作家的创作旨意处于满足"预期读者"的期待视野与对自我族性认可的两难中，但严歌苓的高明之处正在于她既满足了前者，又以后者对前者的温和"颠覆"达成了两者的协调，并形成海外华文文学小说中独特的"自塑形象"。

　　作家笔下的扶桑是移民中最为底层且饱受蹂躏的妓女，这个女性弱者形象因符合"东方主义"的刻板印象而得到西方读者的关注。作家在小说中多次通过克里斯的眼睛描述西方人眼中东方妓女的特质：咿咿呀呀的竹床、十斤重刺绣的猩红大缎、血污和破旧的红色绸衫、三寸金莲、她喂茶时"母牛似的温厚"、她嗑瓜子的模样、她用残缺的足尖走出疼痛和婀娜的步子、她憨厚却有些愚蠢的微笑。同时，作家又赋予这一人物母性的宽容忍耐和顽强的生命力，并通过这种内在的强势来颠覆西方的期待视野，扶桑不仅拒绝拯救会的拯救，回到了自己的族群，并且最终拒绝了白人克里斯的爱情，与即将被处死的同胞大勇结婚。如果被侮辱、被损害的妓女扶桑是西方期待视域中的东方女性，那么充满"神性"的扶桑则是作家对自我族性的认同。当然，作家对西方期待视野的满足和对自我族性的书写常常会产生碰撞，导致作家叙事意念上的克制与打破这种克制的冲动时常交织在一起，内在心理与外在表述之间的矛盾也常常相互纠缠。这使小说在满足西方期待视野的同时，充满了神秘、魅惑的气息，尤其是扶桑这一人物形象在小说中生动但不确定、感人却难以捉摸，如同"谜一样"牵引着诸多的关注却又使人在欲言说她的时候暧昧难明，小说因此具有极大的阐释空间和文本魅力，这也正是严歌苓小说"充满阐释者的魅力"（陈思和）以及形成"阐释者自身价值观念的不确定性"② 的原因所在。

------

① 王德威：《短评〈扶桑〉》，见《扶桑》，上海：上海文艺出版社 2002 年版，第 1 页。

② 柳珊：《阐释者的魅力——论严歌苓小说创作》，《当代作家评论》1999 年第 1 期。

《扶桑》在故事题材的选择方面也颇能引起西方的关注，19 世纪的旧金山，中国妓女、白人男童、中国恶魔，再加上集体强奸、种族冲击、血腥暴力、浪漫爱情，"这个故事是够'好看'了"①。小说所涉及的性别、欲望、种族以及移民史无一不引起西方人的关注。相对于表现当下移民的生存困境和移民生态的文学，西方人的阅读兴趣更为偏重对华人早期移民历史的揭露和对过去时代的反思。作家在《扶桑》中以早期移民历史和人物的书写为主，又融入了新移民的生存困惑与思考，既符合西方视野的期待又能"浇胸中之块垒"。因此，移民史的书写同样是在满足西方期待视野与确立自我族性的纠缠中完成的，这也使小说更加充满迷惑的气息和魅力。

三、小姨多鹤

长篇小说《小姨多鹤》中的多鹤是"二战"时期在中国东北的日本开拓团成员，属于广义上的日本移民。抗日战争失败后，在求生的本能下，多鹤选择了生存，成为一名按重量贩卖的"小日本婆子"，充当了张家的生育工具。从此多鹤成了寄居在中国家庭里的孤女，具有多重身份：异国身份、非妻非妾的家庭身份、中国身份。这些身份从一开始就促成了她既坎坷飘零又坚韧反抗的一生，既孤苦无依又爱有所依的一生。

1. 移民身份

多鹤从小生活在日本文化的氛围中，崎户村、代浪村在她一生的记忆中都不可磨灭。更重要的是，日本民族顽强、静默的民族性和三次自杀的行为，都证明了多鹤是日本人，这也是她最早的身份归属。但是，日本的战败、代浪村的逃亡，以及多鹤作为一个异族的寄居者身份，决定了她在张俭家中只是个生育工具，连她的"丈夫"张俭刚开始也因为民族的对立而发自内心地憎恶她。

2. 中国身份

小说描写了多鹤的三次自杀行为。第二次自杀发生在多鹤与张俭幽会

---

① 王德威：《短评〈扶桑〉》，见《扶桑》，上海：上海文艺出版社 2002 年版，第 1 页。

被发现时。为了摆脱情感的牵绊，她决定去找一根好的绳子，来结束这一切。可是这一计划又被儿子张刚的意外坠楼打断。在多鹤第二次自杀未遂后，她不舍得离开，决意凑合活着。"凑合"就是得过且过，不走极端，这是几千年来中国底层民众的生活哲学。这种"凑合"的生活态度与以自杀作为生活决绝表态的日本民族性有着本质的不同。这也说明长期生活在中国大地上的经历，使她有了中国的文化烙印，也使其开始从文化心理层面有了中国认同感和中国身份。

3. 女性历史叙述

陈思和曾经指出：要了解历史真相，有两种途径：一是"庙堂历史意识"，即借助官方统治者的立场选择和编纂的历史材料。"庙堂历史意识"不仅站在统治者的利益上解释历史，而且强调官方（庙堂）权力对历史发展的作用。第二种途径是"民间历史意识"，即通过野史传说、民歌民谣、家族谱系、个人回忆录等形式保留下来的历史信息。人们由于迫于统治者的强权压力，常常将历史信息深藏在隐晦的文化形式里，借用出现的隐喻、象征、暗示等手法表达着对民间对历史的看法。[1] 女性历史叙述就是一种典型的"民间历史意识"的表现形态。

在小说《小姨多鹤》中，多鹤从一开始就经历了日本亲人和同胞的死亡，在被卖给张家作为传宗接代的工具的时候，还受到了"丈夫"张俭的欺辱。在对待生活的不如意和苦难时，多鹤始终保持着一副有尊严的样子，哪怕是采取自杀的方式。后来，丈夫遇到了官司、子女生了病，这些生活的苦厄都没有压垮多鹤，她就像中国传统文化中仁慈而宽厚的母亲，用自己的担当和坚忍，呵护着自己和亲人，从而在严歌苓的小说人物中树立起无法复制、饱含生命原力的女（母）性形象。客观冷静的历史叙述不复存在了，取而代之的是民族情绪与传统观念的碰撞下的历史叙事，以及剥离国民身份后的历史叙述。于是，严歌苓叙述历史的独特之处得以呈现，即她不仅关注历史事件本身，而且关注历史以何种方式出现。因为"历史不仅仅是对事件的叙述，而且是对事件中人物关系的叙述，对人物关系的不同倾向性，决定了历史叙述所呈现出来的形象也是不同的。换言

---

① 陈思和：《逼近世纪末的小说》，上海：东方出版中心1997年版，第125页。

之，历史所表现出来的面貌只是被称为某一种关系的表现，而不是所谓事实的呈现"①。

第三节　生命追求的抗争人生：
《天浴》、《谁家有女初长成》、《金陵十三钗》

严歌苓小说中的"女性意识"在不同的创作阶段呈现出演变的轨迹。如果说《少女小渔》、《扶桑》中小渔、扶桑的退让和宽容是作家身处西方文化强势中对移民创伤和种族隔膜的缓解策略，那么回望题材中的《天浴》、《谁家有女初长成》、《金陵十三钗》中的文秀、巧巧和玉墨等女性形象则充满反抗命运的悲剧力量。

严歌苓作品中的女性人物往往都是被污辱、贬损、欺凌的弱者身份。小渔被男友以"典卖"的形式进行假婚姻的交易，宽容忍耐的小渔没有任何言说、抗争的想法，扶桑则是一个最为底层的妓女，温顺得近乎麻木，对自己的命运从没有产生任何苦难意识，回望题材中以巧巧、文秀以及玉墨为代表的"十三钗"也无一例外都是各自生存环境中最底层的弱者，但不同之处在于回望题材中的弱者积极主动地改变命运，努力实现主体的愿望，甚至可以最终为此舍弃自己的生命。

巧巧是一个生活在贫困乡村却又不甘心命运安排的少女，她生活周围的无形之网以及自身的无知和轻信使她沦为杀人犯；文秀则是一个想要回城却没有任何门路的知青，只能靠出卖肉体打通一条回城之路；玉墨为代表的"十三钗"则是地位低贱的妓女，玉墨虽也追求高雅、极为自律，但仍然对自己卑微的身份很是敏感："刹那间她那么心虚，那么理亏，这个女孩只消看看她，就让她知道书香门第是冒充不了的，淑女是扮不出来的，贵贱是不可混淆的。……二十年苦学这苦学那，不甘下贱，又如何？"② 她清醒地意识到自己身份的低贱，但这并不妨碍她以自己的生命为

---

① 叶兆：《小说的历史意识》，《小说评论》2004 年第 3 期，第 34 ~ 41 页。
② 严歌苓：《金陵十三钗》，北京：中国工人出版社 2007 年版，第 42 页。

代价走向高贵。这些弱者对现实社会的抗争显示出改变自我命运的主动性和强烈的悲剧精神，这是严歌苓出国前创作的小说中所没有的人物形象，移民生活无疑为作家的女性体验和人性认知提供了新的观察视角和思维方式。

一、知青文秀

《天浴》在"文革"叙事题材中达到了较高的艺术境界。

短篇小说《天浴》创作于1996年，获1996年台湾"全国学生文学奖"短篇小说一等奖。由严歌苓编剧、著名影星陈冲执导的同名影片荣获1998年第三十五届"台湾电影金马奖"七项大奖。《天浴》讲述"文革"时期女知青的悲惨故事。在"上山下乡"的运动中，纯真漂亮的成都知青文秀从都市来到荒凉的西藏大草原，她在场部的安排下与藏族人老金一起牧马，老金因在一次"打冤家"中受伤成了一个被阉割的男人。文秀与老金相处一段时间后，发现面相凶恶的老金其实温厚善良，在这个男人的保护下，文秀是安全的。当知青开始大量返城时，文秀被遗忘在了草原上，毫无门路的文秀在一个场部供销员的"启发"下，以自己的身体与场部的众多男人做交易。这些男人多次欺凌文秀，却没有一个人帮助她实现返城的愿望。绝望的文秀央求老金杀死自己，以决绝的方式实现最后的反抗。老金开枪结束了文秀的痛苦后自杀，与文秀一起躺在风雪中。

如果仅从题材上来看，女性以身体作为本钱寻找出路的文学题材并不少见，文秀的遭遇似乎可以在众多的"文革"题材作品中找到类似的情节，而《天浴》的独特之处在于作家以女性主义的审美视角和浪漫主义的手法，将一个寻常的题材写成了一个极具深度的审美作品。作家避开历史功过的追究和宏大背景的叙述，关注弱小人物的情感和心灵，在美与美的被毁灭、健全与残缺的强烈对比中凸显人性的善与恶。小说简洁而富有诗意的讲述呈现出令人震撼的凄美之感。

小说中蓝天绿草映衬着少女的纯美和老金的善良，现实的惨淡和人性的邪恶则与之构成鲜明的对比。纯真善良的文秀始终相信场部对她的承诺，这种纯真换来的只是无望的等待，文秀只能用自己的身体作为回城的交换。"一个女娃儿，莫得钱，莫得势，还不就剩这点老本？"却没想到噩梦开始了，场部能够盖章子、批文件的"关键"男人们一个接一个闻讯而来，将文秀当作满足自己兽欲的工具，对她毫无怜惜之情，甚至当文秀躺在医院打胎、虚弱不堪时，一个男人还进入文秀的病房对她进行凌辱。

与这些肢体"健全"的男人相比，小说中的老金是一个被阉割的男人，但从人性的意义上来讲，他是小说中唯一"齐全"的男人。作家在小说中以一种纯美的笔调和近乎浪漫主义的情怀描述老金对文秀的关爱和呵护。老金常常为文秀秀出他的一副好嗓子，"听得文秀打直身体倒在草里，一骨碌顺坡滚下去，她觉得老金是在唱他自己的心事和梦"①。老金用心照顾、宠爱着文秀，为了让爱干净的文秀洗上热水澡，他在野地里挖出池子注满水，做成一个朝天的浴池，让文秀在太阳照射下的池水中享受温暖的"天浴"，他则背过身去保护洗澡的文秀，甚至豁出命挡住草原上野汉子们的窥视。看着文秀走向堕落，老金曾阻止、痛骂过她，并以断水表示内心的抗议，但心中却满是对文秀的痛惜和怜爱。当文秀躺在医院做人流，遭到医生的恶毒讥讽和众人的侧目时，老金却始终在她身边保护她，并为她流下痛惜的泪水：

老金将她抱起来，贴着身子抱的。她脸肿得透明，却还是好看的。那黄蜂一样的小身体小得可怜了，在老金两只大巴掌中瑟瑟发抖。老金抱着文秀，在风雪里站了一会。他不将她抱回病房，而是朝马厩走。那里挂着他的马。风急时，他便把脊梁对风，倒着走。文秀渐渐合上眼，不一会，她感到什么东西很暖地落在她脸上。他吃惊极了，她从没想到他会有泪，会为她落。②

然而，老金的善毕竟无法与整个混乱的社会和人性之恶相抗衡，最终只能用自己绝佳的枪法帮助文秀实现彻底的解脱。当老金把文秀倒下的身体放入池水中时，似乎是在以一种宗教般的天浴仪式洗涤人性之恶沾染在

① 严歌苓：《严歌苓文集》(6)，北京：当代世界出版社 2003 年版，第 46 页。
② 严歌苓：《严歌苓文集》(6)，北京：当代世界出版社 2003 年版，第 57 页。

文秀身上的污泥，还原文秀的纯洁身心："太阳到正当中时，老金将文秀净白净白的身子放进那长方的浅池。里面是雪水，他把它先烧化，烧温热，热到她最感舒适的程度。""她合着眼，身体在浓白的水雾中像寺庙壁画中的仙子。"① 老金随着枪声倒在风雪中时"感到自己是齐全的"。一个被阉割的男人以他的人性之善完成了对文秀肉体和灵魂的最终救赎，虽充满善者无力的悲凉，却在"人"的意义上呈现出健全的灵魂和生命的尊严。

知青文秀只能以舍弃生命的方式来洗涤人性的罪恶，这是一种无奈的抗争，饱含着作家强烈的女性意识。小说多次提到文秀沐浴清洗的细节充满喻义：她躺在老金挖好的"天浴"中尽情享受沐浴的快乐和愉悦，其实是在享受一种至善与关爱；她在缺水的情况下不停地用水擦洗着自己被侮辱过的身体，试图通过这种行为洗涤罪恶，找回原本洁净的自我；她在医院遭受众人的羞辱后跌倒在风雪中时"她想去找口水来；她实在想水，她要好生洗一洗"②，这是文秀对无情世界的无力抗争；当老金将她倒下的身体放入阳光下的池水中享受温暖的天浴时，文秀在至善与关爱中获得了灵魂的安宁。沐浴清洗的细节贯穿小说的始终，展现了纯真的文秀从对生活的期待到决绝生命的悲痛历程，而那些强暴了文秀的男人们，正如同那个年代一样，强暴了无数风华正茂的青春岁月。

短篇小说《天浴》在"文革"叙事作品中达到了较高的艺术境界。小说语言简洁却充满诗意，轻盈的幻想与惨淡的现实相互交错构成作品的张力，善恶美丑之间则是作家对历史、人性的深刻反思。

二、妓女玉墨

中篇小说《金陵十三钗》发表于《小说月报·原创版》2005 年第 6 期。小说以南京大屠杀作为历史背景，在历史题材下进行虚构和想象，展现人性的丰富内涵。小说中的叙事者"我"讲述姨妈书娟在 1937 年 12 月

---

① 严歌苓：《严歌苓文集》(6)，北京：当代世界出版社 2003 年版，第 58 页。
② 严歌苓：《严歌苓文集》(6)，北京：当代世界出版社 2003 年版，第 56 页。

12 日到 12 月 24 日的 13 天时间里所经历和见证的故事。日本侵略者占领南京城后开始了震惊中外、惨绝人寰的疯狂大屠杀，书娟所在的美国天主教教堂被迫收容了十三个寻求避难的秦淮河妓女和五个伤兵，他们的到来引发了教堂里一系列矛盾冲突。面对毫无道义的日本侵略者，教堂最终无力庇护逃难者并祸及自身。为了保护神职人员和教堂里一群十五六岁的纯洁少女，五个伤兵放弃最后战斗的机会，自动解除武器走向敌人的刺刀；玉墨等十三名妓女则代替教堂里的少女向日本军营走去，将免受侮辱和获得生存的机会留给了这群女孩们。作家在这部以历史题材为背景的小说中，挖掘她一贯关注的人性深度，"把握'人性'在特定历史背景下所具有的全部张力和丰富深邃的内涵"，表现出"生命的尊严"这种"沉重的主题"①。

　　《金陵十三钗》是作家严歌苓献给世界反法西斯战争胜利、中国人民抗日战争胜利六十周年的力作。作为海外华文作家，严歌苓关注南京大屠杀这段屈辱的历史，固然与她的母亲是南京人、外婆和亲戚们曾经历了这场可怕的灾难有关，但作家更多的是以一个海外华人的身份，从历史、民族的角度来反思国人对于这段历史的态度。她曾在《南京杂感——写在"南京大屠杀"六十周年祭》、《从"Rape"一词开始的联想——*The Rape of Nanking* 读书心得》等散文中多次提到国人不应有的"健忘"，并对南京大屠杀这段屈辱的历史逐渐远去并淡出人们的记忆表现出深切的忧患。"这场震惊世界上所有民族的浩劫，对于他们已变得遥远而抽象；它的存在，只是一个历史符号。假如我没有出国，或许也不会和他们有太大的区别，也会呵护刚得到的这点机会和权利，抓紧时间营造和改善自己的实际生活。……假如我今天仍居住在祖国本土的一隅，就轮不到我来感叹人们对历史的淡漠了。"② 当国人在经济高速发展的现代生活中逐渐淡忘了这段历史时，一些外国友人、海外华人却在不同的时期、以不同的方式不断书

---

　　①　陈瑞琳：《"移植"的奇葩——从严歌苓的创作看海外新移民文学的特质》，见《横看成岭侧成峰——北美新移民文学散论》，成都：成都时代出版社 2006 年版，第 32 页。

　　②　严歌苓：《南京杂感——写在"南京大屠杀"六十周年祭》，见《波西米亚楼》，北京：当代世界出版社 2002 年版，第 142 页。

写着这段不应忘却的历史：曾经目睹了南京大屠杀的德国人约翰·拉贝在《拉贝日记》中真实地记载了日军强奸、杀害中国妇女的大量罪行；华裔女作家张纯如为了让世人记下这段历史甚至付出了生命的代价，她于1997年出版了轰动世界的《南京大屠杀：被遗忘的二战浩劫》一书，后因长期研究南京大屠杀患上抑郁症，最终开枪自杀；2007年，由比尔·古登泰格（Bill Guttentag）和丹·史度曼（Dan Sturman）导演的电影《南京》（NanKing）以纪录片的形式展现多位西方人对这场劫难的回忆，被美国人称为"中国版《辛德勒名单》"。如今严歌苓的小说《金陵十三钗》也成为展现这段历史的一篇力作，作家试图以南京大屠杀的惨烈唤起人们的历史记忆："我想我还会写南京大屠杀的故事。固然有政治和外交来伸张未被伸张的正义，但更重要的是民间，是意识形态。假如我们不那么好说话，不稀里糊涂'向前看'，不在令人不快的历史边上绕行，由强迫性失忆变为强迫性记忆，记住那些不忍回顾的历史，我们的民族才是健康的。"①

作为小说创作，作家在书写惨绝人寰的南京大屠杀时，并不是单纯地记录历史或进行教科书式的宣讲，而是将它作为小说故事的背景，在展现那段历史的同时揭示人性的丰富内涵。米兰·昆德拉谈到如何在小说中处理历史的方式时："在历史背景中，我只采用那些为我的人物营造出一个能显示出他们的存在处境的背景。"② 严歌苓在小说《金陵十三钗》中将南京大屠杀作为整个故事的历史背景，偏安于城市一隅的美国天主教教堂则是故事发展的具体场景，在这里既有教堂里神职人员、女学生与妓女、伤兵之间的矛盾冲突，又隐藏着"我"的姨妈书娟与妓女玉墨之间的私人恩怨，两条线索交错进行，推动着故事情节的发展。

小说中，当妓女要求进入教堂避难时，英格曼神父虽具有宗教人士的慈悲之心，但为了女学生们的安全而拒绝收容她们。阿多那多神父则认为"放她们进来，还不如放日本兵进来"。妓女们却纷纷翻墙而入，经过一番

---

① 严歌苓：《失忆与记忆》，《小说月报》（原创版）2005年第6期。

② ［法］米兰·昆德拉著，董强译：《小说的艺术》，上海：上海译文出版社2004年版，第47页。

拉拉扯扯、软磨硬泡，她们终于以不光彩的方式住进了教堂，于是秦淮河上一整条花船在这一方净土"登陆"了。妓女们一旦有了暂时的安身之地就立刻恢复了常态：涂脂抹粉、打牌唱歌、寻欢作乐。接着，仁慈的神父又被迫收留了五位伤兵，于是在这所洋教堂里，秦淮娼妓遇到了大兵，"南京城风化最糟的一隅搬进这里了"。他们一起跳热舞、打麻将、喝酒调情，似乎忘记了教堂外面的日本侵略者的疯狂屠杀，以至神父都后悔收留了这些不知"亡国恨"的低贱生命。教堂的女学生们则极为鄙视下贱的妓女们，她们时时以她们的高贵和尊严与妓女们进行对峙，矛盾随之而来，冲突屡屡发生。红菱为寻找麻将牌与女孩们恶语相向，豆蔻在吃饭时与女孩子们发生口角并动手打架。在这群女学生中，被父母寄养在教堂里的书娟从这群卖笑女中认出了当年与其父有染的玉墨，书娟的母亲正是为了彻底斩断父亲与玉墨之间的关系才促使丈夫去美国讲学，将书娟独自一人留在南京。书娟把孤独和伤痛集中在对玉墨的蔑视和仇恨上，甚至企图烫伤玉墨，而心高气傲的玉墨也凭照片认出了书娟，并暗暗与她较劲。于是，家仇国恨的一系列矛盾展现出强烈的对比：教堂外是日本人在南京城的疯狂大屠杀，教堂内则是妓女和大兵们的及时行乐。教堂里的少女高贵单纯，闯入教堂的妓女则如此的卑微低贱；教堂外的士兵们战死沙场，教堂内的伤兵似乎苟且偷生。暗中较量的两个人中，一个是气质优雅却沦落为妓女的玉墨，一个是博士的女儿——高贵的书娟。身份悬殊的一群人聚集在教堂这一特殊的场所中，呈现出低贱、卑劣与尊严、圣洁的强烈对比。然而随着故事的发展，高贵的真实意义和人性的丰富内涵才逐渐得以呈现。

　　十五岁的妓女豆蔻和十七岁的伤员王浦生在乱世之中产生了爱情。为了让身受重伤的王浦生在临死之前听到她弹奏的琵琶曲，豆蔻翻越原本安全的教堂，跑向血流成河的城中寻找琴弦，被日本兵抓捕后轮奸，并被刺成重伤。豆蔻付出这样惨重的代价只是为了实现王浦生听曲的小小愿望，低贱卑微的妓女同样怀有善良纯洁的情怀！豆蔻的遭遇让妓女和大兵们悲愤不已。当日本兵借搜查之名闯入教堂时，五个伤员为了保护教堂里的无辜者，自动解除武器惨烈赴死，看似不知"亡国恨"的伤员们在危难关头完成了军人的神圣使命。当日本兵在圣诞夜闯入教堂"邀请"唱诗班里那些十五六岁的女孩子们去军营唱诗，暴露出变态的禽兽本性时，玉墨、红菱等十三名妓女装扮成女学生，代替教堂里的女孩们走向日本军营，人人腰里都带上了可以使她们成为刺客的刀钗。曾经被看成是低贱生命的风尘女子，在生死极致的状态下完成了由肮脏向圣洁、由下贱向高贵、由肉体向伦理的献祭，以生命诠释了自我的尊严。严歌苓曾说过："我的写作，想得更多的是在什么样的环境下，人性能走到极致。在非极致的环境中人性的某些东西可能会永远隐藏。"① 作家在小说中对极致环境下人性的刻画是含蓄的、隐性的。小说中没有长长的内心独白与心理分析，而是将人物置于特殊的历史背景和故事场景中，运用强烈的对比手法营造出一个具有张力的空间，使人性所蕴含的丰富性在故事的进展中得以体现，并耐人深思和回味。"海外华文创作的主要特征就是心灵自由和想象力的释放。这种心灵自由和超越想象力使他们的体验可以深入到历史和人性的深处。"②

小说在展现战争、揭示人性深度的过程中充满种种隐喻，作家以"金陵十三钗"命名此小说本身就包含着深刻的寓意。一群风尘女子原本无法与曹雪芹笔下的那群钟灵毓秀的"金陵十二钗"相提并论，但从"生命的尊严"这一精神特质而言，她们同样无比高贵，如同她们的灵魂对圣洁的皈依："窑姐们也围在仓库门口，仰脸听着钟声。钟声听上去十分悠扬，又十分不祥，她们不知怎样就相互拉起了手。钟声奇特的感召力使她们恍惚觉得自己失去了什么。失去了的不只是南京城的大街小巷，不只是她们从未涉足过的总统府。好像失去的也不只是她们最初的童贞。这份失去不可名状。她们觉得钟声别再响下去吧，一下一下把她们掏空了。"③ 对于"拯救"主题，作家则以人性作出了自己的注解，如同《圣经》里的耶稣基督抱起那个妓女对众人说："你们当中谁认为自己没有罪的，站出来，扔第一块石头。"谁有资格站在审判台上审判这些妓女？谁才是真正的救赎者？这些在世人眼中污浊不堪的风尘女子，最终却像天使一样拯救了别人的生命，同时也实现了对自己灵魂的救赎，她们挺身而出的一刹那，隐

---

① 舒欣：《严歌苓——从舞蹈演员到旅美作家》，《南方日报》，2002 年 11 月 29 日。

② 饶芃子：《"歌者"之歌——陈瑞琳〈横看成岭侧成峰——海外文坛随想录〉序》，《华文文学》2004 年第 1 期，第 79 页。

③ 严歌苓：《金陵十三钗》，北京：中国工人出版社 2007 年版，第 24 页。

喻着人性对文明、尊严的最终皈依。小说中，玉墨与同伴们的选择使书娟在经历这场劫难之后重新审视神圣与淫邪的分野，并逐渐看清曾被个人的一己之恨所遮蔽的人性本真。从这个意义上来讲，正是出身低贱的妓女玉墨促使高贵的书娟跨越仇恨，走向真正的宽恕和仁慈的，由此，妓女玉墨成为她生命与精神的拯救者。

小说中反复提到妇女遭受日本侵略者凌辱的场景，对这种特定事件的描述不仅是历史的真实写照，而且具有丰富的内涵："恐怖不止于强暴本身，而在于强暴者面前，女人们无贵无贱，一律平等。对于强暴者，知耻者和不知耻者全是一样；那最圣洁的和最肮脏的女性私处，都被一视同仁，同样对待。"① 在这里，女性的身体与战争的侵略形成同构。战争作为一种侵犯他国主权、占领别国领土的行为，被史学家们认为是一种"广义的强奸"。小说中书写豆蔻被强奸时的惨烈情状正是民族屈辱与苦难的象征，隐喻着被侵略者遭受的痛苦和难以言说的屈辱，正如作家在观看了"南京大屠杀"的图片册后的感悟："若说屠杀只是对肉体（物质生命）的消灭，以及通过屠杀来进行征服，那么'Rape'则是以首先消灭人之尊严、凌迟人之意志为形式来残害人的肉体与心灵（物质与精神的双重生命）。并且，这个悲惨的大事件在它发生后的六十年中，始终被否认、篡改或忽略，从抽象意义上来说，它是一段继续在被凌辱、被残害的历史。那八万名被施暴的女性，则是这段历史的象征。她们即使虎口余生，也将对她们的重创哑口，正如历史对'南京大屠杀'至今的哑口。'Rape'在此便显出了它的多重的、更为痛苦的含义。因为人类历史的真实，是屡屡遭'Rape'的。"② 小说中豆蔻的悲惨遭遇促使伤兵、妓女们进行最后的拼死抗争，他们虽为弱者却同样有着不屈的灵魂，个人如此，民族亦然，这也是海外作家严歌苓书写这段历史和女性命运所要表达的喻义之一。

---

① 严歌苓：《金陵十三钗》，北京：中国工人出版社 2007 年版，第 26 页。

② 严歌苓：《从"Rape"一词开始的联想——*The Rape of Nanking* 读书心得》，见《波西米亚楼》，北京：当代世界出版社 2002 年版，第 155 页。

三、罪犯巧巧

　　《谁家有女初养成》发表于《当代》2000 年第 4 期，后更名为《谁家有女初长成》，发表于《北京文学》2001 年第 5 期。该文曾获 2000 年"中国当代文学作品排行榜"中篇小说第一名，后被改编成电影《巧巧》。小说讲述贫穷山区的女孩潘巧巧从被拐卖的受害者沦为杀人凶手的不幸遭遇。小说主人公潘巧巧与许多贫困山区的女孩一样，读到五年级便辍学回家，她渴望走出家乡黄桷坪这个贫穷偏远的地方，到人们传颂的深圳去做一名流水线上的工人。山外的新奇世界、一个月几百元的工资以及"深圳天堂般的好"对巧巧有着巨大的吸引力。曾娘、姓曹的人贩子利用女孩们的这种虚荣、轻信、无知、妄为的心理，把她们一个接一个地骗出山村并拐卖到各地，巧巧遭人贩子几经转手后卖给了西北荒原上的养路工大宏。当巧巧经历了无力的抗争、逐渐认命时，"丈夫"的傻弟弟二宏在哥哥的认可和配合下占有了她，异常愤怒的巧巧举起菜刀杀死了哥俩，逃到了一个偏远的兵站。勤劳灵活的巧巧赢得了兵站二十多个大兵们的喜爱，她甚至在这里收获了爱情，但一纸通缉令使她最终没能逃脱法律的制裁。潘巧巧从一个不幸的被害者变成一个凶狠的杀人者，既有自身因教育的缺乏造成的愚昧无知、虚荣轻信等内在因素，也有家乡族人的观念影响、社会邪恶势力的迫害等外在因素。作家在这篇小说中通过被拐卖的妇女潘巧巧的不幸遭遇，对一系列社会现象、扭曲的乡村文化、女性自身以及人性等问题进行了深刻的透视和反思。

　　小说中，自称曾娘和陈国栋（姓曹的）的人贩子，以及从没干过正派事的李表舅等人是造成潘巧巧悲剧命运的直接祸手，他们在利欲的促使下，将潘巧巧等乡村女孩们骗出家乡，或卖给偏远山区的男人做妻子或卖给妓院做妓女，无法卖到好价钱的女孩才介绍给工厂。但村里人及家人并不关心这些女孩们的去向，他们真正关心的是这些女孩能否为家里带来财富，于是人贩子既违法又毫无良知的行为得到了村里人的集体默许，他们因此可以一次又一次地得逞却没有遭受应有的惩罚，这其中所包含的乡村观念及民众心态值得读者深刻反思。摆脱贫困、寻找财富原本是人的正当要求，但在贫穷的乡村中，对财富的渴望却造成了"笑贫不笑娼"的扭曲观念，人们在这种理念的主导下对女孩们无尽的索取，并漠视其个人的生存处境。村里的三三是头一个离开黄桷坪的姑娘，一年两回的汇款单和"华侨"模样的相片成为三三的家人为之骄傲和四处炫耀的资本，至于三三的钱来自何处、她的生活境遇如何，家人对此却从未提及。

黄桷坪走出去的女孩，如果没有汇款单来，她们的父母就像从来没有过她们一样，就像怀胎怀得有鼻子有眼了，硬给镇计划生育主任押解去打掉的那些娃儿们一样，落一场空。……黄桷坪的人从不为那些干干净净消失掉的女孩们担心。倒是个把回来的惹他们恼火。回来的女娃儿里有巧巧的堂妹慧慧。慧慧在深圳流水线上做了一年出头，回来脸白得像张纸一天吐好几口血。从县医院拍回的片子上，个个人都看得见慧慧烂出洞眼的肺。①

贫穷乡村的民众形成的共识促使巧巧等一批好强但又缺乏认知能力的姑娘们"勇敢"地走向外面的世界，梦想着能为家人寄来荣耀的汇款单和相片。巧巧被拐卖给大宏后寄回家五百元钱以及站在卡车旁边的照片，她甚至能够愉快地想象母亲挨家挨户把汇款单和相片给人们展示的模样，于是一切被骗被拐的命运似乎具有了某种价值。正是怀着这样的愿望，无数的巧巧们被拐卖到各地，充斥于城市中昏暗的发廊、桑拿房和暧昧的歌厅、包房，这些一批又一批的"有女初长成"用她们的身体和青春换来族人的认同的同时自身却承受着悲凉的命运。

中国几千年的儒家文化影响下形成的道德观和妇女观在现代乡村中发生了惊人的裂变。如果说传统文化中的"贞操"观与"节烈"观曾对妇女形成一种桎梏，那么现代转型时期的乡村，女孩以身体甚至生命作为在外赚钱的本钱，家人却以此为荣的现象则是一种人性和道德的双重丧失。这种扭曲的观念成为拐卖妇女的邪恶势力有机可乘的重要原因，两者的合谋造就了一个又一个的潘巧巧和她们各自不同却相似的命运悲剧，如同巧巧

---

① 严歌苓：《严歌苓文集》(7)，北京：当代世界出版社 2003 年版，第 4 页。

最终的醒悟："谁都在她身上捞到好处，就是她自己成了好处提取后的垃圾。"农耕文明中的人们如何会在现代社会中形成种种异化的观念？在从贫穷走向富裕的渴望中为何要以牺牲女孩儿们作为代价？究竟是谁应该对她们的命运负起责任？对此，作家在小说中并没有表现出强烈的控诉和批判，而是以平静的叙述语调讲述着乡村女孩巧巧从被害者到杀人犯的故事及其心路历程，但这种看似平静的叙述是从社会批判意义上着手的，隐含着作家的道德情绪和文化意识，以及对于扭曲的乡村文化观念与社会邪恶势力的迫害下女性命运的深切忧虑。

作为一个旅居海外的作家，严歌苓对中国现实问题有着极大的关注。作家在小说中，借助各类人物之口反映一系列社会问题，如乡村政权的腐败、失学率的增长、偷伐山林的严重后果等，尤其是对贫穷农村中女孩的失学问题表现出沉重的忧虑。如果小说中的人物在作家的叙述中被当作思想启蒙的对象，成为作家思想解剖台上的实验者，那么读者除了感受作家冷静的思想分析之外，就感受不到人物的悲剧性和小说的叙述魅力了。作家严歌苓在小说中设置了一名接受过良好教育并始终严于律己的军官金鉴，并借金鉴之口来表述自己对于巧巧命运的剖析："是她从拒绝受教育，因而变得愚昧、虚荣、轻信，是她的无知送她去任人宰割，送她去被人害，最终害人，最终送她去死的。""我不会有这样的姐妹，我要有姐姐或妹妹，饿死也会要上学的。"[1] 金鉴对巧巧辍学、砍树等无知愚昧的行为表现出愤世嫉俗、悲天悯人的情绪，认为拒绝教育是造成巧巧自身悲剧的直接原因。她对一脸茫然的巧巧喊道："你们先是拒绝受教育，选择无知，无知使你们损害自己的长远利益，长远的利益中包括你们受教育的权益，包括你们进步、文明的物质条件，你们把这些权益和条件毁掉了，走向进一步的无知愚昧——越是愚昧越是无法意识到教育的重要性，而越是没有教育越是会做出偷伐山林这样无知愚蠢的行为！"[2] 金鉴的一番慷慨陈词无疑是替作家代言，体现出海外作家严歌苓对以巧巧为代表的女性命运以及一系列社会问题的人文关怀。

---

① 严歌苓：《严歌苓文集》（7），北京：当代世界出版社 2003 年版，第 95 页。
② 严歌苓：《严歌苓文集》（7），北京：当代世界出版社 2003 年版，第 70 页。

　　作家在关注社会问题的同时，同样没有忽略对女性自身、人性本质进行深刻的探析。作为一名女性，巧巧曾经有过许多美好的幻想和期待，即使一次又一次受骗，她始终对未来心怀向往。起初是曾娘以深圳流水线的工作将淳朴的巧巧骗到火车站并转卖给人贩子陈国栋。巧巧失身于这个自称陈国栋的人后，决定安心跟随他，但这个人贩子又将她卖给了养路工大宏，巧巧经过无力的抗争后逐渐认命，并开始适应新的生活。丈夫的傻子弟弟二宏却在哥哥的认可下强暴了她，这促使毫无法律常识的巧巧最终举起菜刀杀死了哥俩。巧巧逃到兵站并获得了大兵们的喜爱，她甚至打算与司务长刘合欢结婚过日子，但绳之以法的冷酷结局却结束了她对尘世的最后留恋。应该说，是一次又一次的希望与失望使一个原本淳朴的乡村女孩、一个本分的公民、一个未来的贤妻良母变成杀人犯，她一步步走向深渊的过程让人深感叹惜和沉痛，正如雷达所言："潘巧巧从企图改命，到认命，到抗命，再到恋命，充满了曲折回环。被拐卖后的她并未以泪洗面，她甚至接受了那奴役的惨烈的荒凉的'爱'，只是后来人家在她身上造够了孽，她又以造孽的方式回报。"① 外在的合力最终使巧巧从被害者到害人者，其命运的悲剧性因此显得更为沉痛，而作为一个受害者，只要具备了一定的条件和环境，她也会以虐待作为回报，对此，作家在小说中对人性的复杂性进行了深刻细腻的揭示。潘巧巧在人贩子面前乖巧、懂事却在老实的丈夫大宏面前刁钻、刻薄，她常常以最恶毒的言辞诅咒大宏与二宏，直至最终杀掉二人。在兵站她迎合倾心于他的司务长的挑逗，与年轻的士兵们戏谑，并在金鉴、刘合欢面前进行"自欺"的辩白，她虽是受害者，却同样有着虚荣和伪装。作家在小说中挖掘女性自身的弱点，揭示人性的多面性和复杂性，并以此来审视女性自我的命运。

　　作家在小说《谁家有女初长成》中以强烈的女性意识，对处在一定的历史文化和现代社会中的农村女性生存境况给予关注和同情，同时，又以现代意识揭示人们在非常态中的一系列心理和行为，作品因此具有相当的深度。

① 严歌苓：《严歌苓文集》(7)，北京：当代世界出版社2003年版，第310页。

第四节 个体信念的自我人生：
《第九个寡妇》、《一个女人的史诗》、《补玉山居》

从出国前的社会政治权力下的女性人生到出国后移民女性的弱者人生，以及回望故国中生命追求的抗争人生，严歌苓笔下的女性人物都是各个时代环境中被污辱和受欺凌的弱者，她们的悲剧命运既受到自身身份的局限，也受到社会、历史、时代因素的影响，如小渔、扶桑的移民身份和生存困境，文秀、巧巧的命运则与大陆"文革"、中国改革开放初期等历史阶段相连，玉墨的故事是以日本侵华战争作为历史背景。总之，这些作品中的历史事件和时代氛围对人物的命运有着不可忽视的影响，但对于《第九个寡妇》中的王葡萄和《一个女人的史诗》中的田苏菲（小菲）而言，宏大的历史时代只是她们建构自我生活的陪衬，她们虽经历了几十年漫长的时代变更，却从不因外界的变化影响个体信念的坚守，并以包容万物的姿态构筑了自我人生。

一、"地母"王葡萄

2006 年严歌苓发表了长篇小说《第九个寡妇》，这是作家继《少女小渔》、《扶桑》等成功作品后的又一力作，小说被香港《亚洲周刊》2006年评选为十大中文小说之一，并在大陆引起诸多反响。小说故事发生在 20世纪40—80 年代的农村，叙事的起点是抗日战争时期，终点是新时期"改革开放"的萌动期。主人公王葡萄自幼在孙家做童养媳，公公孙二大在土改时被划为恶霸地主并执行枪决，王葡萄将一息尚存的二大从死刑场上背回家并救活了他，她将二大藏匿于红薯窖内，凭着自己的勤劳和聪慧秘密供养了二大二十多年，并渡过了一次次饥荒灾害和一次次政治运动带来的危机，二大最后在儿孙围绕中安然离世。

这篇小说是作家根据流传于河南农村的一个真实的传奇故事创作而成的，作家称自己是在二十多年前听到这个故事的，当时感到很震惊但并没有写成小说，"世事可以沧桑变幻，但那善良的人性永远不会改变，这也是这个故事给我的最大震撼"。这个故事一直在严歌苓心里萦绕了二十多年，定居美国多年并随着外交官丈夫前往南非后，作家终于决定把这个题材创作成小说，并在尼日利亚的家里完成了这部长篇小说《第九个寡妇》（英文版译名为《饥饿与爱人之间》）。积累了二十多年的饱满情感和创作经验后，作家仅用了两个月就完成了这部优秀的长篇小说，并塑造了"王葡萄"这一独特的女性形象。

1. 王葡萄形象

　　无论是展现异质文化的冲突，还是现代性与人性的激烈交锋，严歌苓笔下的女性形象始终呈现出一种远古的雌性（母性）情结，王葡萄这一女性形象与小渔、扶桑构成了"地母之神"的形象系列，同时又与小渔、扶桑的形象意义有所区别。移民形象小渔、扶桑善良不争，任人践踏又容纳一切，卑微渺小却又生生不息，她们在污秽的社会中闪烁着人性的光辉，意大利老人的改变、克里斯的真诚爱情都是被女主人公的善良人性感化的结果。王葡萄同样善良宽容，具有旺盛的生命力，其雌性精神与小渔、扶桑一脉相承，但相比沉默忍耐、被动受辱的小渔和扶桑，寡妇王葡萄是一个充满活力、无知无畏的民间"地母"，她大胆泼辣、性格率直，在承受欺凌时破口大骂，感到不平时蛮横撒野，甚至面对枪口也毫不胆怯，她以旺盛的生命力、朴素的爱心和乡村伦理观感化并拯救了众多男人，使他们回归真正的人性，王葡萄这一女性形象所体现的人性光辉因此呈现出更为强大的感召力。这个农村寡妇的形象是立足于中华大地的"地母"形象，因生存在自己的土壤上而具有勃勃的生机和丰富的艺术内涵。作家在小说中通过生命力、情爱观、伦理观、历史观来塑造王葡萄这一形象。

　　王葡萄具有人类原始的旺盛生命力，小说以"王葡萄"作为主人公的名字含有丰富的象征寓意。作为一种植物，"王葡萄"根植于大地，生长在干燥的环境中却具有强大的生命力，皮薄汁多、果肉甜美。主人公王葡萄如同她的名字一样具有一种原始的生命力，她七岁那年因黄河之灾失去了父母，随逃荒的人一起来到史屯，孙二大以两袋面粉的价格把她买来给三儿子铁脑做童养媳。王葡萄在孙家每天操持着繁重的家务，勤劳地干活，还要经受婆婆的刻薄和种种考验，然而这些丝毫不影响王葡萄的茁壮成长，她在二大的暗中照应下整天埋头忙碌着。十三岁时她染上重病，高烧七天不退，差点说给死人"定鬼亲"了，但"命硬"的她还是活了过来。十四岁时丈夫铁脑被当作"叛徒"冤杀，她成了一个并不光荣的寡妇。接着，疼爱她的二大被政府当作恶霸地主枪毙，虽大难不死却身负重伤，她冒险将二大救出并藏匿于红薯窖内细心照顾。王葡萄刚懂得爱情时又遭受了心上人的离别，后来与二哥孙少勇生下了私生子，却只能托付给侏儒族养大成人。按常理来说，一个农村的寡妇遭受了这么多的磨难和打击，命运对她极不公平，但无论是乡村伦理中的妇女观念，还是时代的荣辱意识，似乎都不会影响她那来自原始状态的生命活力，她始终在自己的土地上泼辣率性地忙碌着自己的生活，一切物质上、精神上的苦难都被她无声无息地化解掉了，如同扶桑一样活得"健壮、自由、无懈可击"。

作为一个农村的寡妇，王葡萄并没有传统观念中男女关系的束缚，也没有现代女性意识中的"坚贞"、"尊严"观念，她对于男女情感和性方面有着自己的想法，她以本能中的雌性主动去爱男人，去享受性的快乐，但同时又忠于自己的感情，"她王葡萄的身子与心分得很清"。这个乡村寡妇既有雌性对性的本能欲望，也有对情感的理性要求，她以强烈的情欲与不同的男人偷欢，有得了肺痨的琴师朱梅、丈夫的哥哥孙少勇、冬喜和春喜兄弟俩、"文革"时下放到农村的作家老朴。她享受着与男人们的性爱，每次都真诚地投入自己的情感，"我缺啥？我啥都有。我有欢喜，我有快活，我有男人暗地里疼着我"①。她让男人舒服，她也在舒服着，甚至被勒索她的男人强迫时，也能从中体会到快乐。王葡萄的性爱观充满原始的雌性本能，同时又体现出包容一切的仁爱和善良的人性。在她的感召下，曾经为了"进步"将自己的父亲送上刑场的孙少勇回归了美好的人性，被权力欲望几乎泯灭人性的春喜找回了内心的善良，作家老朴则在遭受批斗、被老婆抛弃、下放农村的困境中，感受到王葡萄这个真正的女人带给他的温暖和滋润。王葡萄以她旺盛的生命力、包容万物的心胸感化了身边的男性（强者），获得了家族的生生不息和自我生命的和谐。严歌苓多次强调自己作品的母题都是在否定第二性，她认为女性不是第二性，女性在生理、心理甚至在性的持久上都比男性长久，阴柔也比阳刚更有力量。王葡

---

① 严歌苓：《第九个寡妇》，北京：作家出版社 2006 年版，第 143 页。

萄这一形象的情爱态度体现出作家对女性性别的独特思考。

在历史变迁的过程中，王葡萄以最简单、最纯真的信念应对瞬息万变的时事，在认同亲情、判断是非方面坚守朴素的伦理观念。她救二大的前提是她认为二大是她的爹。"再咋阶级，我总得有个爹。爹是好是赖，那爹就是爹。没这爹，我啥也没了。"尤其是当自己的丈夫、婆婆都死去，丈夫的两个哥哥下落不明的时候，二大就是唯一的亲人，因此革命者对她的开导和启蒙没有丝毫作用，她"一根筋"地认定"爹就是爹"。更重要的是她认为二大是一个清白的人，当孙二大在新中国成立后被土改工作队划为恶霸时，要求进步的孙少勇说父亲是"反革命"，王葡萄为二大辩护的理由是：他把谁家孩子扔井里了？他睡了谁家媳妇？他给谁家锅里下了毒？这种评价好人与坏人的标准是一种朴素的乡村伦理观，正是这种亲情、是非的伦理准则使她偷偷地从死人堆里背回了奄奄一息的二大，并藏在地窖中供养了几十年。参加了解放军的二儿子孙少勇为表明自己的政治觉悟，主动要求上级组织枪决自己的爹，王葡萄对孙少勇的"进步"行为有着自己的判断："王葡萄有一点明白了，他叫人把他爹爹的房子、地分分，又把光洋拿出来叫人分分，最后还叫人把他爹爹给毙了。原来分大洋不叫分大洋，叫进步，杀爹也不叫杀爹，叫进步。看看他，进步成了个她不认得的人了。"① 为了二大的安全，她拒绝与少勇结婚过日子，并将她与少勇的私生子偷偷生下来，送给侏儒族抚养，她只能在侏儒族每年一次来村边祭祀时远远看上儿子一眼。她甚至舍弃了自己的生活，坚定地陪伴着二大，这种笃定的孝行具有母性的自我牺牲精神，并已远远超越了一般传统意义上的"孝道"。最终，王葡萄不仅挽救了二大的性命，更感化了少勇和所有的村民，他们与王葡萄一起加入保护"舅老爷"的行列中，以暗中的默契构成一个全村人参与的大营救，王葡萄身上的善良人性因此呈现出巨大的力量。小说故事最后，孙二大讲述救世的本家祖奶奶的家族传说，正是作家以神话的形式赋予了王葡萄"民间女神"的形象。

对于外界的历史变化，村里的许多人跟随着时代潮流，王葡萄却全然不知何谓进步与落后。小说中王葡萄成为寡妇是在 1944 年的一天，日本鬼

---

① 严歌苓：《第九个寡妇》，北京：作家出版社 2006 年版，第 76 页。

子包围了十几个到史屯村征粮的八路军，鬼子将全村几百人赶到场地上，要求媳妇们认领自己的男人。八个年轻媳妇毅然决然地认领了隐藏在百姓中的八路，却让自己真正的丈夫代替八路送了命，八个媳妇成了"英雄寡妇"，只有十四岁的王葡萄理所当然地认领了自己的丈夫铁脑，因为她认为自己的丈夫当然比八路重要；当铁脑被当成汉奸冤杀后，王葡萄成了八个"英雄寡妇"之后的第九个寡妇，这是一个没有政治觉悟的典型，但她却从不以此为耻；在随后的革命运动中，英雄寡妇和干部们积极投入到流行的阶级斗争中去。寡妇蔡琥珀承担起启蒙落后分子的重任。她在担任土改工作队女队长时对乡亲毫不留情。公社书记史冬喜也曾以时代的标准看待王葡萄这个落后分子，王葡萄却从不在意人们对她的看法，依旧忙碌着自己的生活。

在官方话语和时代标准中，王葡萄是一个被压迫的劳苦民众，她是工作出色的模范，也是思想落后的"生坯子"，需要识时务的革命分子对其进行启蒙和救助，然而外界的任何教导和劝说都无法改变她的自我坚守，她甚至成为进步人士眼中的"女疯子"。小说中，她与试图启发她的女队长吵架式的对话颇具讽刺意味：

她说："得叫我看看我爹去。"她正帮女队长缠手上的绷带。

女队长奇怪了，说："王葡萄你哪来的爹？爹妈不是死在黄水里了？"

王葡萄说："孙二大也是我爹呀。"她眼瞪着女队长，心想孙二大才坐几天监，你们就忘了这人啦？

"王葡萄糊涂，他怎么是你爹？！他是你仇人！"

王葡萄不吭气，心里不老带劲，觉得她无亲无故，就这一个爹了，女队长还不叫她有。

"王葡萄同志，这么多天启发你，教育你，一到阶级立场问题，你还是一盆稀泥，啥也不明白，"女队长说。

"你才一盆稀泥！"

女队长一愣怔，手从王葡萄手里抽回来。

王葡萄瞪起黑眼仁特大的眼睛，看着女队长。

"你再说一遍，"女队长说。

王葡萄不说了。她想俺好话不说二遍。

女队长当她服软了，口气很亲地说："王葡萄，咱们都是苦出身，咱们是姐妹。你想，我是你姐，我能管孙二大那样的反动派叫爹吗？"

王葡萄说："那我管你爹叫爹，会中不会？你爹养过我？"

"不是这意思，王葡萄，我的意思是谁是亲的谁是热的要拿阶级来划分。"

"再咋阶级，我总得有个爹。爹是好是赖，那爹就是爹。没这爹，我啥也没有。"

女队长耐住性子，自己先把绷带系好，压压火。等她觉得呼吸匀静下来，又能语重心长了，她才长辈那样叹口气："王葡萄啊，王葡萄，不然你该是多好一块料……"

"你才是块料！"

王葡萄站起身走，把穿小缎袄的腰身扭给女队长看。①

这个在进步人士眼中无法启蒙的寡妇对所谓的"进步"和"启蒙"全然不理，她因坚守内心的伦理、人性标准，成为一个不因世事变迁而随波逐流的坚定女性。在作家严歌苓看来，王葡萄这种不懂得何为历史进步、不受外界社会变迁影响的女人才能真正保留本能的天性："我们是一群不断地在跟着社会潮流走，跟着各种各样社会形态变化走的人，而实际上又是不断在被各种变化所异化的人，而就有王葡萄这样的人，或者说这样的女人，这样没有被异化的人存在。"② 正因为没有任何政治观念和时代标准的束缚，王葡萄可以率性而为，"眼睛不会避人，没有胆怯，不知轻重"，"像个几岁的孩子不知道怕，也像个几百岁的老人，没什么值得她怕"。她甚至以骂人、打架、撒泼的方式来维护自己的观念，这个对于外界世事的变化一无所知的麻木寡妇，却对生活本身充满智慧和精明，她将二大藏匿在地窖里二十多年，多次面临天灾、战乱、运动造成的食物匮乏和生存危

---

① 严歌苓：《第九个寡妇》，北京：作家出版社2006年版，第50页。

② 严歌苓：《王葡萄：女人是第二性吗？——严歌苓与复旦大学学生的对话》，《上海文学》2006年第5期，第5页。

机，总能想出种种办法化解困境：偷玉米、打鱼、采野草……她在怀孕后不露声色地生下了私生子，十月怀胎的全过程被她隐藏得滴水不漏，这期间她照样风风火火地干活，甚至不耽误她跟小姑娘们比赛荡秋千，而后她将儿子暗中托付给每年来庙里祭祀一次的侏儒族，不仅孩子得到这群善良侏儒的抚养与呵护，王葡萄也能每年见到儿子一面，看着他长大成人。这种生存之道充满本能的直觉和原始的智慧，自然天成又充满无限的能量，寡妇王葡萄也因此做到了许多常人都难以完成的事情。作家严歌苓对王葡萄这一农村妇女形象充满欣赏和喜爱，她曾谈道："我最喜欢的是中国农村妇女，我以前的婆婆就是，虽然我接触不多，但是我能看到她们那种宠辱不惊，看上去迟钝但内心藏着一种英明，她们不和男人、不和这个世界一般见识，在混沌的境界中有大智慧。"①

相比留美初期创作的移民女性小渔和扶桑，王葡萄是雌性与人性相结合并发挥到极致的女性形象，其本土"民间性"体现了作家东西文化视野的融合。无论是留美初期创作的"少女小渔"还是定居美国后创作的"扶桑"，这些移民女性往往带有作家深刻的"移民创伤"痕迹。作家在两种文化的交错中兼顾东西方视野的审美取向，这使移民女性形象（尤其是扶桑）呈现出暧昧难明的形象特征，从中可以看到作家在中西文化碰撞中的矛盾和顾虑。但在《第九个寡妇》中，作家书写王葡萄这一女性人物时，显然超越了曾经的身份焦虑和文化顾虑，以更为自信、明确的华族身份和女性姿态书写中国大地上的民间"地母"形象，这一人物因立足于中华大地而具有鲜明的本土性，同时，作为海外作家，严歌苓定居美国多年并系统学习了西方的理论知识，接受了西方文艺思潮的影响，对于"人"、女性、历史有了全新的认识，在小说创作中融合了中西文化的视角，即使是书写故国乡村题材，也不再是用一个纯粹的中国视点来观照人物和历史。因此，王葡萄这一女性形象的"本土性"在东西方文化融合的视野下呈现出多层次和复杂性，从而与大陆作家笔下的女性人物区别开来，成为严歌

---

① 《严歌苓〈低调而骄傲〉》，见庄园编：《女作家严歌苓研究》，汕头：汕头大学出版社 2006 年版，第 263 页。

苓"贡献于当代中国文学的一个独创的艺术形象。"①

　　作家在书写大陆题材时，虽摆脱了种族、身份的焦虑而立足于中华民间大地，但中西文化融合和西方文艺思潮的影响却呈现在她的文学创作和审美维度中。在塑造农村寡妇王葡萄这一形象时，作家不自觉地将中国传统的仁爱与西方文明中人类的博爱精神融合在一起。王葡萄判断是非、善恶的标准来自一种内在的原始生命，类似于集体无意识中的观念，这种"浑然不分的仁爱与包容一切的宽容"带有中国传统女性的特质，同时也显示出一种超越世俗规范的博爱精神和美好人性。王葡萄从小遭受婆婆的苛求与责骂，她却从不记恨，在照顾公公的二十多年中，无论经历多少艰辛也没有任何埋怨。她对背离自己、甚至是欺压强暴自己的男人也没有任何怨恨。王葡萄的心中似乎只有一种原始的、纯粹的感恩和仁爱，这种自然、美好的人性又使她平等看待芸芸众生的个体生命。她不仅营救二大，还救助了许多需要帮助的人，在全民挨饿的"自然灾害"时期，她自己食不果腹却救助落难的邻居，在"文革"时期她把女知青的私生子抚养起来，在计划生育时期，她又为逃避手术的妇女提供庇护。王葡萄内心坚守的朴素准则超越了一切历史、政治意义下的是非与对错，从不因历史、时代、世事的变迁而有所改变，王葡萄身上这种仁爱气息生长于乡土民间，坚韧而又顽强，同时也具有西方文明中的博爱精神。因此，作家严歌苓塑造王葡萄这个女性形象时，是将西方观念中人性的美、博爱思想与中国乡村朴素的道德伦理观念结合在一起的，其核心则是超越一切历史潮流和政治思想的美好人性。"我没有写任何'运动'，我只是关注人性本质的东西，所有的民族都可以理解，容易产生共鸣。"②

　　正因为王葡萄这一形象融合了作家东西方的视野和两种人文传统，以及女性的个体生命体验，因此，我们可以看到一个完全不同于既定观念的女性形象，她一方面具有传统妇女的质朴、宽容、善良，另一方面又带有西方文明中"人"的自主意识与精神。作为一个农村的寡妇，她张扬原始

---

① 陈思和：《第九个寡妇·跋语》，见《第九个寡妇》，北京：作家出版社 2006年版，第 396 页。

② 舒欣：《严歌苓——从舞蹈演员到旅美作家》，《南方日报》，2002 年 11 月29 日。

自然的性爱，毫不受制于传统道德的束缚，她力所能及地保护每一个个体生命，有着浑然不分的宽容和博爱，她坚守自我的意识和观念，不受任何社会历史政治潮流的影响，她融强悍和柔弱、美丽和庸俗、高贵和低贱、聪明和愚钝于一身，这些特性使王葡萄这一形象难以归类。"王葡萄不仅是全篇的线索，也是整本书里最有光彩、最复杂的形象。她身上并存的两种极端特质使我们不能在现有伦理体系中给她作准确定位。"① 王葡萄这一形象的多层次性和丰富性，不仅在伦理标准方面难以定位，同时也难以归类于现当代文学中的其他女性形象，这使得民间"地母"王葡萄成为中国当代文学形象中极为独特的"这一个"。可以说是作家东西方文化交融的人性观与独特的女性书写策略造就了王葡萄这一独特的女性形象，这使得小说的女性文学话语方式与大陆文坛的方式区别开来，作家严歌苓因此成为中国文学的"一个'异数'"（陈瑞琳）。

2. 历史叙述

小说中的历史叙述以及由此呈现的历史观极具特色。主人公王葡萄的大半生经历了中国现代史的重要阶段，作家在小说中始终通过王葡萄的眼睛看待中国现代史的历史变迁和世态人情。王葡萄在兵荒马乱的日子里，往往紧贴地面从门缝往外看，历史的更替在她眼中成了各种各样的"腿"不停地变换："外头腿都满了。""光见腿了！"② "沾着泥土尘沙的无数人腿'跨跨跨'地走过去，'跨跨跨'地走过来。"③ 战争总在继续，但战斗的对象却总在变化，因此无数的战争在她眼中就成了换来换去的打斗："你占了镇子我撤，我打回来你再败退。"④ "一拨人把另一拨人打跑了，再过两天，又一拨人打回来，成了占领军。"⑤ "过个几年就得打打，不打是不行的。"⑥ 王葡萄应对这些打斗的方法就是"躲"："反正人家打，咱就

① 张勇：《现代性与人性的交战——读严歌苓的〈第九位寡妇〉》，《世界华文文学论坛》2006 年第 3 期。

② 严歌苓：《第九个寡妇》，北京：作家出版社 2006 年版，第 35 页。

③ 严歌苓：《第九个寡妇》，北京：作家出版社 2006 年版，第 35 页。

④ 严歌苓：《第九个寡妇》，北京：作家出版社 2006 年版，第 16 页。

⑤ 严歌苓：《第九个寡妇》，北京：作家出版社 2006 年版，第 17 页。

⑥ 严歌苓：《第九个寡妇》，北京：作家出版社 2006 年版，第 62 页。

躲。打谁也打不长，隔一阵就换个谁打打，打打再换换。换换，换换，说不定事就换得不一样了，就不用躲了。"① "什么人什么事在史屯都是匆匆一过，这么多年，谁在史屯留下了？过去了，史屯就还是一样活人过日子。什么来了，能躲就躲，躲过了就躲过了。"② 王葡萄认为不管外面怎样打斗、谁在打斗，自个儿的生活总是要继续下去的，"剩下的还是这个村，这些人，还做这些事：种地、赶集、逛会"。

在寡妇王葡萄的眼中，宏大的中国现代史成了一场闹剧，世事的更替最终只是一场毫无意义的循环，这种看待历史的民间角度和立场具有隐喻性。作家借一个寡妇眼中的历史隐喻民间生生不息的循环观和生存法则，以此质疑历史的演进对于农村这个自足封闭社会的影响和意义，正如史屯村民最终达成的"共识"："史屯人没有外面来的人活得不赖，只要来了什么军什么派什么兵，就没安宁了……外地人专门挑唆：挑唆他们和孙怀清结仇，挑唆他们分富户的牲口，挑唆闺女、小伙们不认定下的亲事，挑唆他们把下乡的城里人瘸老虎整死……"③ 这种立足民间的历史观对现代阶段中社会政治权力和一切外来进步文化对民间的积极意义产生了质疑，以认可乡村自足循环的力量颠覆着历史进化论，并呈现出虚无主义的历史观。

在大陆新历史主义小说创作中，无论是张炜的《古船》、刘震云的故乡系列，还是陈忠实的《白鹿原》，当代作家往往通过家族的命运、日常生活叙事来重述历史，但这些新历史主义小说中的家族叙事、日常叙事仍然与宏大的历史关系密切，"家族的历史往往迎合了历史轨迹的演变而演变，民间与历史构成了一种同谋的关系，前者成了后者的注解"④。海外作家严歌苓的"离散"视野和女性视角则使她在回望故国历史时，能在更大的程度上脱离原有的意识形态，以更为彻底的姿态剥离历史与民间的关联，小说《第九个寡妇》隐去了历史时代的演变轨迹，关注个人传奇故事

---

① 严歌苓：《第九个寡妇》，北京：作家出版社 2006 年版，第 164 页。

② 严歌苓：《第九个寡妇》，北京：作家出版社 2006 年版，第 94 页。

③ 严歌苓：《第九个寡妇》，北京：作家出版社 2006 年版，第 216 页。

④ 陈思和：《第九个寡妇·跋语》，见《第九个寡妇》，北京：作家出版社 2006 年版，第 306 页。

和人物的自生状态，以女性的个体经历和生命体验构筑历史。这种历史观不仅具有新历史主义小说疏离宏大的历史叙述的文本特征，而且为新历史主义小说开拓了一个新的领域，从这个意义上来讲，小说《第九个寡妇》不仅为中国当代文学贡献了独特的民间"地母"形象，而且创作了一个新历史主义小说的独特文本。

3. 书写策略

王葡萄这一女性形象的种种隐喻是作家严歌苓表达女性意识的书写策略。王葡萄在身世家族、女性个体和社会阶层等各方面都是一个弱者：逃难者、童养媳、寡妇、"生坯子"、被启蒙者，但这个弱者具有"浑然不分的仁爱与包容一切的宽厚"，是一个容纳万物、强大无比的民间"地母"。小说中的王葡萄只身把二大救出，藏在地窖里二十多年，遭逢无数的危机和苦难，她却以强大的原始生命力实现了对二大的救助，这种女儿/弱者对父亲/强者的拯救，不仅缓解了传统关系中"父与女"的对立，而且颠覆了传统中"父与女"的强弱关系；在王葡萄与众多男人的性爱关系中，她宽恕甚至享受男性/强者的欺凌，以女性/弱者的宽厚与仁爱感化了周围的男人们，这是女性"弱者不弱"的又一个宣言，象征着雌性和母性内在力量的强大；王葡萄拒绝革命者、知识分子的启蒙和救赎，始终坚持着自己的主张，并以自己的行动抗争到最后。在民间/循环与历史/进化的关系中，她作为个体与历史的对抗象征着民间朴素的人性观、伦理观对抗历史进化论的胜利，当然，这其中仍然隐含着男性/女性的对立，因为宏大的历史往往是英雄创造的，而英雄又往往是男性中的强者。作家以女性的个体感受和内心体悟塑造了王葡萄这一女性形象，并在父与女、男与女、民间与历史、强者与弱者的种种对立关系中，证明王葡萄这一"地母"形象才是世界真正的"救赎者"和"启蒙者"。作者以母性的强大颠覆既定观念中的弱者/强者、保护/被保护者、救赎者/堕落者，实现性别地位的倒置，其中蕴含着作家强烈的女性意识。

小说中有一个人物对王葡萄的性格和力量的形成有着重要影响，这就是藏匿于地窖的孙二大，他"对日常生活充满智慧，将自然万物视为同胞，对历史荣辱漠然置之"①。这个始终生活在黑暗地窖中的二大是传统文化和智慧的象征，他被王葡萄营救、赡养的同时，也成为王葡萄生存下去并渡过种种危机的精神支撑。孙二大心胸开阔、足智多谋，王葡萄小时候就经常得到二大暗中的提醒与呵护，不仅多次避免了婆婆的苛责，还学到了许多生存处世之道。这个智慧的乡村老人有着宠辱不惊的平常心态，面对变幻莫测的时局和身份地位的变迁，他始终处乱不惊，在被政治处决后大难不死，被王葡萄藏匿于地窖中，他既不对自己的遭遇怨天尤人，也不悲观厌世，而是平静地接受一切，并且从不停止劳作，他在黑暗的地窖中自如地扎筲帚、编苇席、打麻绳，或者用纳鞋底的线编一张又匀又细的渔网，让王葡萄从河里捞鱼以解饥荒。他运用自己的智慧教给王葡萄各种生存之法，帮助她渡过一次次饥荒和灾害，王葡萄曾感慨道："爹，你在这儿给我怎多主意哩！"② 为了不拖累王葡萄过自己的幸福日子，他曾不顾生命安全离家出走。王葡萄的执着和坚定让他意识到自己的重要。在漫长的岁月中，这个智慧的老头和王葡萄一起与残酷的自然和社会进行柔性的较量，最后"他银发雪眉，满面平和。他垂下眼皮时，就像一尊佛"③。他活了下来直至寿终正寝，并在子孙的环绕中安然离世。二大身上体现了中国古人的优异传统和儒家精神，他足智多谋、澄怀观道，他虚怀若谷、宽容大度，他与世无争、知行合一，也只能是这样一个人物才有能力影响"不可教化"的王葡萄，并成为她生存和精神的支柱。在这里，以男性为代表的儒家精神成为女性背后的支撑，隐含着作家严歌苓对中国传统文化哲学的留恋与推崇，而"父与女"的和谐相处则充满人性的温暖，在一定程度上缓解了强者与弱者关系的倒置，避免了小说成为一个女权主义的文本。相比出国前创作的《雌性的草地》等小说，作家严歌苓在《第九个寡妇》中的书写策略和女性意识，显然已经有了更加开阔的视野。

---

① 陈思和：《第九个寡妇·跋语》，见《第九个寡妇》，北京：作家出版社 2006 年版，第 308 页。
② 严歌苓：《第九个寡妇》，北京：作家出版社 2006 年版，第 164 页。
③ 严歌苓：《第九个寡妇》，北京：作家出版社 2006 年版，第 254 页。

二、女人小菲

《一个女人的史诗》由湖南文艺出版社 2006 年 5 月出版,这是一个关于女人和男人、爱与被爱的故事。小说背景以新中国成立前为起点,一直到"文革"结束。女主人公田苏菲(小菲)刚刚进入青春期就被稀里糊涂地卷入了革命的洪流中,参军成为文工团的一名演员,她爱上了政治部新来的干事欧阳萸,并主动出击,随后与欧阳萸闪电结婚,从此开始了几十年辛苦的"护爱"行动,但她全身心的爱总是得不到丈夫的回应,倒是曾经追求她的旅长都汉对她痴迷一生,田苏菲就在这种爱与不爱、不爱与被爱的情感漩涡中构筑起一个女人的情感历史,风云变幻的宏大历史成为她个人爱情史诗的陪衬。

《一个女人的史诗》中女性的爱情与宏大的历史构成另一种解读方式,田苏菲虽然无意中成为一位参与历史进程的小人物,但与历史使命、忧患意识丝毫无关,在她心目中,只有丈夫的爱才是生命的意义,战争、运动、迫害、饥饿统统不值一提,中国历史进程中的大部队进城、土改、四清、反右、三年自然灾害、"文革"、粉碎"四人帮"等历史事件,只是附着在田苏菲爱情事件中的模糊背景,她唯一对历史的思考就是希望"再来一次运动",让生活不要好起来,因为"只有在困难的时候,两个人感情比较贴近"。情爱世界中的女人不关注宏大历史的进程,只构筑属于自己的情感史诗。

严歌苓自称对这部小说倾注了许多个人的情感,田苏菲的爱情故事其实是以严歌苓母亲为原型的,严歌苓的母亲年轻时是歌剧团的名角,父亲萧马是安徽省的专业作家,曾是歌剧团的副团长。父母在孩子长大成人后离异,并各自有了自己的家庭,父母的情感经历为作家严歌苓留下了深刻的记忆,她曾在散文《母亲与小鱼》中回忆父母的情感故事,并为父母的情爱错位感到遗憾,年轻时的母亲一厢情愿地爱上了父亲,父亲却从没有注意到她的年轻美貌和甜美歌喉,母亲在为父亲抄写的书稿中夹了一张小纸签:"我要嫁给你!"于是他们结婚了,并生下了一儿一女,这就是严歌苓和哥哥,母亲全身心地爱着父亲,不仅在生活上照顾他,还要与潜在的、甚至是想象中的各类情敌进行斗争。她运用各种方法引起父亲的关注却常常不得其法，她对父亲的爱很热烈也很吃力，父亲却坦承自己从来没有真正爱过母亲，他只能在厌烦和压制厌烦的矛盾中等待孩子们长大。"文革"时期，为了给"劳动改造"中的父亲补身体，母亲不厌其烦地制作了无数条盐腌的小鱼，克制自己和孩子们的饥饿与渴望，千里迢迢送小鱼给父亲，这样的行为换来的只是父亲的感恩而不是爱情。"文革"结束后，父亲还是与母亲离婚了，随后各自都有了新的家庭，但母亲仍然对这份爱耿耿于怀。严歌苓在众多小说中表现过父母的这种情感状态，如《我不是精灵》、《人寰》等小说中的一些片段，而长篇小说《一个女人的史诗》则完全以父母的感情故事为题材，小说中的人物和众多细节与现实中父母的感情故事有很多吻合之处，只是结局不太相同，小说中的田苏菲最终守住了自己的婚姻，或许严歌苓是想以此为母亲辛苦一生的"护爱"运动寄托一份安慰，以此肯定一个女人对爱情的坚定执着，以及由此产生的生命意义。

应该说作家严歌苓对于田苏菲这一人物的感情是非常复杂的，正如她既同情自己的母亲对父亲的那份热烈执着却适得其反的爱情，又理解父亲坚守无爱婚姻的痛苦，"母亲是在我的开导下和父亲离婚的，父亲是在我的支持下得到感情上的解放的"①。因此，作家在塑造田苏菲这一形象时，对男主角欧阳萸的情感世界同样给予了同情和理解。小说中田苏菲"爱我的人我不爱，我爱的人不爱我"的爱情处境则具有幽默与谐谑的喜剧成分，让人感到笑中含泪的心酸。严歌苓改编的同名电视连续剧《一个女人的史诗》于 2009 年播出，该剧由夏钢导演执导，女主角田苏菲、男主角欧阳萸分别由赵薇、刘烨出演，赵薇在这部 25 集的电视连续剧中饰演十六岁到六十六岁的田苏菲，并演绎这个女人为爱奋斗的传奇一生。

三、女人曾补玉

从中国古代文学不可胜数的田园题材蔓延至今，乡村很多时候是作为

---

① 严歌苓：《一天的断想》，见《波西米亚楼》，北京：当代世界出版社 2001 年版，第 8 页。

城市的对立面出现的，充满农耕情趣的乡村仿佛天生就是充斥钢筋水泥的城市的对立面，自然也是生活于其间的城里人的救赎与短暂释放之地。2012 年 8 月，严歌苓出版了长篇小说《补玉山居》，讲述了一个名叫曾补玉的老板娘和她于 1993 年在北京郊区开的一所农家客栈（"补玉山居"）的故事。这个乡村客栈不查询住客的信息，因此四面八方的客人蜂拥而至。作家周在鹏是她最忠实的回头客，他将这里作为自己写作的灵感来源和根据地。他帮曾补玉暗地里调查客人身份，为她建设山居出谋划策。三教九流的客人和他们隐秘的故事（看起来完全不相关的身份地位和故事），在曾补玉的乡村山居里，连贯起来勾勒出一个宏大的时代，以及这个时代里变与不变的情感、人性和命运。曾补玉作为"补玉山居"的老板娘，漂亮、精明，对时代的发展和饮食男女的诉求有着惊人的直觉。她感受到了"当时北京不让'黄'"以及人对于现实需求之间的商机，所以率先开起了客栈。严歌苓认为"真正的文学就是要照进现实"①。曾补玉这个人物形象符合现实之处就在于她开客栈的目的，不是像知识分子周在鹏所想象的那样，"在这小山村里经营最后一个民俗山居，维护最后一份原汁原味的乡情，坚守最后一个民风淳朴的'原住民保留地'，以对抗一切都市人的庸俗梦想"。"她（曾补玉）想告诉他（周在鹏），他多浪漫都没关系，但她不行，她得做生意。她的生意将来是儿子和女儿的学费，是公公婆婆的医疗费，是补玉和谢成梁（补玉丈夫）成了老两口时的一切。"一方面周在鹏有他的理由，另一方面曾补玉也有她的权利，究竟孰是孰非，严歌苓并未解答，她也不负解答的责任，然而小说思想的深刻性和艺术的丰富性却就此得以呈现。这种对现实的清醒认识、连同骨子里对住客个人真实信息的好奇和窥伺，共同组成了曾补玉充满矛盾而世俗的人生。

　　在东西方文化的冲突和交融中，作家严歌苓的女性意识呈现出演变的轨迹，作家出国前创作的《一个女兵的悄悄话》和《雌性的草地》，以强烈的女性意识和鲜明的女性视角对社会政治历史进行了怀疑与批判，并以此实现社会政治权力的重构，确立女性自我的存在，小说带有大陆本土女

① 孙若茜、严歌苓：《人人心中都有一个补玉山居》，《三联生活周刊》2012 年第 31 期。

性主义文学的色彩；作家留美初期创作的《少女小渔》和《扶桑》，是在东西方文化冲突中展现种族、性别双重边缘处境下"弱者不弱"的女性形象，这些移民女性形象在一定程度上缓解了作家因文化冲突和身份迷失造成的焦虑；回望大陆题材中的《天浴》、《谁家有女初长成》、《金陵十三钗》中的女性人物则处于民族历史语境中，她们试图改变自身的处境和身份，甚至不惜付出生命的代价，体现出强烈的抗争意识，这是作家逐渐摆脱两种文化交错的矛盾和顾虑，以本土女性形象的抗争意识确定自我精神的向度；《第九个寡妇》、《一个妇人的史诗》则在题材书写和人物塑造上完全立足于本土和民间，摆脱了以前作品中关于社会政治权力、知识话语权力、文化种族身份的纠缠，体现出自我族性的确认和女性意识的坚守。

在近二十年的海外生活和离散经历中，作家的女性意识始终与文化冲突、身份建构纠缠在一起，其演变轨迹呈现出作家文化身份的转变，个体意识的最终确认是自我在双重边缘处境中的身份确立，这种女性意识的演变使严歌苓的女性写作与大陆本土女性主义文学区别开来，并为中国文学塑造了新的女性形象，创作了新历史主义小说的独特文本。

第四章　叙事方式的身份意义

第一节　"双层时空叙事"

"双层时空叙事"是严歌苓小说独特的叙事结构，作家在移民题材的小说《扶桑》、《人寰》、《无出路咖啡馆》以及战争题材的《金陵十三钗》中都运用了这种结构布局，这种独特的结构促成了作家对小说文体的创新。

"双层时空叙事"是将小说设置为双重时空结构，由两条并置的对应结构线索贯穿全文，在历史和现实、过去与现在、东方与西方的时空交错中讲述故事。如《扶桑》在讲述扶桑与克里斯的爱情故事时，穿插新移民"我"在美国的经历，相隔一百多年的时空场景相互交错，构成两种移民经历和两段情感故事的对应；《人寰》中"我"与贺叔叔在中国大陆的往事、移民后的"我"与美国教授舒茨的情感故事并置，两条线索时空穿插，构成内在的对应和关联。一方面，这种"双层时空叙事"具有中国传统叙事理论的因素，杨义在《中国叙事学》中指出中国传统文化中"通行的思维方式不是单向的，而是双结构的。讲空间，'东西'双构、'上下'并称；讲时间，'今昔'连用、'早晚'成词；至于讲人事状态，则'吉凶'、'祸福'、'盛衰'、'兴亡'，这类两极共构的词语俯拾皆是"①。另一方面，作家在运用这种结构时也借鉴了西方叙事学的创作技巧，作家在具体的叙事方法中往往运用多种人称、场景拼贴、时空跨越等现代手法来实现时空交错的双重结构。作家在小说创作中运用的这种"双层时空叙事结构"，来往于历史和现实、虚构和真实、东方和西方的双重时空中，展现

---

① 杨义：《中国叙事学》，北京：人民出版社 1997 年版，第 46 页。

了移民创伤、种族隔膜、文化冲突、女性生存等一系列丰富的意象。这种叙述结构使小说的人物和故事具有深层的文化底蕴和精神内涵，不仅构成了扶桑的独特形象，文本也因此具有极强的可读性。

一、《扶桑》

严歌苓在出国前的创作中就已显露出对叙事形式的兴趣，移居美国后她又进入大学系统地学习西方理论，在小说创作中注重对西方现代叙事理论的吸收和运用，作家曾坦言"一九九〇年赴美后，学会了大量的技巧，创作方式就变得很有意识，不那么浑然了"①。小说《扶桑》充分体现了严歌苓对叙事形式的兴趣和探索，既有先锋文学叙事技巧的痕迹，又避免了先锋小说对故事的疏离，作家在小说中讲述了一个完整的故事，保留了传统文学叙事的连贯性和完整性，又在叙事方式上融合了西方叙事技巧，形成了独特的"你"、"我"对话模式，以及现实与历史交错的时空叙事。

小说事实上是作为隐含作者的叙事主体通过文本这个中介，与作为读者的接受主体进行的一种对话。叙事主体往往隐藏在文本的深层结构中，操纵和影响着表层结构，同时也通过表层结构中的叙事者实现了其精神内涵。小说《扶桑》中的叙事主体同样存在于深层结构中，表层结构则包含叙事者"我"和叙事对象扶桑"你"的故事，叙事者"我"这位第五代移民以单向对话的方式对一百多年前的移民"你"（扶桑）进行凝视和讲述，构成对话模式和双重时空叙事。其叙事结构模式如下图：

叙事主体
↓
　　移民体验　←　叙事者"我"　→　白人丈夫
↓
　　移民史　←　扶桑"你"　→克里斯、大勇

①　严歌苓、郭佳：《严歌苓：找寻一种方式让别人懂你》，《北京青年报》，2001年8月6日。

　　小说中的叙事者"我"与扶桑"你"是相隔一个多世纪的两个中国女性，因种种原因流落到相同的国度，并各自都有一段异国情缘。于是小说中两个人物、两条故事线索在相隔一百多年的时空中构成对应关系，一条是叙事者"我"作为第五代移民的移民体验，以及当前与白人丈夫之间的婚恋，另一条是一百二十年前的"你"（扶桑）与克里斯、大勇之间的恋情以及与"你"有关的移民史。"我"以单向对话的方式叙述扶桑的故事，并在不同的时空中来回穿梭，时而回溯一百二十年前扶桑的爱情故事以及与她有关的移民史，时而回到现在倾诉"我"的移民体验和情感困惑，第一人称、第二人称、第三人称叙事交错登场，于是讲述和自叙、过去和现在、历史和现实纠缠在一起，构成一个时空交错、虚实相生的复合叙事框架，这是看似复杂却很明晰的表层结构。

　　叙事主体则存在于小说的深层结构中，作为表层结构中的叙事者"我"，归根到底是受制于背后的叙事主体，即文本中隐含的作者。这个深层结构中的叙事主体控制和影响着表层结构中的叙事者"我"和叙述对象"扶桑"的故事，并通过表层结构的两条线索来揭示深层结构中叙事主体的价值取向和精神向度。

　　1. 人称交错

　　在小说《扶桑》中，"我"、"你"、"他"三种人称交错是构成双层叙事结构的手法之一。小说采用第一人称、第二人称、第三人称的多种人称穿插叙事，三种人称叙事具有各自的功能，对揭示叙事主体所要传达的精神内涵起到了不可忽视的作用，尤其是文学创作中较为少见的第二人称叙事"你"构成了《扶桑》独特的叙事魅力。

　　第一人称叙事者"我"是"有限知觉叙事者"，采用的是现代小说的叙述方式，即第一人称兼次要人物的叙述方法。"我"能写出"我"的所见所闻和所思所感，但作为旁观的"目击者"，在讲述扶桑的故事时，其叙述范围和感知能力受到很大限制，"我"只能在人物的言行之外进行评价，但无法进入叙述对象的意识领域表达人物的所思所想，这个有限视角可以畅快地倾诉"我"的移民体验和情感困惑，又因留下了叙事的空白而造成文本的张力，引发读者的诸多想象。同时，"我"在讲述扶桑的故事时常常进行"叙事者干预"，"我"不断地揣测、理解、评论着扶桑，这个

"被看"、"被说"的沉默者随着"我"对她的认识逐渐丰满起来：在故事的开头，"我"认为扶桑"有些无伤大雅的低智"，随后又发现扶桑"感情藏得极深"，最终发现"我越来越发现我不了解你，无法了解你"，"你的笑让我怀疑我从始至终对你的无知"。这种第一人物"我"的叙事方式为探寻扶桑的神秘形象和故事内部的丰富内涵提供了动力和可能。第三人称全知全能的视角则具有广阔的视角和充沛的感情，有利于讲述小说中这个充满浪漫、血腥、暴力和欲望的爱情故事以及伴随其中的沧桑移民史。

第二人称"你"来自西方的现代叙事方式，在众多的文学作品中并不多见。小说中通过"我"与"你"（扶桑）的对话来描述"你"，"我"的言说使扶桑这个一百二十年前的人物显得真实、亲近，如"这就是你"、"你再把脸侧过来一点"、"我告诉你"、"你看见我的忙碌了"、"这时你看着二十世纪末的我"，仿佛"你"这个人物近在眼前、触手可及，尤其开头对"你"的描述充满动感和真实性：

这就是你。

这个款款从呢喃的竹床上站起，穿着猩红大缎的就是你了。缎袄上有十斤重的刺绣，绣得最密的部位坚硬冰冷，如铮铮盔甲。我这个距你一百二十年的后人对如此绣工只能发出缺见识的惊叹。

再稍抬高一点下颏，把你的嘴唇带到这点有限的光线里。好了，这就很好了。这样就给我看清了你的整个脸蛋。没关系，你的嫌短嫌宽的脸型只会给人看成东方情调。你的每个缺陷在你那时代的猎奇者眼里都是一个特色。

来，转一转身。就像每一次在拍卖场那样转一转。你见惯了拍卖；像你这样美丽的娼妓是从拍卖中逐步认清自己的身价的。①

"你"始终是沉默的听众，没有思维的层次和变化，而"我"和"你"两个跨越时空的中国女性在移民体验、女性生存、情感取向等方面有着太多看似不同却本质相似的宿命。"我们"与"你们"则具有一个族

---

① 严歌苓：《严歌苓文集》（3），北京：当代世界出版社2003年版，第1页。

群所共有的集体经验，这种第二人称的运用则有效地实现了叙事主体在时空的跨越中对性别、种族、价值的思考：

> 你的卑贱，你民族和你本身被他的民族所公认的卑贱……
> 我告诉你，扶桑，这样的人一直从你那里活到现在。他们的仇恨不需要传宗接代就活到了现在。①
> 我们像你们一样茫然四顾。我们像你们一样，感到身后的大洋远不如面前陆地巨测……
> 我们没有你们这些前辈的目的性和方向性。②

2. 电影"蒙太奇"手法的运用：场景的拼贴和时空的跨越

作家在小说中讲述了扶桑与克里斯的爱情故事，但并不是按照传统的物理时空进行线性叙事，而是运用电影"蒙太奇"手法，随时将不同时空的生活场景、历史场景、人物心理拼贴在一起，为文本营造一个极具张力的空间。叙事者"我"则根据自己的情感和想象游走在历史和现实中，随时控制故事情节的发展。

小说中穿越时空的历史场景拼贴呈现出浓厚的历史感和沧桑感，"生存的概念从你到我这一百多年中，是被最深体味的"，"我们像你们的后代那样，开始向洋人的区域一步一探地突围"。尤其是小说中一百多年前中国劳工来到新大陆淘金的场景与新移民"我"进入机场闸口的场景和感受并置在一起时，移民历史呈现出惊人的相似性，一个民族的"移民创伤"也因此显得格外厚重。而扶桑和克里斯在不同时空下彼此思念的心理并置则勾勒出一个浪漫的异国之恋。克里斯在他被监禁的夜晚深深地思念着扶桑，他以酒消愁却仍然悲愤不已，与此同时，扶桑正提着长裙，在楼梯拐弯的一回头意识到"克里斯的身影常常在你回首的这一瞬间"。"就在克里斯听着意大利帮工拉起小提琴时，你正在戴耳坠，你们在看着不同的东西，眼睛却恰恰碰到一块。"电影般的场景切换营造出爱情的美丽和思念

---

① 严歌苓：《严歌苓文集》（3），北京：当代世界出版社 2003 年版，第 171 页。
② 严歌苓：《严歌苓文集》（3），北京：当代世界出版社 2003 年版，第 112 页。

的忧伤，无法相见的两个人在情感意识中遥相呼应，呈现出古典爱情的精美和细腻。

二、《人寰》和《无出路咖啡馆》

长篇小说《人寰》和《无出路咖啡馆》的叙事结构同样是时空交错的"双层时空叙事"。《人寰》中的"我"在心理诊所对心理医生"你"讲述两个对应的故事："我"与贺一骑发生在过去中国大陆的往事；"我"和舒茨教授在美国的当下故事。小说在人称上同样运用了"我"与"你"的单向对话，叙述人"我"在讲述自己的故事时，"你"却是一个从不言语的人物，随着"我"对心理医生"你"的讲述，过去与现在混杂在一起，时而是少女时期的"我"对父亲的朋友贺一骑的暗恋，时而是移民的"我"与年长的美国教授舒茨之间的恋情。"我"在回忆和现实的对应中终于找到了自己的心理症结，这就是少女时期的"我"对贺叔叔的情感夹杂着强权和情欲的不正常感情，这种感情一直在"我"的生命中延续，以至于"我"与舒茨的异族之恋依然难以摆脱权力/强者与女性/弱者的对应感受，这正是"我"产生困惑并寻找心理治疗的原因，小说的"双层时空叙事"正是在双重的对应中揭示了人物的内心情结。

《无出路咖啡馆》是由过去和现在、中国和美国两个时空，以及母亲和女儿两个不同年代的人物组成的对比性双重结构。美国的现在是"我"与安德烈、里昂的情感故事；中国的过去是"我"母亲与刘先生、李师长的爱情纠葛。当年母亲十六岁只身闯天下，她的理想就是征服"伟大的野心勃勃的男性"，母亲不仅获得了两个男人对她的爱，而且成功地嫁给了李师长。而"我"则是在美国一边求学一边打工的贫困留学生，"我"获得了美国外交官安德烈的爱情并打算结婚，安德烈不仅为"我"提供生活的保障，甚至为了"我"免受测谎试验的羞辱而辞去了外交官的工作，然而"我"仍然能够感觉到安德烈对"我"的爱如同其他美国人一样饱含着拯救东方女子的意味，"我"无法接受这种强者对弱者的爱，最终放弃了安德烈，以回归贫困和孤独的处境换取族性的尊严。相比"母亲"当年走出闭塞的家乡追求情爱目标的执着和征服男人的壮举，身处异族文化的

"我"虽然可以克服求学、打工的贫困和艰难，却不能为了爱情而忍受民族尊严被践踏，"我"对安德烈的拒绝因此显得格外悲壮。

三、《金陵十三钗》

小说《金陵十三钗》同样是运用时空交错的两重组合结构，但与移民题材不同的是，小说是以历史纪实和小说虚构的组合为纬，以故事的过去、现在和未来的时间为经，"我"则成为这个时空之网中自由穿行的评述者，这种叙述方法让作家成功地在小说中诠释了自己的观念和认知，并构成了小说独特的叙述魅力。

在这篇小说中，南京大屠杀的历史虽只是作为故事的背景，但作家却以真实的手法再现了日本侵略者疯狂屠城的这段历史。小说中战争的时间、事件与真实的历史相吻合，如日本人血腥屠城的恐怖场景、妇女被奸淫的惨状以及教堂为营救妇女和伤兵所做的努力。一些背景人物也能让人联想到真实的历史。小说中惠特琳女士的经历就是美国人米妮·沃琴的真实遭遇。沃琴在南京大屠杀中救助了大量的中国人，也目睹了日本侵略者惨无人道的兽行，她在回美国后不久精神崩溃、自杀身亡。纪实式的历史背景不仅唤起人们的历史记忆，也使作品具有厚重的历史感和强烈的感染力。当作家将人物和故事置于这种真实的历史背景之中时，小说虚构与历史纪实之间产生了极大的张力。与此同时，作家在小说中多次交代故事的来源，让读者感觉到作家在叙述"我"姨妈的亲身经历和真实故事，以此增强了事件的真实性和可靠性："我根据她的文章以小说体来转述一遍。我争取忠实于原稿。""我根据我姨妈书娟的叙述和资料照片中的豆蔻，设想出豆蔻离开圣玛丽教堂的前前后后。""我在多年后看到的那些发黄的相片在这个时候还黑白分明。"历史背景的真实性与人物经历的可靠性相结合使作品具有很强的可读性。小说一开始就以这种方式引人入胜：

我姨妈书娟是被自己的初潮惊醒的，而不是一九三七年十二月十二日南京城外的炮火声。她沿着昏暗的走廊往厕所跑去，以为那股浓浑的血腥气都来自她十四岁的身体。天还未亮，书娟一手拎着她白棉布睡袍的后摆，一手端着蜡烛，在走廊的石板地上匆匆走过。白色棉布裙摆上的一摊血，五分钟前还在她体内。就在她的宿舍和走廊尽头的厕所中间，蜡烛灭了。她这才真正醒来。突然哑掉的炮声太骇人了。要过很长时间，她才从历史书里知道，她站在冰一样的地面上，手持铁质烛台的清晨有多么重大悲壮。①

叙事时间的交错是严歌苓小说创作的一种重要的叙事策略，也是作家在创作时有意为之的行为。她的小说文本往往不是完全按照时间的自然顺序组织事件，而是打破单一线性的叙事时间模式，构成复杂多元的小说叙述结构，这使文学接受变成了一件极具挑战的事情，读者也因此在阅读的过程中体会到难得的阅读乐趣。在《金陵十三钗》中，作家以倒叙、预叙等手法展现小说故事和人物在过去、现在和未来的不同时间状态，并对故事进行剪切和拼贴。"就是我正在写的这个事件"、"圣诞夜却出了事，就是我正在写的故事的核心部分"、"在我写的这个故事发生之后"构成叙事者所讲述的故事在不同时间的状态；"我姨妈此时并不知道"、"她也是后来才知道"、"她是到大起来之后"、"还需要一些年"等时间表征词则介绍了人物在当下与未来的状况。作家在小说中时而预测未来、时而回溯过往、时而回到当下，对故事的发展及不同人物的背景、命运进行多个时间层面的叙述，小说因此产生种种悬念，而人性中的高贵与卑微、善良与残暴也在这种复杂的时空交错中得到全面的展示和揭露。

历史与现实、纪实与虚构在小说《金陵十三钗》中形成奇妙的组合，作家以故事的过去、现在、未来的时间交错为经，以历史纪实与故事虚构的组合为纬，在叙述上构成一个复杂的时空之网，叙事者"我"则是这个时空之网的联结点和发散点，既牢牢控制着小说叙述的节奏，又随时在人物矛盾激化或情节发展到高潮时，对"我"所关注的历史、国民性、人性发表一番评述：

人的残忍真是没有极限，没有止境。天下是没有公理的，否则一群人

———

① 严歌苓：《金陵十三钗》，北京：中国工人出版社 2007 年版，第 1 页。

怎么跑到别人的国家如此撒野？把别人国家的人如此欺负？①

人生来是有贵贱的，女人尤其如此。如果一个国家的灾难都不能使这些女人庄重起来，她们也只能是比粪土还贱的命了。②

法比·阿多那多可以作为中国人来自省其劣根，又可以作为外国人来侧目审视中国的国民性。面对这群窑姐，他的两种人格身份同时觉醒，因此他优越的同时自卑，嫌恶的同时深感受莫能助。他像个自家人那样，常在心里说："你就争口气吧！"他又是个外人，冷冷地想："谁也无法救赎你们这样一个民族。"此刻他听着远处不时响起的枪声，也听着窑姐们的嬉闹，摇摇头。才多久啊？她们对枪声就听惯了，听顺耳了。③

这些评述既有对日本侵略者的强烈控诉和谴责，也有对中国国民劣根性的批判以及对人性的叩问，饱含着作者深沉的情感和深刻的反思。

第二节　叙事者"我"

海外华文文学作家离开本土后，其文化身份不断发生着变化，他们对生活、人生的观察视点与角度也随之发生改变，这些迫使他们以一种新的方式看待自我与世界，"如果小说家以不同方法去看自我，他也将以不同的方法看他的人物，于是一种新的表达方式自然而生"④。身为新移民作家的严歌苓，异质文化的冲击与生活经历的改变使她在看待自我和审视世界的方式上不断发生着变化，其创作也因此呈现出动态的发展过程。在近二十年的创作中，作家在不同阶段所采取的叙述方式不断发生变化，叙事者"我"的出场与缺席经历了几次循环往复，从这种叙述策略的变化中可以看出作家严歌苓始终在创作中追问和寻找"我是谁"，并经历了"原本的我"—"失去自我"—"找寻自我"—"我就是我"—"世界无我"的漫长历程。作家的创作过程其实是一个身份建构的过程，其间伴随着作家

① 严歌苓：《金陵十三钗》，北京：中国工人出版社2007年版，第20页。
② 严歌苓：《金陵十三钗》，北京：中国工人出版社2007年版，第28页。
③ 严歌苓：《金陵十三钗》，北京：中国工人出版社2007年版，第23页。
④ ［英］佛斯特：《小说面面观》，广州：花城出版社1981年版，第146页。

交错盘结的重重焦虑以及对摆脱焦虑意识的渴望。

严歌苓在出国前就已开始发表小说，1989 年赴美留学后创作了大量重要的作品，并在国内外获得多项大奖，成为近十几年来北美华文创作领域成就最为显著的新移民作家。在严歌苓的整个创作历程中，出国前创作的《雌性的草地》中有叙事者"我"的介入，"我"在小说中充当一个旁观者的角色；出国初期创作的移民题材作品《少女小渔》、《女房东》等短篇小说则往往是第三人称叙述；定居美国后创作的长篇小说《扶桑》、《人寰》又有叙事者"我"的介入，《扶桑》中的"我"不仅充当旁观者的角色，而且成为故事的角色之一，《人寰》中的"我"则干脆担当了叙述代言人，由叙事者自己来叙述自己的故事；2006 年出版的《第九个寡妇》、《一个女人的史诗》以及 2007 年出版的《马在吼》（根据《雌性的草地》改编而成）等几部长篇小说则基本是运用第三人称全知全能的视角。在近二十年的创作历程中，小说的叙事者"我"在不同的创作阶段经历了几次循环往复的出场和缺席，呈现出作家在不同时期文化身份的变迁，并形成作品特有的文化特征和精神风貌。"海外华文作家具有以种族为基础的共识和身份认同，又因各自的差异性及流动性造成其身份变动不定，……因而文化身份的研究就有助于揭示这一群体和个体的特殊性，这也正是其精神和艺术活力之所在。"①

1. "原本的我"：本土视角

严歌苓在长篇小说《雌性的草地》中，以直入心灵深处的文字描写了"文革"期间，一批来自成都的女知识青年组成的"女子牧马班"在自然环境极其恶劣的大草地上牧马的传奇故事。小说的叙述手法具有鲜明的特色，叙事者"我"竭力凸显自己的声音，通过十几次故意打断小说故事的自然进程，表现出对故事的深刻介入。严歌苓自己也曾说："有朋友告诉我：你这本书太不买读者的账，一点也不让读者感到亲切，一副冷面孔——开始讲故事啦，你听懂也罢，听不懂活该……"② 小说中的"我"

---

① 饶芃子：《跨文化视野中的海外华文文学》，《汕头大学学报》2001 年第 1 期。
② 严歌苓：《从雌性出发（代自序）》，见《雌性的草地》，北京：当代世界出版社 2003 年版，第 1 页。

在叙述过程中时时自报家门，暴露叙事者"我"的写作欲望和动机，预示人物的命运和结局。"我"还常常与小说中的人物相遇，并展开对话，或者与人物商量其命运的安排，甚至发生争执，如：

> 我得接下去写小点儿这一节。我捉笔苦思。①
>
> 她将怎样去活，我不知道。草地太大，她随时可能逃出我的掌握。我只告诉你结局，我已在故事开头暗示了这个结局。她将死，我给她美貌迷人的日子不多了。②
>
> 她问："那么，她会在什么时候认出我来？"
>
> 我说："这要看我的情节发展的需要。我也拿不准她，我不是你们那个时代的人啊。你们那个时代的人都警觉得像狗。"
>
> 她默想一会，一个急转身，我知道她想逃。我揪住她："你不能逃，你一逃就搞乱了我整个构思。"③

小说中的叙事者"我"不断介入故事，读者在阅读的过程中需要不断地调整阅读视角，这种叙述策略带有 20 世纪 80 年代先锋小说的实验色彩，叙述主体自我言说的欲望则体现出女性文学的特征。20 世纪 90 年代的女性小说在 80 年代话语压抑释放后，"叙述人热衷于自我言说，热衷于就女性问题发表议论，热衷于叙述权力的操练"④。作家在小说中以沈红霞所代表的"神性"与小点儿所代表的自然人性的对立作为小说的主要脉络，尽情地书写博大的母性、炽烈的情欲等雌性内涵，其目的就是要挖掘女性的雌性特征，表达"人性、雌性、性爱都是不容被否定的"⑤，尤其不能否定

---

① 严歌苓：《严歌苓文集》（1），北京：当代世界出版社 2003 年版，第 51 页。
② 严歌苓：《严歌苓文集》（1），北京：当代世界出版社 2003 年版，第 52 页。
③ 严歌苓：《严歌苓文集》（1），北京：当代世界出版社 2003 年版，第 87 页。
④ 陈淑梅：《叙述主体的张扬——90 年代女性小说叙事话语特征》，《文学评论》2007 年第 3 期。
⑤ 严歌苓：《从雌性出发（代自序）》，见《雌性的草地》，北京：当代世界出版社 2003 年版，第 3 页。

性爱，"性爱是毁灭，更是永生"①。叙事者"我"在自我言说的倾向中显示出叙述主体强烈的女性意识，无论是自报写作动机还是与小说中的人物对话，都带有一种理直气壮的主体意识，体现出叙述主体的自由与张扬。

2. "失去自我"：移民视角

留学初期，严歌苓与众多海外留学生一样，经历了一段艰辛的打工生涯。洗盘子、当保姆、争取奖学金，"生活的压力与生命的尊严"之间选择的痛苦、中西文化冲突带来的困惑暂时代替了国内的经历和思考，本族与异族、祖居国与居住国、男性与女性等矛盾冲突使作家处于多重的边缘状态。于是，移民生活与边缘体验成为小说的主题，如留美初期写下的《少女小渔》、《女房东》、《海那边》等移民题材的短篇小说，这些作品大都是以第三人称进行叙事，此时"叙事人是一个流浪者，而美国是一个耸立在前面的卡夫卡城堡"②。"流浪者"成了另一个文化的闯入者，失去了原有的身份认同，"像一个生命的移植——将自己连根拔起，再往一片新土上栽植，而在新土上扎根之前，这个生命的全部根须是裸露的，像是裸露着的全部神经，因此我自然是惊人地敏感。伤痛也好，慰藉也好，都在这种敏感中夸张了，都在夸张中形成强烈的形象和故事，于是便出来一个又一个小说"③。重新"移植"后的边缘状态使作家不再具有叙述主体的自由和张扬，而是站在边缘的位置审视自我和他人。叙事者自我言说的欲望转向了叙述他人故事的状态。

严歌苓留美初期创作的小说往往以第三人称进行叙事。在《少女小渔》这篇经典性的短篇小说中，小渔对男友有着近乎母性的宽容与关爱，对濒临死亡的意大利老人也同样善良与温厚。低俗的生活和世俗的目的并没有泯灭人性的高贵与美丽，少女小渔的精神世界在生存的困境和肮脏的交易中得到了升华。《女房东》中的中国男人老柴和女房东沃克太太的奇妙故事，隐喻了人与人之间交流的艰难以及不同文化身份的人们始终处于

---

① 严歌苓：《从雌性出发（代自序）》，见《雌性的草地》，北京：当代世界出版社 2003 年版，第 4 页。

② 陈思和：《写在前面》，《上海文学》2006 年第 5 期。

③ 严歌苓：《〈少女小渔〉台湾版后记》，见《严歌苓文集》（5），北京：当代世界出版社 2003 年版，第 271 页。

隔离的困境。《红罗裙》则是讲述中国大陆女性海云带着儿子嫁到美国后的一系列情感纠葛和心理纽结。作家严歌苓作为少数族裔以及来自东方的女性，在异国具有民族与性别双重边缘的文化身份，而她自身也欣赏"像加缪那样站在局外"的边缘人，因为那样就"比较容易看出社会中荒诞的东西"①。这种自觉的边缘意识以及现实的边缘处境使她的创作获得了前所未有的广阔视角和深刻思想，当她以旁观者的身份叙述他人的故事时，却能在小说中精确地表达出自我在双重边缘处境中的困惑以及在婚恋中的自省。《抢劫犯查理和我》、《栗色头发》、《方月饼》等小说则明显带有作家在留美初期生活经历的痕迹。另外，严歌苓留美后曾在哥伦比亚艺术学院受过专门的小说写作课程的训练，出国后创作的小说，较以前更为注重小说技巧的经营，《少女小渔》、《女房东》等小说具有精致的叙述结构，这与小说深刻的文化内涵相得益彰。陈思和认为"像《少女小渔》、《女房东》等，都无愧是现代汉语短篇小说中的奇浪花"②。

3. "找寻自我"：跨界视角

严歌苓1992年与美国外交官Lawrence在旧金山结婚，定居美国后继续从事创作，并获得国内外多项大奖，如代表作《扶桑》、《人寰》等，这些小说基本是以第一人称"我"来进行叙事的。作家在经历了留美初期的失"我"状态后，留学初期所感受的焦灼心态有所缓和，于是开始有意识地寻"我"，此时的小说创作也从关注移民当下的生存状况，转向对移民身份和女性身份的反思，并试图在性别、国别、文化的边界之间寻找更广的叙述领域，题材上则相应表现为移民生活与回望大陆的重叠交错，如《扶桑》、《人寰》，此时的叙述人"我"是一位处在东西文化夹缝中的找寻者，通过写作呈现出有关文化与性别的真实体验。

20世纪90年代中期创作的长篇小说《扶桑》在海内外产生了很大影响。"《扶桑》是一个夹在东西方文化困惑中的青年女子对一百年前同等文

---

① 沿华、严歌苓：《在写作中保持高贵》，《中国文化报》，2003年7月17日。

② 陈思和：《严歌苓从精致走向大气》，见《严歌苓文集》（5），北京：当代世界出版社2003年版，第274页。

化处境下的女子传奇的阐释"①。小说通过"我"这位第五代移民讲述一百多年前被拐卖到美国旧金山的中国妓女扶桑的故事，来展现其中纠缠着的种族仇恨和异族爱情。《扶桑》中的"我"引起许多评论者的关注，陈思和曾指出"小说中那个叙事人的角色是至关重要的"②。这个"我"与出国前的叙事者存在明显的差异，这是"夹在东西方文化困惑"中的女子，因融入了对历史、民族、性别等方面的思考而显得心事重重。"我"一方面讲述扶桑与克里斯、大勇之间的故事，另一方面又与"你"进行对话，于是相距一百二十年的时间概念和不同生活环境的空间概念被打破：

> 你再把脸侧过来一点，朝我；不，朝他。这样就好，他隔着窗她能看清你的神情。③
> 我告诉你，正是这个少年对于你的这份天堂般的情分使我决定写你扶桑的故事。④

作家在小说中常常打破"我"与扶桑之间的时间界限，有意将扶桑的故事与当下时代"我"的状况拼贴交错，使相隔一百二十年的"我"与叙述对象的生活、心理场景并列对峙，凸显"我"所感知的移民创伤和女性情感体验。"我"不仅是故事的书写者，同时也是故事的一部分，"我"在叙述扶桑故事的同时，也在讲述第五代移民叙事者"我"自己的故事，如"我"查找史书、"我"的移民体验以及"我"与白人丈夫的隔膜。在这里，叙述人"我"同样是一个充满自我言说欲望的主体，常常以自己的身份发表议论、进行反思和感叹。与出国前的小说《雌性的草地》相比，叙述人"我"体现的不再是叙述主体的自由和张扬，而是某种程度的节制，显示出"我"在不断地反省与自问中体现的种种精神困惑："我从来不知

---

① 陈思和：《关于〈扶桑〉改编电影的一封信》，见《严歌苓文集》(3)，北京：当代世界出版社 2003 年版，第 227 页。

② 陈思和：《关于〈扶桑〉改编电影的一封信》，见《严歌苓文集》(3)，北京：当代世界出版社 2003 年版，第 230 页。

③ 严歌苓：《严歌苓文集》(3)，北京：当代世界出版社 2003 年版，第 51 页。

④ 严歌苓：《严歌苓文集》(3)，北京：当代世界出版社 2003 年版，第 71 页。

道我跨过太平洋的缘由是什么。"① "难道我没有出卖?"②

种种的困惑与质疑来源于作家深刻的移民创伤以及建构自我身份的努力与艰难。作品中反复提及 160 多本记载华人华侨血泪的历史书,并在作品中借助扶桑与白人克里斯、大勇之间的故事,呈现一百二十年的移民史中始终存在的中西文化冲突,这些都可以看出作者的写作目的。从第一代移民到 20 世纪末期的第五代移民,西方对华人的排挤、歧视、凌辱一直在历史中延续,小说中这位第五代移民叙事者"我"承载了一百多年华人移民的沉重体验,并获得一种"移民创伤"的集体记忆,当这位叙事者描述第一代移民在美国的遭遇时,充满了历史的沧桑感与民族的创伤感,作家在创作中也曾多次谈到这一体会:"我近年来潜心研究了近百万字的华人移民历史,发现自己或多或少与这五代移民有着相似的心情与苦闷。"③ "正是因为一百五十年的华人移民史太独特、太色彩浓烈了,它带给了我一种层面和角度,来旁证、反证'我'这门学问,'人'这个自古至今最大的质疑。"④ 在旁证与反证"我"的过程中,作家力求阐释"我"的身份,并以期得到确认,然而,有关历史、民族、性别的思考毕竟太过沉重,而作为移民女性自身,对当下的生存境遇和精神诉求又存在太多的困惑。正如霍米·巴巴所阐述的身份"混杂性"特征:一方面,为了生存和得到认可不得不与那一民族产生文化认同;但另一方面,隐藏在有意识或无意识深处的民族记忆却又无时无刻不在与新的文化身份发生冲突,有矛盾的痛苦,也有某种程度的新的交融。这种文化冲突与交融往往导致作家产生自我的怀疑,使其作品呈现出价值取向上的不确定性,因此,叙事者"我"这种迷乱、焦虑的状态构成了小说《扶桑》特有的美学特征,其后创作的长篇小说《人寰》也同样具有此类特点,但叙事者身份和故事题材又有所不同。

严歌苓的小说题材在经历了移民生活阶段的描写后进入了中国题材的

① 严歌苓:《严歌苓文集》(3),北京:当代世界出版社 2003 年版,第 3 页。
② 严歌苓:《严歌苓文集》(3),北京:当代世界出版社 2003 年版,第 184 页。
③ 严歌苓:《苦闷中的反思》,《台港文学选刊》1995 年第 1 期。
④ 《主流与边缘》,见庄园编:《女作家严歌苓研究》,汕头:汕头大学出版社 2006 年版,第 213 页。

回归，从对移民经历及意识形态的关注转向对"我"的中国故事的回望，并尝试以西方观念来讲述自己的故事，试图在两种文化的"互看"中反省自我，剖析"我"与父辈的性格与命运。《人寰》中"我"是一个四十五岁的中国移民女性，"你"是一个心理医生，小说以"我"对"你"的倾诉来讲述"我"、贺一骑和"我"爸爸在中国大陆的往事，以及"我"和舒茨教授在美国的当下故事。《人寰》中的叙事者"我"不再暴露其写作的身份，而是担当了叙述代言人，自己来叙述自己的故事，并成为故事的主角。布斯在《小说修辞学》中将戏剧化了的叙述（事）者分为"叙述旁观者"与"叙述代言人"，前者指叙述者与叙述事件无关，只起叙述、连接作用，而后者则是小说中的人物，能直接影响事件的发生、发展过程。《人寰》中的"我"正是一个"叙述代言人"，这个叙事者参与了故事的发展，但"只能按她涉世不深的西方观念，用她不知轻重的英语能力在表述她对自己故事的西方式理解"①。因此，叙事者"我"在双重视角中充满种种无法诉说的困惑，并因此形成小说暧昧难明的叙述风格。

4. "我就是我"：回望视角

2004 年，严歌苓的外交官丈夫被派往美国驻尼日利亚大使馆工作，在美居住了 15 年的严歌苓随夫旅居南非，并创作了两部中文长篇小说《第九个寡妇》和《一个女人的史诗》。这两部作品为我们塑造了两个重要的女性人物王葡萄和田小菲，小说的题材也彻底回归中国故事，这是作家在经历了出国前的知青题材、出国初的移民题材以及定居美国后的回望大陆题材之后，彻底回归中国故事的"转型"之作。两部小说在叙述手法上都是以第三人称进行叙事的，叙述人完全让位于作品中的人物，由人物自身的故事推动叙述的进展，小说叙述的回归是对事件时间顺序、生活事实框架的遵循。2006 年，严歌苓在经历了在异国他乡近二十年的创作历程后，将出国前创作的长篇小说《雌性的草地》改编成了新作《马在吼》，改编后的小说仅仅删去了原小说中十多处叙事者"我"的出场情节，对其他的内容与形式基本没有进行修改和变动，这在一定程度上反映出作家对叙事

---

① 陈思和：《人性透视下的东方伦理——读严歌苓的两部长篇小说》，见《严歌苓文集》（2），北京：当代世界出版社 2003 年版，第 203 页。

者"我"退场这一写作策略的认可。这种叙述方式一方面满足了受众的阅读心理，另一方面则说明了叙述主体或者说作家本人已不再需要"我"的出场来确认自我的身份。

小说的叙事方式作为一种艺术手段，表达的不仅仅是作者的艺术追求，还反映出作家的文化身份和心理层面的诸多问题，尤其是带有较强的实验性叙事方式和语言策略，往往向阅读者显示出作家的言说背景和生活姿态。作家严歌苓的作品主题随着文化身份的不断变化而发生相应的改变，其题材相应表现为从成长经历的故事到移民生活的描写，从回望故土的想象，最终走向中国题材的不断回归；小说的叙述方式则从出国前享受自我言说的叙述权力到出国初期客观冷静的叙述故事，再到定居他国后自我反省式的叙述，以及身份确认后的轻松讲述，这一过程展示出作家在边缘性的处境、多元文化的冲击下完成自我身份建构的漫长旅程：从出国前"原本的我"到出国后的"失去自我"、"寻找自我"和"我就是我"。作家最终确认的这个"我"不再是原来的"我"，而是经历了身份建构历程之后重建的"我"，移民的创伤、边缘的处境和文化的冲击也已不再造成失"我"的困惑，而是成为作家的创作资源和生命汲养。因此，当作家严歌苓再次迁徙他国、旅居南非后，不仅为我们带来了更多优秀的作品，而且她能自信地宣称自己离开乡土之后，在漂泊的过程中变得更加优秀了。

5. "世界无我"：离散视角

作家在小说创作中经历了本土视角、移民视角、跨界视角、回望视角的创作历程，而作为一位离散作家，是否还应有一个"世界无我"的离散视角，从这一视角出发，将更有利于作家走向广大和博深，并对人的生存和命运进行整体、深入的哲学思考。"文学创作需要经历和经验的积累、强烈情感的激发，但更需要不断地去挖掘及开拓，将个人的情感升华为人类的普遍情感，将自我的故事筑成'寓言'。……如果能摆脱自我感情、经历等因素的纠缠，处理得寓言一些、哲学一些，无疑是史诗般的'新奥德赛'；如何通过精神意义上的'漂泊'和个人的自觉，把对文学的探索作为对人类精神探索的一部分，将是海外华文女作家在创作中必须面对并解答的一道'难题'。"① 当作家对这道难题给出了自己的答案时，必将创作出更为优秀的作品。我们可以看到 20 世纪 90 年代以后，具有双重民族文化身份的后殖民作家和流散作家创作了大量优秀的作品，并频频获得"诺贝尔文学奖"，我们有理由相信，作为北美地区最有影响力的新移民作家严歌苓，将会在漂泊与离散的过程中为海外华文文学的创作带来更多的惊喜。

第三节　历史叙述下身份建构的差异

移民作家往往以各自的历史观和叙事方式，在"中国书写"的题材中进行历史叙述。严歌苓的长篇小说《第九个寡妇》、《一个女人的史诗》两部小说中的历史背景均是从 20 世纪 40 年代到 80 年代的"大陆史"，小说中的主人公经历了战争、土改、反右、三年自然灾害、"文革"以及改革开放等一系列历史事件。她们既不是历史的创造者，也不是家族历史演变中的一个环节，而是女人们以个体的生存方式所构成的自我史诗，风云变幻的历史是她们在现实中维系生存与施展爱恨的模糊背景。这种历史叙述方式与北美华文文学中的老移民作家白先勇、新移民作家张翎的历史叙述有着明显的区别。作家白先勇是 20 世纪 60 年代从台湾到美国留学的华文作家代表，张翎、严歌苓则是 20 世纪 80 年代从大陆分别赴加拿大、美国留学的新移民作家。两代作家在回望故国时的历史书写都有着同根同源的文化背景，但在具体书写中又呈现出不同的内容和姿态，将严歌苓的历史叙述与新老移民作家作品进行横向和纵向的比较研究，可以更好地探寻严歌苓小说创作的独特性，揭示作家的创作为海外华文文学研究提供的新资源。

白先勇、张翎和严歌苓的历史叙述作品分别以英雄的神话、家族的故事和个体的传奇构成各自的"党国"叙事、家族叙事和个体叙事，形成海外华文文学历史叙述作品的不同风格。在白先勇笔下的"党国"历史叙述

---

① 饶芃子：《海外华文女作家及其文本的理论透视》，见《海外华文文学的新视野》，北京：中国社会科学出版社 2005 年版，第 83 页。

中，主人公往往是历史的创造者和参与者，个人、家族、"党国"的命运起伏与客观历史的变幻息息相关，文本因此呈现出传统文学中历史的沧桑感和命运的无常感；张翎笔下的人物往往是家族中的一员，个体的命运与家族历史、故土家园紧密相连，文本呈现出某种怀乡的意味；而严歌苓笔下的客观历史仅仅只是个体生存的"背景"，作家寻求的是宏大的历史背景下个体的生存方式以及从中呈现的普遍人性，因此作家在小说中以一种轻松甚至是戏谑的笔调展现主人公眼中的历史，消解客观历史的庄严与神圣。可以说，白先勇的"党国"历史叙述、张翎的家族叙事、严歌苓的个人历史叙述是个体命运逐渐剥离历史进程的过程。如果说白先勇的"党国"历史叙述因背负着家国命运的思考而具有厚重的传统因素，张翎的家族叙事则因思考人物和家族命运而形成温婉优美的叙述基调，那么严歌苓笔下的个人传奇故事和轻松叙事则因完全剥离宏大叙事而具有一种"后现代"的特征，这种历史叙述方式以轻松、洒脱的叙述语调书写女性的个人传奇，为大陆新历史小说提供了一个可供参照的独特文本，并有可能预示着海外华文文学历史题材小说的一个新的发展方向。

一、个体叙事中的生命体验

严歌苓的历史叙述关注的是女性个体的生命体验和丰富的人性，这种写作立场和姿态构成作家书写民族历史的视角和立场，同时，强烈的女性意识也使作家在历史叙述中往往关注女性的个体经历和生命体验，而将宏大的历史进程作为展现女性生命的背景，严歌苓的历史叙述中蕴含着作家对于时代、性别、人性的独特思考。

《第九个寡妇》中的王葡萄和《一个女人的史诗》中的田苏菲与历史的关联完全不同于白先勇笔下的"历史中人"和张翎笔下的"家族中人"，她们的自我坚守也与历史意识和家族命运无关，而是以最基本、最朴素的准则构筑自己的生活和情爱，宏大的历史彻底隐于她们的背后成为陪衬。相对于英雄人物的丰功伟绩，王葡萄"救公爹"的行为并不具有什么"历史"意义，她经历二十多年的艰辛"救公爹"的原因也只是因为"他是我爹"，她甚至连为什么要坚守这个准则都不太清楚。在王葡萄的眼中，历史的变迁就是在"进进出出"、"匆匆一过"之后"剩下的还是这个村，这些人，还做这些事：种地、赶集、逛会。有钱包扁食，没钱吃红薯"；抗日战争、解放战争在王葡萄看来就是"一拨人把一拨人打跑了"；三反五反、"文革"等一次次历史事件就是"过一阵换个人斗斗。台上的换到台下，台下的换到台上"。宏大的历史在王葡萄眼中成了一个活动的戏台，王葡萄则身处戏外，从不受外界变化的影响，她只是暗中供养着藏匿在地窖里的公爹，为自己的生活忙碌着。《一个女人的史诗》中的田苏菲在少女时期为了一件毛衣而在无意中成为参与历史进程的人，这与历史使命、忧患意识丝毫无关，当她与欧阳萸结婚后，外界的历史更是与她没有任何关联，在她的心目中，只有丈夫的爱才是生命的最大意义，战争、运动、迫害、饥饿统统不值一提。宏大的历史事件只是田苏菲爱情历程的模糊背景，她唯一对历史的思考就是希望"再来一次运动"，让生活不要好起来，因为只有在危难的时候，处境孤立的丈夫才会与她的感情比较贴近，田苏菲这个生活在情爱世界中的女人从来不关注宏大历史的进程，她只构筑自己的情感世界。

二、"党国"叙事中的历史沧桑

白先勇历史叙述具有强烈的历史意识和故国情怀，是二十世纪五六十年代从台湾到美国留学的作家代表。1971年晨钟出版社出版了白先勇的短篇小说集《台北人》，其中收录了发表于1965年至1971年的14篇小说，这是白先勇在经历了出国前的早期创作和出国后的留学生题材创作后，着意加紧完成的小说集，他曾谈道："我想《台北人》比较重要一点。我觉得再不快写，那些人物、那些故事，那些已经慢慢消逝的中国人的生活方式，马上就要成为过去，一去不复返。"这表明历史人物和历史题材早已存在于作家的创作意识中，并成为一种原始积淀，而诸多的人生经历和生命体验又使之成为丰厚的积累，促使作家将个人命运的困境与民族历史的忧患结合起来，在回望故国中进行历史题材的书写。他的这些小说具有传统的历史意识和深厚的文化内涵，其历史叙述与严歌苓的作品有着明显的区别。

　　小说所反映的新旧交替时代下的人物和故事都与历史的进程紧紧相连，尤其是在《冬夜》、《国葬》、《梁父吟》、《岁除》等几篇小说中，主角都是"国民史"的创造者和亲身经历者，是"历史中人"。《冬夜》中的吴柱国与台湾教授余钦磊都是"五四"运动这一历史事件的领头人物，他们的同学贾宜生、陈雄、陆冲也都是"五四"运动的参与者。《国葬》中已去世的陆军一级上将李浩然将军功勋卓著，副官秦义方曾跟随将军征战南北，"钢军司令"章健、叶辉和副长官刘行奇等人曾是北伐、抗日战争中的得力干将。《梁父吟》中的翁朴园和已去世的王孟养是曾经"把个民国给闯了出来"并致电全国的领头人物，他们是民国的开创者，之后又投身北伐和抗日战争，成为功高位显的重臣。《岁除》中的赖鸣升则是抗日战争期间在台儿庄战役浴血奋战的猛士。小说中的辛亥革命、"五四"运动、北伐、抗日战争等历史事件构成了一部"国民史"，而小说中的人物就是历史事件的创造者和亲历者，"他们本身就构成了历史，历史在他们身上的流淌在根本上也就是他们在完成着自己的历史"[①]。这些时代的"英雄"人物有着强烈的建功立业、创造历史的荣誉感和使命感，其自身的个人命运与社会历史的进程紧紧相连，然而，随着历史的进程和时间的流逝，这些曾经叱咤风云的英雄人物却无一例外地走向失意、衰老或死亡，小说由此充满今不如昔、命运无常的悲凉和感伤。

　　白先勇的历史叙述充满了"党国"叙事的历史沧桑，这与他的人生经历和历史观有着不可分割的联系。白先勇1937年出生于桂林的一个显贵之家，父亲是国民党高级将领白崇禧，母亲出身官宦，特殊的家境使白先勇有机会见证历史的创造者和亲历者与历史的进程具有的密不可分的关联，并目睹那些曾经在时代风云中扮演重要角色的历史人物，如何随着历史的兴衰发生命运的转变，从而对历史的沧桑巨变和人物的命运起伏有着深切的体会。同时，白先勇个人和家族的命运也与忧患重重的历史紧紧相连，他成长于历史的重大转折时期，国民党在内战中失利后，他跟着家人不断迁徙，从家乡桂林先后迁到南京、上海、香港、台湾，可以说在少年时期饱尝了离乱失落的滋味，尤其是全家来到台湾后，父亲受到当局排挤而家

---

① 刘俊：《白先勇评传——悲悯情怀》，广州：花城出版社2000年版。

道中落，曾经在政界显赫一时的家族不再有往日的辉煌，今昔的强烈对比使白先勇对于历史兴衰和命运无常有着切身的体会，并影响着作家在历史书写时所关注的对象和着意表现的主题。

白先勇深受中国传统文化精神和民族文学审美意识的影响，小说的历史叙述充满历史沧桑感和人生无常感。作家在童年和少年时期就酷爱中国古典小说，后又受到"五四"精神的浸润，其道德情感、文化取向、政治观念以及关于历史与命运的思考无一不承接着中华民族的传统文化基因，中国知识分子"修身、齐家、治国、平天下"的思想根底和理想追求对作家产生了深远的影响，即使是在留学美国后接受了西方文学的教育和现代主义思想的影响，传统文化的力量仍然在作家白先勇身上体现出强大的韧性。正如朱立立所讲："白先勇身上有两种来自本土传统的力量，一种来源于民间的传统，……另一种则取自他早先就很着迷的《红楼梦》一类古典文化文学传统。这两种力量的强韧，足以抵御外来文化对他原初文化自我的覆盖。"① 因此，在身处异国他乡时，文化认同的危机、漂泊孤绝的处境等一系列的人生困惑与幼时的战乱、四年病中的隔离生活、情感的特殊取向以及家族的衰亡、母亲的病逝等人生经历结合在一起，促使作者回归中国传统文化追问历史的意义和个体的生命价值，并以中国传统文学的审美意识和叙述方式创造了《台北人》等一系列历史题材的作品。对此白先勇曾谈道："中国文学的一大特色，是对历代兴亡感时伤怀的追悼，从屈原的《离骚》到杜甫的《秋兴八首》，其中所表现的人世沧桑的一种苍凉感，正是中国文学最高的境界，也就是《三国演义》中'青山依旧在，几度夕阳红'的历史感，以及《红楼梦》'好了歌'中'古今将相在何方，荒冢一堆草没了'的无常感。"② 这种源自中国文学传统的历史感和无常感深深地渗入作家的审美意识，使他的小说创作无处不有传统文化与古典精神的印迹。翁朴园（《梁父吟》）家中所挂的联语是"革命尚未成功"及"同志仍须努力"的国父遗嘱，葬礼上"出师未捷身先死，中原父老望旌旗"的挽联，以及"醉卧沙场君莫笑，古

---

① 朱立立：《个体存在焦虑与民族文化忧患——兼论白先勇与存在主义的关系》，《江苏大学学报》2002 年第 4 期。

② 白先勇：《社会意识与小说艺术——"五四"以来中国小说的几个问题》，见《白先勇文集》（第四卷），广州：花城出版社 2000 年版，第 254～255 页。

来征战几人回"等名句警语，这些语句都充满历史的悲叹和感伤。小说中众多"历史中人"的命运与诸葛亮、孙中山等壮志未酬的历史人物构成对应，形成巨大深沉的伤悼意识，其历史叙述因此具有深刻的思想内涵。值得注意的是，《台北人》中的大多数篇章所写的都是其父辈兄辈一代的生活，作家并未参与过往的历史进程，却是父辈集体命运的见证者和承担者，因此作家在小说中所表现的历史沧桑感和命运无常感往往针对的是"党国"集体的现实命运。小说中的这些"历史中人"最终失去往日的荣耀、无一不走向衰落的结局，成为历史进程中"党国"集体命运的寓言。正如弗雷德里克·詹姆森对第三世界文化中的寓言性质的界定："讲述一个人和个人经验的故事时最终包含了对整个集体本身的经验的艰难叙述。"① 白先勇笔下的历史叙述因这种寓言性质而具有更为深厚的历史文化内涵。

三、家族叙事中的故乡情结

新移民作家张翎的三部长篇小说《望月》（1998）、《交错的彼岸》（2001）、《邮购新娘》（2004）是其代表作，相对于严歌苓的个体叙事，作家张翎的作品基本是家族叙事。她的几部长篇小说不仅同样涉及宏大的历史背景，且时间跨度很大，如《交错的彼岸》中涉及中国的"解放"、"文革"和"改革开放"等历史事件；《邮购新娘》则跨越了19世纪末到21世纪初一百多年的中国近现代史，从中国的军阀混战一直到改革开放，但作家在小说中并不是关注这些历史的宏大叙事，而是将历史作为人物情感的演绎和命运变迁的舞台。小说的主人公不再是创造宏大历史的英雄人物，而是从历史、从家乡中走向世界、不断顽强拼搏的各类女性，且往往都涉及外祖母、母亲到女儿几代女性后裔的家族故事和人生情感，如《望月》是从戏子出身的沁儿母亲、沁儿到卷帘、望月、踏青三姐妹；《交错的彼岸》是中国江南丝绸巨子的女性后裔从阿九、飞云到蕙宁的命运演变；《邮购新娘》是戏子筱丹凤到竹影、涓涓的人生和情感历程。相对于

---

① 《处于跨国资本主义时代中的第三世界》，见张京缓主编：《新历史主义与文学批评》，北京：北京大学出版社1993年版，第251页。

白先勇笔下的"历史中人"的英雄人物以及与历史的紧密关联，张翎笔下的主人公往往是女性，宏大的时代和历史往往成为书写家族变迁、女性命运的背景，对此作家曾谈到她的理解："在女人的故事里，历史只是时隐时现的背景。历史是陪衬女人的，女人却拒绝陪衬历史。女人的每一个故事都是与历史无言的抗争。"① 历史的沧桑感和沉重感则被化解成男男女女的辛酸故事，"她巧妙地找到了一个支点，把那百年沉重羽化为一曲曲美丽动人的爱情故事……历史的沉重就这样被巧妙地用人间的善良与爱，稀释、溶化成了一樽香醇的百年陈酒"②。与此同时，无论是书写女性的奋斗历程还是展现情爱故事，张翎笔下的历史叙述常常呈现出家族和故土情结，从《望月》、《交错的彼岸》到《邮购新娘》，女性人物始终与自己的家族、故乡存在着精神上的紧密维系，因此，在张翎的笔下，宏大的历史背景虽然逐渐隐去，但其中所透露出的家国之思和故乡意识依然清晰可见，尤其是赋予了故乡温州以深厚的文化内涵。

张翎的历史叙述往往展现家族叙事和故乡情结。作家张翎于1986年赴加拿大留学，先后获得英国文学、听力康复学硕士学位，现定居加拿大多伦多。张翎在故乡温州度过整个童年、少年和部分的青春岁月，对故乡有着千丝万缕的情感联系和深厚的故土情结。在她的笔下，故乡温州是家族中人出发走向世界的起点，是温州人尤其是温州的女性们闯荡世界和不懈拼搏的精神源头，因此，作家书写女性人物在温州的爱恨情仇以及由此作为起点所延绵的人生历程时，虽无意于乡愁乡恋，却始终赋予故乡温州以深层次的文化内涵，小说中的家族书写也因此带有浓厚的家园意识和故乡情结，而对于小说中的人物而言，无论生存的境遇和人生的命运如何变迁，这些从温州走向世界的女子们始终与故乡都有着内在的精神联系，故乡就如《邮购新娘》中的许春月为了追寻江信初，决绝地离开了故乡却始终能够感觉到身后存在的那片巨大的影子："那片影子其实是隐藏在她那个与生俱来的姓氏上的。她有一个沉重的姓，这个姓是她无论如何努力也

---

① 张翎：《邮购新娘》，北京：作家出版社2004年版，第413~414页。
② 张翎：《邮购新娘》，北京：作家出版社2004年版，第5页。

涂抹不去的。"① 在作家的笔下，家族和故乡是流落他乡的女人们的情感重负和精神寄托。同时，作家在叙述方式上善于打破小说与散文、诗歌的文体界限，以温婉优美的笔触展现人物的命运和家族的历史，尤其是对岁月的感叹与生命的思考充满传统文学的韵味："生命如一条长河，往事是河床上躺着的石头。年轻的生命之河饱满荡漾，难得一见河底的峥嵘。年老时河水日渐低浅，剩下的却都是嶙嶙峋峋的石头。"② "滚滚红尘之间，人终其一世辛苦劳累，似乎目的明确，又似乎全然混沌迷茫。路有千种走法，却不知百川到海，殊途同归，谁也饶不过那个终久的目的地。"③ 在张翎的小说中，历史和时代虽然成为女人的陪衬，但因故乡之情和生命之思的凝结而依然具有历史的厚重感。

北美地区的两代移民作家都是出国留学、移民后，于故土回望中开始民族历史题材的书写，在远离母语的环境里，用中文想象、重温着属于他们各自那个年代的历史记忆。作家不同的历史观体现了文化身份的变迁和生活经历的影响，同时也是东西方文化冲突下个人文化抉择的表现，从这个意义上来讲，正是移民的生活体验给作家提供了反观历史、重建自我的场域。而海外的双重文化背景以及由此形成的身份焦虑则是作家进行历史叙述的情结所在：白先勇试图在小说中演绎历史的轨迹来找寻自我的存在；张翎以家族历史叙述来建构自己的精神家园；严歌苓则以边缘立场的女性书写重构历史，以完成自我身份的建构。三位作家在以历史叙述进行"自我塑造"时又呈现出不同的历史观和创作倾向：白先勇在描述民族整体的历史变革中，关注历史主体的个人在历史进程中的失落，希望通过文学创作将主体从逐渐远去的历史汪洋中浮出，再现英雄的悲壮，这种历史叙述不仅是英雄的挽歌，更是作家个体生命的艰难求索，由此产生的精神内涵充满着源自中国文学传统的审美精神和价值传统；张翎则是以家族叙事来寻找精神的家园，小说虽以东西方的"交错"的叙事呈现出跨界书写的特征，但家族和故乡与人物有着千丝万缕的联系，家乡始终是闯荡世界、历经磨难的女人们的精神寄托，这种

①　张翎：《邮购新娘》，北京：作家出版社 2004 年版，第 86 页。
②　张翎：《邮购新娘》，北京：作家出版社 2004 年版，第 227 页。
③　张翎：《邮购新娘》，北京：作家出版社 2004 年版，第 240 页。

故乡情结和家园意识使小说保留了历史的厚度；严歌苓则不再以历史、家族来证明自我的身份，而是以处于边缘地位的女性完成女人个体的史诗来确立自我的存在："历史中人"创造历史，女人田苏菲只想捍卫爱情；英雄人物"救民于水火"，女人王葡萄只想营救公爹；在英雄的史册中，男性是主角，在女人的史诗中，男人则成为被爱、被救的对象，消隐在历史主体的身后。"严歌苓等讲述王葡萄的故事，其意义在于拆解掉我们在个人生存与历史图景这两者间想象、搭建起来的联系脉络，用王葡萄这个同宏大叙事背对的人物形象，揭示出个体生存方式的自由与独特。"① 这种叙事策略隐含着"历史—民间"、"男性—女性"等关系的重新思考，透露出女性复杂难言的文化和性别认同。

"海外华文创作的主要特征就是心灵自由和想象力的释放。这种心灵自由和超越想象力使他们的体验可以深入到历史和人性的深处。"② 两代移民作家以各自的方式深入历史和人性，并构成了多维度的历史真实和人性深度，③又因时代的不同、身份的相异、作家个人的审美取向等原因，使回望中的家国历史以不同的方式进入各自的文本，形成不同的作品形态和创作风格，白先勇的历史叙述演绎的是历史的轨迹和历史人物的命运，张翎的作品往往书写的是家族的历史，严歌苓则超越党国、家族等文化历史命题的执念，呈现出女性个体的生存方式，以及更为广泛的人性，在叙述上则以一种轻松甚至戏谑的笔调来展现人物眼中的历史，这种个人传奇的书写和小说独特的叙述语调为中国当代文学新历史小说提供了一个独特的文本，并有可能预示着海外华文文学历史题材小说创作的一个新的发展方向。

---

① 严歌苓：《王葡萄：女人是第二性吗？——严歌苓与复旦大学学生的对话》，《上海文学》2006 年第 5 期。

② 饶芃子：《"歌者"之歌——陈瑞琳〈横看成岭侧成峰——海外文坛随想录〉序》，《华文文学》2004 年第 1 期。

③ 当我们面对同一历史现象，试图挑选出最能使人信服的角度时，总是感到迷惑和暧昧。同一历史事实往往有着太多不同的解释，如同小时候通过教材受到的教育、看到的影视作品与现在的相关报道不大相同，甚至大不相同。或许正如列维—斯特劳斯所说"历史从未完全脱离神话的本质"，又如海登·怀特所认为的"所有历史叙述中都含有虚构成分"，从这一意义上来讲，文学中的历史书写从来就不仅仅是虚构。

下　编

第五章　改编自严歌苓小说的影视作品概况及国内研究现状

第一节　改编自严歌苓小说的影视作品概况和反响

严歌苓在小说创作获得成功的同时，也在尝试影视剧创作。她很早就被邀请加入好莱坞编剧家协会，成为该协会的华人专业编剧。近年来她不仅在美国参与剧本写作，还积极与内地著名导演合作，经常来往于中国、美国、南非之间，在三地进行文学创作和影视剧创作。同时，随着电影、电视剧在消费时代中大众审美需求量的不断提高，严歌苓的很多小说作品也被改编成电影和电视剧，并在中国大陆的电影院线和主流电视台黄金时段热播。通过中国期刊网上的学术论文检索和分析可以发现，以"严歌苓"为研究对象的学术论文，在 2008 年后呈直线上升的趋势：2008 年 41篇，2009 年 71 篇，2010 年 72 篇，2011 年 58 篇，2012 年 128 篇，2013 年115 篇。单纯就数量方面进行统计分析，2008 年以来，以"严歌苓"为研究对象的学术论文共计 485 篇，占到总量的 71.53%。出现这种现象的原因是多方面的，其中一个重要原因就是严歌苓作品在 2008 年后以影视剧的形式，高频度、高热度地进入中国大陆，俨然已成为一种文化现象。截至目前，严歌苓小说中被改编成影视剧的有：①短篇小说《少女小渔》——电影《少女小渔》（1995 年，张艾嘉导演，张艾嘉、李安编剧，刘若英、庹宗华等主演）；②短篇小说《老囚》——电影《老囚》（1995 年）；③短篇小说《无非男女》——电影《情色》（又名《白太阳》）（1996 年，朱延平导演，王逸白编剧，苏有朋、郑家榆等主演）；④短篇小说《天浴》——电影《天浴》（1997 年，陈冲导演，严歌苓、陈冲编剧，李小璐、洛桑群培等主演）；⑤中篇小说《谁家有女初长成》——电影《谁家有女》（2001 年，陈洁导演，陈洁编剧，吴浇浇主演）；⑥长篇小说《一个女人的史诗》——电视剧《一个女人的史诗》（2009 年，夏钢、孟朱导演，素真、王菡编剧，赵薇、刘烨、方子春等主演）；⑦长篇小说《小姨多鹤》——电视剧《小姨多鹤》（2009 年，安建导演，林和平编剧，孙俪、萨日娜、姜武、闫学晶等主演）；⑧长篇小说《扶桑》——电视剧《风雨唐人街》（2010 年，周力导演，寇世勋、苗圃、黄觉主演）；⑨中篇小说《金陵十三钗》——电影《金陵十三钗》（2011 年，张艺谋导演，刘恒、严歌苓编剧，克里斯蒂安·贝尔、倪妮、佟大为等主演）；⑩长篇小说《继母》——电视剧《幸福来敲门》（2011 年，马进导演，严歌苓、马进编剧，蒋雯丽、孙淳等主演）；⑪长篇小说《第九个寡妇》——电视剧《第九个寡妇》（2013 年，黄建勋导演，叶璇、刘佩琦等主演）；⑫长篇小说《陆犯焉识》——电影《归来》（2014 年，张艺谋导演，邹静之编剧，陈道明、巩俐等主演）等。

　　20 世纪 90 年代以来，改编自严歌苓小说的影视剧作品，在国内外电影市场上取得了艺术和市场等多方面的肯定，同时也取得了文学效益、经济效益、社会效益的叠加、放大和共赢。譬如，由张艾嘉导演的同名电影《少女小渔》获 1995 年第四十届"亚太国际电影节"最佳电影、最佳美术、最佳女主角、最佳音响、最佳编剧五项大奖；由著名影星陈冲执导的同名影片《天浴》获 1998 年第三十五届"台湾电影金马奖"最佳剧情片、最佳导演、最佳男女主角、最佳改编剧本、最佳电影音乐、最佳电影歌曲等七项大奖，同时，该片还获得 1999 年"美国影评人协会奖"；电影《谁家有女》获"法国女性电影节评审团大奖"和"法国南特电影节最佳女演员奖"；2009 年，赵薇、刘烨主演的同名电视剧《一个女人的史诗》获得中国内地同一时段收视率排名第一名；2009 年，孙俪、姜武主演的同名电视剧《小姨多鹤》也在内地热播；2011 年，张艺谋导演，美国影星克里斯蒂安·贝尔、倪妮主演的同名电影《金陵十三钗》成为 2011 年华语电影的票房冠军；2013 年，叶璇、刘佩琦主演的同名电视剧《第九个寡妇》热播；2014 年，张艺谋导演、陈道明和巩俐主演的电影《归来》，改编自小说《陆犯焉识》的尾点，被作家莫言称为直指人心的电影，被导演斯皮尔伯格评为震撼、感人与深刻的电影，电影入选第六十七届戛纳国际电影节特别展映单元，最终在中国内地收获 2.94 亿票房，刷新国产文艺片票房纪录。

第二节　国内相关学术研究现状及成果

随着基于严歌苓小说而改编成的影视作品的热销，国内学术界对于在严歌苓小说基础上改编成的影视作品的分析，也呈现出升温的态势。相关研究主要集中在：

一、具体小说文本与影视剧作品文本之间的对比分析

安晓燕、魏渲《严歌苓作品影视改编中存在的问题——以〈第九个寡妇〉为例》（《新疆艺术学院学报》2013 年第 2 期）认为电视剧《第九个寡妇》收视平平的原因在于电视剧叙述手法对小说叙述手法的失败改写。王苗《严歌苓小说〈天浴〉：小说语言与电影语言的完美结合》（《电影文学》2010 年第 6 期）认为电影《天浴》的成功，是小说创作与电影剧本创作相得益彰的结果。小说通过电影式的画面感语言，给读者造成类似旁白、画外音的效果，从而达到以悲悯情怀来重述历史的目的。

二、关于严歌苓小说被改编成影视剧大获成功的技巧和方法

邓晓林《严歌苓小说中的影视化元素》（《文艺荟萃》2014 年第 1 期）认为，严歌苓能为国人所熟知，很大程度上得益于她与影视的"联姻"。小说作家和影视编剧的二重身份使得其小说包含了如特写镜头化的细节描写、视觉化色彩的运用、视听化人物对白和蒙太奇式情节结构等诸多影视化元素，既极大丰富了小说的艺术表现力，也为其小说作品被成功改编为影视作品提供了契机。张英《严歌苓"影视热"原因探寻》（《辽宁工业大学学报》2011 年第 6 期）认为，严歌苓作品的艺术魅力能够满足不同层次受众的审美需求，尤其是满足消费时代大众的审美需求。同时，严歌苓小说作品的视觉意象和现代手法具有影视特征，独特的女性形象洋溢着温

暖励志的时代气息，这些因素共同促成了严歌苓小说的 "影视热"。王娟《文学与影视的联姻——论严歌苓小说〈小姨多鹤〉的影视化倾向》（《安徽文学》2010 年第 11 期）认为严歌苓小说《小姨多鹤》能够被改编为同名电视剧并大获成功的原因，在于小说本身就具有曲折的故事情节、强烈的画面感以及通俗生动的人物对白，这些都是小说文本中鲜明的影视因素。同时，这种小说文本的影视化倾向对小说的文学性存在正反两方面的影响：既增强了小说的故事性和可读性，同时也造成了对小说思想深度和心理刻画的不足。

三、关于严歌苓小说 "影视热" 对文学产业正向推进作用的分析

尚光一《文化创意产业视域中的文学产业发展研究——以严歌苓作品产业开发为例》（《福建行政学院学报》2013 年第 1 期）认为严歌苓的作品尤其是伴随影视剧等推出的延伸产品，已成为文学产业开发的成功典范。严歌苓的作品已形成了完整的文学产业链，也进一步确立了其在文学产业中的品牌地位，这些给予华文文学融入文学产业以有益借鉴：华文文学只有进入文学产业，通过产业手段进行开发，才能获得巨大的影响力；文学产品的价值重在产品附加值，在消费主义文化背景下，文学产品某种程度上成为一种体现、表现或隐喻某种价值规范的符号体系。

四、其他

据统计，有 10 篇硕士学位论文从影视传媒的角度，围绕严歌苓小说的改编进行了相关研究。毕媛媛《性别视角下严歌苓小说的电影改编》（厦门大学，2014 年）从性别的角度将严歌苓小说和同名电影进行了分析，认为小说中原本蕴涵丰富的女性主体意识都被不同程度地改写、稀释，甚至消解掉了。而导致这一富有性别文化意味的改编行为出现的背后有着深层的社会文化原因，一是电影改编的实践流程，包括改编得以实现的生产方式和改编的具体策略两方面，二是同一叙事文本在小说与电影之间存在客观差异。向敏《论严歌苓小说影视改编的叙事转换》（浙江大学，2013

年)、王冠含《严歌苓小说的影像叙事》（华中师范大学，2009 年）不约而同地认为，小说和影视剧都是属于叙事艺术，小说与影视剧在"叙事"这一层面存在天然的内在联系，即对"故事性"的追求，这也是小说影视改编的艺术学发生的根据。以小说为蓝本的影视改编，为影视和文学两种艺术之间的交流和融合提供了契机。肖雨竹《跨媒介视野下的严歌苓研究》（暨南大学，2013 年）在跨媒介视野下进行严歌苓研究，关注了严歌苓的小说文本和影视文本，同时也把严歌苓本身作为一个文本放在了当下社会语境中来研究。通过对严歌苓跨媒介个案的论述，揭示出作家在当代消费社会中的生存状态以及文学的存在方式。

　　从总体上来看，当前国内对严歌苓小说改编而成的影视剧的研究仍处于起步和探索阶段。一方面，存在着就具体影视剧作品泛泛而谈的倾向，未能从整体上对严歌苓小说成功改编成影视剧的特点和规律性做法进行概括和提炼，所得结论欠缺大数据的支撑，还处在就事论事的阶段。另一方面，在分析严歌苓小说改编为影视剧成功的原因时，就小说文本谈的多，就剧本创作、宣传营销等文化市场机制等因素谈得少。同时，未能从社会思潮和审美习惯变化的角度，对以严歌苓小说为代表的文学作品改编为影视作品是否具有普遍的代表性和先导性，作出科学的分析、评价和预测。

第六章　改编自严歌苓小说的
影视剧取得成功的原因分析

以小说为代表的纯文学改编为影视剧已成为一种潮流，这折射出的是人类传播活动从以印刷媒体为主向图像（影像）媒体为主的嬗变。1938年，海德格尔就预言人类即将进入世界图像时代，揭示出当代文化即将被图像（以及更高阶段的影像）所包围的重要特征。海德格尔判断："从本质上看来，世界图像并非意指一幅关于世界的图像，而是指世界被把握为图像了。"① 美国学者贝尔也表示："目前居'统治'地位的是视觉观念、声音和景象，尤其是后者，组织了美学，统率了观众。"并指出，"当代文化正在变成一种视觉文化，而不是一种印刷文化，这是千真万确的事实"②。俄国著名作家托尔斯泰，很早就指出了电影这种全新的艺术表现形式和载体，对文学将产生重大而深远的影响："你们将会看见，这个带摇把的嗒嗒响的小玩意儿将给我们的生活——作家的生活——带来一场革命。这是对旧的文艺方法的直接攻击。我们不得不去适应这影影绰绰的幕布和冰冷的机器，需要一种新的写作方式。"③ 托尔斯泰还指出："电影给作者带来了一场革命，电影中的场景瞬息万变，更接近生活，其伟大之处在于识破了运动的奥秘，要改变我们所积累的那种冗长拖沓的写作方式。"④ 具体到20世纪90年代的中国文坛，尤其是进入新世纪以来，视觉

---

① ［德］马丁·海德格尔著，孙周兴译：《林中路》，上海：上海译文出版社1997年版，第86页。

② ［美］丹尼尔·贝尔著，赵一凡等译：《资本主义的文化矛盾》，北京：生活·读书·新知三联书店1989年版，第156页。

③ ［美］爱德华·茂莱著，邵牧君译：《电影化的想象——作家和电影》，北京：中国电影出版社1989年版。

④ 孙晓红：《舞文弄影的艺术景致——严歌苓小说创作与电影艺术关系探微》，《忻州师范学院学报》2006年第1期。

文化、大众文化、消费文化兴起，传统意义上作为纯文学的小说逐渐被冷遇，以影视剧为代表的大众媒介逐渐占据大众的议程设置。赵抗卫曾经引用一则关于现代受众了解一百部广为人知的文学作品途径的问卷调查。数据显示，其中有 60.5% 的人是先从电视、电影或其他媒介传播中了解这些文学作品的；其中 18.5% 的人在影像等媒体上看了以后，再去看文学原著；而其余的人看了电影、电视剧、戏剧后就不再看文学原著了。① 这则问卷调查，揭示出当代人从被改编成影视剧的文学名著逆向接触文学文本的现实境况，说明了影视对文学的巨大改变力量不仅仅体现在对作者的影响，还体现在受众接受文学的途径和渠道。

在这股肇始于 20 世纪 90 年代的纯文学向影视转型的风潮中，一大批驰骋文坛的小说作家开始涉足影视剧创作领域，或编写剧本，或改编小说，以各种跨界书写的方式创作出了一大批有影响力的影视剧作品。其中，以王朔、刘震云等为代表的作家在一个时期内成为从文学成功转型到影视剧创作领域的典型代表。"王朔、刘恒和刘震云都注意根据影视等大众文化时尚潮流的流向而选择或调整自己的写作方式。"② 王朔自己就曾坦言："我觉得，用发展的眼光看，文字的作用恐怕会越来越小，一个时代有一个时代的最强者，影视就是目前时代的最强者。"③ 在这样一种社会和作家群体的普遍共识之下，出现了一个标志性的事件，那就是 1993 年由史铁生、莫言、余华、苏童、贾平凹、格非等 11 位作家担当编剧，创作了 20 集电视连续剧《中国模特》。这一主流纯文学作家"组团"、有意识有组织地从事大众文化生产的行为，标志着中国作家开始集体性改变对影视剧为代表的大众文化形态批判的态度。自此，从文学到影视的桥梁被打通，二者之间曾经泾渭分明的界限越发模糊，越发呈现出一种互相转化的情况，有学者指出："近 20 年来，世界电影改编自文学作品有 20% ~ 40%，我国电影电视改编自文学作品的比例也近 40%，其中优秀电影和电

---

① 赵抗卫：《文学作品与现代传媒》，《文艺理论研究》2000 年第 5 期，第 14 页。

② 王一川：《与影视共舞的 20 世纪 90 年代的北京文学——兼论京味文学第四波》，《北京社会科学》2003 年第 1 期，第 93 页。

③ 白烨、王朔、吴滨、杨争光：《选择的自由与文化态势》，《上海文学》1994 年第 4 期，第 70 页。

视剧约70%来自文学作品的改编。"① 由中国电视艺术家协会等单位组织编纂的《电视艺术辞典》的"中国电视剧"栏目中列举了127部电视剧，出自小说改编的达到47部，约占40%。② 这些数字都有力地证明了文学作品在影视改编中的重要地位，这些案例也预示着优秀作家"下海"给中国影视剧创作带来了庞大的新生力量，对中国影视剧创作有着重大的推动作用。

同时，文学作品影像化改编对文学作品本身的传播也有好处。严歌苓本人就对影视等媒介化手段在反哺文学方面的巨大作用有着清楚的认识："我本人是个电影迷，无论多么糟糕的心情，只要一看电影我就高兴得不得了。但比较可悲的是并不是我最好的小说影响最大；而是被改编成电影的那些作品流传得比较广。"③ 导致这种现象的原因在于"影视剧作为普及的大众文化的代表，其受众面要比名著大得多……现代社会影视艺术逐渐纳入到大众文化的传播体系之中，其传播范围借助现代传媒的威力更加扩大了……成为市场经济主导下的消费社会最主流的艺术形态之一"④。正是因为意识到了影视（影像）之于小说的巨大作用，严歌苓很早就从事了与影视相关的创作。在一开始从事纯文学小说创作的同时，严歌苓就动手撰写了《残缺的月亮》、《七个战士和一个零》、《大沙漠如雪》、《父与女》、《无冕女王》等电影剧本。20世纪90年代以来，《少女小渔》、《天浴》等改编自严歌苓小说的同名电影获得了多个国际电影节大奖。新世纪以来，《一个女人的史诗》、《第九个寡妇》、《金陵十三钗》等改编自严歌苓小说的电视剧就保持高频度、高收视的播出态势。这种对文学与影视之间关系的清醒认识和掌握，以及严歌苓小说文本本身在叙事、色彩、画面、动作等方面所具有的影视化特质，和"名作家—名导演—名制片人"的品牌营

---

① 李红秀：《新时期的影像阐释与小说传播》，成都：四川大学出版社2007年版，第2页。

② 黄会林、绍武：《黄会林绍武文集：影视文化研究卷》，北京：北京师范大学出版社2009年版，第84页。

③ 徐葆耕：《电影讲稿》，北京：北京大学出版社2006年版。

④ 周涌：《影视剧作元素与技巧》，北京：中国广播电视出版社2002年版，第88页。

销，以及市场化运作等产业化要素，确保了严歌苓小说易被改编成优秀的影视剧剧本，容易吸引"注意力经济"，能够取得艺术和市场两个领域的成功。

第一节 改编自严歌苓小说的影视剧取得成功的文本原因

影视媒介促使小说等纯文学形态发生相适宜的内在改变，相应地，"随着电影在 20 世纪成了最流行的艺术，在 19 世纪的许多小说里即已十分明显的偏重视觉效果的倾向，在当代小说里猛然增长了。蒙太奇、平行剪辑、快速剪接、快速场景变化、声音过渡、特写化、叠印——这一切都开始被小说家在纸面上进行模仿"①。由于较早对剧本创作的自觉接受，再加上在美国哥伦比亚大学就学期间的科班学习和加入美国好莱坞编剧协会后的长期实践，剧本创作对严歌苓而言是驾轻就熟的，而这种对影视剧剧本创作规律的掌握自然对其小说创作有较大的影响。严歌苓对于自己在小说创作中融进了较强的影视思维，有着清晰的认识："我想许多导演喜欢我的故事，主要是因为我会把视觉、听觉、触觉、嗅觉全部放进去，所以画面感比较强。"② "电影只会让你的文字更具色彩，更出画面，更有动感，这也是我这么多年的写作生涯中一直所努力追求的。这正是我会爱看电影，然后跟电影走得很近的原因。"③ 严歌苓小说中所具有的影视特征要素，着重体现在小说文本的泛"剧本化"倾向方面，即富含色彩、动感等，这些大大降低了严歌苓小说作品被成功改编为影视剧的难度。

一、鲜艳的色彩

影视传媒作为纯粹的图像传播方式，对色彩的运用非常看重。"说到表情作用，色彩却又胜过形状一筹。那落日的余晖以及地中海碧蓝色彩所

---

① ［美］爱德华·茂莱著，邵牧君译：《电影化的想象———作家和电影》，北京：中国电影出版社 1989 年版，第 4 页。
② 引自 http：//news. mtime. com/2011/12/14/1477838. html。
③ 沿华、严歌苓：《在写作中保持高贵》，《中国文化报》，2003 年 7 月 1 日。

传达的表情，恐怕任何确定的形状也望尘莫及。"① 正是有鉴于此，色彩对于影视这样一种视觉艺术来说，具有举足轻重的作用。仅从电影史的角度而言，画面色彩的黑白抑或彩色甚至是界定电影分期的重要标准和尺度。随着技术的不断进步，电影经历了黑白、人工着色、彩色等几个阶段，电视也大致相同。随着 IMAX、3D、宽屏等视觉屏幕表现技术的日新月异，尤其是从模拟信息电视形态向数字电视形态的升级，电影、电视的色彩更加丰富、逼真，给人极强的视觉冲击。徐葆耕在《电影讲稿》中说："近年来发展的数字技术，使得摄影机的分辨率超过了人的眼睛，也就是说，用摄影机拍出来的景物比你在现场看到的东西更美丽，更清晰。色彩已经成为电影中极具魔幻气质的美女，编导们须臾不能够离开。"② 这意味着色彩已成为影视语言的重要组成部分。就张艺谋的电影来看，从早期的《红高粱》到后来的《金陵十三钗》，鲜艳、大胆、充满了强烈视觉冲击力的暖色调色彩的使用，是张氏电影的一个显著标识。

严歌苓小说在色彩的描绘上与影视传媒者有着异曲同工之处。在严歌苓的小说创作中，她对色彩的运用是很自觉的。在其小说中，有大量色彩艳丽的独特意象。譬如，田苏菲的果绿色毛衣；多鹤第一次和张检外出时穿的素净的连衣裙和遮阳帽，还有她在楼上看到的山坡上的野花；玉墨等藏玉楼的姑娘们的红粉黄绿的绸缎被盖和五彩下水似的发绳、长丝袜等。这些或鲜艳或素雅的色彩描写使作品具有很强的视觉冲击力，再现了客观世界的本来面目。通过色彩作者可以还原自然现实，实现所谓的"100%天然色彩"③，营造出一种逼真的环境，使小说给人的感染力不是局限于平面的文字描述，而是给人以立体的、图像式的想象空间，这正与影视传媒等视觉媒体的特点高度一致。同时，色彩还折射了主体的内在心理，在影视文本中具有象征、比喻、重复和省略等修辞功能，成为表现思想主题、刻画人物形象、创造情绪意境、构成影视作品风格的有力艺术手段。严歌

① ［美］鲁道夫·阿恩海姆著，滕守尧、朱疆源译：《艺术与视知觉——视觉艺术心理学》，北京：中国社会科学出版社 1984 年版，第 455 页。
② 徐葆耕：《电影讲稿》，北京：北京大学出版社 2006 年版，第 251 页。
③ ［法］马赛尔·马尔丹著，何振淦译：《电影语言》，北京：中国电影出版社 1980 年版，第 47 页。

苓小说在颜色方面的特质正好契合了影视这种色彩塑造视听媒介的特点，也利于展现影视作品的主题，并为其提供了改编的基础。

　　不同的色彩在严歌苓的小说中被用来表达作者不同的情感取向，每一种颜色的运用都有它独特的象征意义和内涵。在小说《天浴》中，严歌苓用象征纯净和圣洁的"白色"来描写文秀："老金颈子跟着云从天的一边往另一边拐，很在理地就拐到了文秀这边。他看见她白粉的肩膀上搁着一颗焦黑的小脸。在池里的白身子晃晃着，如同投在水里被水扰乱的白月亮。"① 用白色来描绘文秀，是因为白色既象征着纯洁，同时又最容易被沾染，这当中折射的是严歌苓对文秀的净美和纯粹，以及对其悲惨命运的同情。小说结束时："太阳到天当中时，老金将文秀净白净白的身子放进那长方的浅池。"② 直至文秀生命结束，白色一以贯之了文秀的一生，这象征着文秀虽然经历苦难尘世的玷污，但是不改其纯净的本色，折射出了作者对文秀的爱怜和肯定。小说《扶桑》从开篇第一句话就突出了有典型中国意象的红色："这就是你。这个款款从呢喃的竹床上站起，穿猩红大缎的就是你了。"③ 在小说中，中国妓院里铺天盖地的红，扶桑穿在脚上的精致小鞋，嘴里嗑的瓜子，血红色无处不在，构成一个在再现功能之外具有强烈表情作用的视觉符号要素。小说中，克里斯因为扶桑的红绸衫而爱她，当她脱下红绸衫，她就被克里斯当作寻常女人。在这里，"猩红色"几乎成了东方文化的象征。从深层次的文化底色着眼，陈思和赋予小说《扶桑》中浓墨重彩出现的"红色"一种更深的寓意："扶桑所证明的不是弱者不弱，而是弱者自有它的力量所在。这种力量如同大地的沉默和藏污纳垢。扶桑若作一个具体的妓女来理解，那是缩小其艺术内涵，她是一种文化，以弱势求生存的文化……严歌苓正是凭了来自文化血缘上的天性，非常深刻地感受到了扶桑作为东方女人的全部美丽，而这种美丽正是与她与

---

① 严歌苓：《天浴》，见《谁家有女初长成》，北京：中央编译出版社 2002 年版，第 115 页。

② 严歌苓：《天浴》，见《谁家有女初长成》，北京：中央编译出版社 2002 年版，第 125 页。

③ 严歌苓：《扶桑》，北京：当代世界出版社 2002 年版，第 1 页。

生俱来的文化连在一起的。"①

二、蒙太奇的结构手法

从技术层面看，一帧一帧的图片是构成影视作品的最小单元。正是因为有了蒙太奇手法，才使本来孤立静止的图像呈现出气象万千的面貌。所谓蒙太奇，指的是将一系列在不同地点、从不同距离和角度、以不同方法拍摄的镜头排列组合起来，从而达到叙述情节、刻画人物的目的的图像处理方式。② 苏联著名电影评论家普多夫金曾说过："蒙太奇是电影艺术所发现并加以发展的一种新方法，它能够深刻地揭示和鲜明地表现出现实生活中所存在的一切联系，从表面的联系到最深刻的联系。"③ "运用蒙太奇可以使镜头的衔接产生新的意义，从而大大丰富影视艺术的表现力，增强影视艺术的感染力。"④ 严歌苓小说中就富有蒙太奇特征的描写手法。严歌苓小说充分借鉴并发挥了"颠倒式蒙太奇"、"平行蒙太奇"等手法的艺术特质和功能，通过对情节的分割与组合，将发生在不同时间和空间中的故事交错融汇到一起，情节安排跌宕起伏，富有节奏感，从而使小说文本产生出新的意义。

首先，现代的电影和电视剧都属于消费时代"注意力经济"的产物，消费者通过手中的电影票（遥控器）掌握着选择权。正如福斯特所言："作为故事，只能有一个优点，那就是使听众想要知道接下去会发生什么事情。"⑤ 为了保持影视剧消费者连续而不间断的关注，严歌苓一是通过故事题材的传奇性，二是通过在叙述方式上制造悬念，从而吸引观众持续不

---

① 陈思和：《关于〈扶桑〉改编电影的一封信》，见《严歌苓文集》（3），北京：当代世界出版社 2003 年版，第 234 页。

② 陈晓云：《电影通论》，杭州：浙江大学出版社 2009 年版，第 69 页。

③ ［苏联］普多夫金著，多林斯基编注，罗慧生、何力等译：《普多夫金论文选集》，北京：中国电影出版社 1985 年版，第 141 页。

④ 蔡尚伟主编：《影视传播与大众文化：文化工业时代的影视方法论》，成都：四川大学出版社 2005 年版，第 252 页。

⑤ ［英］玻·卢伯克、爱·福斯特、爱·缪尔著，方士人、罗婉华译：《小说美学经典三种》，上海：上海文艺出版社 1990 年版，第 222 页。

断的注意。在长篇小说《小姨多鹤》中，严歌苓大量运用了插叙、倒叙等
"颠倒式蒙太奇"的表现手法，在过去与现在间穿插叙事，对常态的叙述
框架予以了解构，将发生在不同时空的故事按照行文叙事的需要呈现出
来，构成了小说文本独特的魅力。从影视剧的角度来看，这种"颠倒式蒙
太奇"手法最大的好处即在于制造悬念。小说一开始并没有正面讲述小环
不能生养的故事，直到第二章谜底才被揭开，原来她不能生养是被日本人
所害。通过两个不同场面的描写，作者才将小环不能生养的原因公之于
众，将事情发生的过去和事情讲述的现在巧妙地衔接起来构成了蒙太奇的
艺术手法。作者在讲述多鹤被张家买回家的经过时也是运用蒙太奇的手
法：第一章讲述了张家从保安团手里怎样挑选了多鹤，多鹤怎样在麻袋里
被张家三口运回了家；第九章，多鹤回忆起多年以前在麻袋里的所感所
想；第十四章，多鹤又一次回忆起自己在麻袋里跟张俭的第一次见面。多
鹤和张俭初次相遇这一个事件，被作者分成了三个镜头，在三个不同章
节、三个不同时间背景下交代给读者，这种典型的蒙太奇手法，契合了现
代社会中碎片化的阅读心理支配下的读者阅读习惯，这也使该小说更有利
于被改编成影视剧。从小说的角度看，跳跃式组接虽然使小说情节呈现出
断裂的不完整状态，但读者正是在这种断裂中感到悬念迭起的。读者的整
个阅读过程充满了惊异与意外。在阅读的过程中，读者要主动积极地参与
进来，记忆各条线索，然后把这些断开的线索或场面按原来的时间顺序重
新组接，从而形成一种强烈的代入感。而这种特点，也正契合了影视剧制
造悬念以吸引观众的本质要求，从而便于使其从小说改编为影视剧作品。

　　其次，在影视剧中，"平行蒙太奇"作为一种叙事手段，实质上体现
了揭示事物本质的一种思维方法，它不是将本质直接地、说教地指点出
来，而是通过将相似现象的并置对照来暗示其本质。严歌苓在小说中往往
是通过"平行蒙太奇"手法，将两条以上的情节线索同时发展，使其在相
互映衬与对比中产生强烈的艺术效果。譬如，在长篇小说《陆犯焉识》
中，以主人公"我"的祖父陆焉识被捕的1954年为界点，将其在1954年
之前的生活和1954年被捕之后的生活平行叙述并加以对比。一方面，小说
一开篇描写的是在西北沙漠监狱中服刑的"我"祖父的现实生活；另一方
面，将祖父陆焉识被捕之前的生活一一展开。正如普多夫金所言："蒙太

奇就是要揭示出生活中的内在联系，思想越广阔，思想体现得越深刻，那就越需要运用已经发现的蒙太奇手法，而且越需要发现新的蒙太奇手法。"① 通过"平行蒙太奇"手法，小说形成了历史与现实、过去与现在两条线索既平行发展又相互交错的结构，从而将个人命运投入到浩荡时代的大背景之下，使人的现实遭遇与人物性格之间的关系构成强烈的张力，凸显出宏大历史对个人命运的影响乃至支配作用，以及个体生命在时代重压之下的坚守、无奈、挣扎和抗争。也正是因为严歌苓小说有了这种影视化的特质，因此极易被成功改编为影视剧作品。

三、特写电影镜头的运用

镜头是构成电影的基本要素，为观众呈现出不同的银幕景象。美国文学理论家利昂·塞米利安曾这样说过："技巧成熟的作家总是力求在作品中创造出行动正在持续进行的客观印象，有如银幕上的情景。"② 特写是现代影视作品中最常使用到的镜头语言，严歌苓的小说中就经常出现大量的"特写镜头"，这大大增强了小说的可视性。正所谓"一部优秀的影片可以通过它的特写来解释我们多音部生活中最隐秘的细节……优秀的特写都是富有抒情意味的，它们作用于我们的心灵，而不是眼睛"③。在《雌性的草地》的序言中，严歌苓也说："在故事的正叙中，我将情绪的特别叙述肢解下来，再用电影的特写镜头，把这段情绪若干倍放大，夸张，使不断向前发展的故事总给你些惊心动魄的停顿，这些停顿使你的眼睛和感觉受到比故事本身强烈许多的刺激。"④ 正是通过特写镜头对具体而微的细节进行深入刻画，作品才能在细节的真实中产生强烈的艺术感染力。

---

① ［苏联］普多夫金著，多林斯基编注，罗慧生、何力等译：《普多夫金论文选集》，北京：中国电影出版社 1985 年版，第 153 页。

② ［美］利昂·塞米利安著，宋协立译：《现代小说美学》，西安：陕西人民出版社 1987 年版，第 9 页。

③ ［匈］巴拉兹著，何力译：《电影美学》，北京：中国电影出版社 2006 年版，第 45 页。

④ 严歌苓：《雌性的草地》，沈阳：春风文艺出版社 1998 年版，第 3 页。

一个年轻媳妇站起来，头低着，木木地朝男人那边走。她叫蔡琥珀，是前年嫁过来的，怀头一胎时，摇辘轳把打井水手软了，辘轳把打回来，打掉了肚子里六个月的男孩。第二胎生的是个闺女，从此公婆就叫她拉磨，把牲口省下，天天放在野地吃草。她走了五六步，停下，把怀里抱的闺女送到她婆婆手里。这时她抬起头来。男人们从来没见过她眼睛什么样儿，她老把它们藏在羞怯、谦卑，以及厚厚的肿眼泡后面。这回他们看见了她的眼睛了。她的眼睛原来也跟黑琉璃珠搁在白瓷棋子上一样，圆圆的好看。她把这双眼在他们身上走了一遍，又藏到眼皮后面去了。然后她脚步快起来，走过头一排男人，跟她男人照面也不打就错了过去。她低头埋脸，扯上那个三十来岁的"老八"就走。……蔡琥珀把汉子领到场子南边，眼一黑，头栽在汉子的肩上。①

在小说《第九个寡妇》中，与王葡萄认领自己真正的丈夫不同，蔡琥珀放弃了自己的丈夫，认领了一个八路军。小说中运用了特写的手法，通过"头低着"、"木木地"、"藏"、"低头埋脸"这些具体而微的细节描写，将妻子的不舍、挣扎和内心的痛苦呈现出来。

在小说《天浴》中，文秀为回城，不断出卖自己的身体，老金对此无计可施，只能施以无言的反抗：

每天老金回来，总看见帆布帘下有双男人的大鞋。有次一只鞋被甩在了帘子外，险些就到帐篷中央的火塘边了。老金掭起火钳子，夹住那鞋，丢在火里面。鞋面的皮革被烧得吱溜溜的，立刻泌出星点的油珠子。然后它扭动着，冒上来黏稠的烟子，渐渐发了灰白。一帐篷都是它的瘟臭。老金认识这鞋，场里能穿这鞋烧包的没几个。场党委有一位，人事处有两位。就这些了。②

---

① 严歌苓：《第九个寡妇》，北京：作家出版社 2006 年版，第 4～5 页。

② 严歌苓：《天浴》，见《谁家有女初长成》，北京：中央编译出版社 2002 年版，第 11 页。

从表面看，这段文字近似影视艺术中的特写镜头，但其实严歌苓已经在运用道具来表达深刻含义。鞋在此象征数量与身份。而且，这段文字在改编时，为了传递总有男人到访的残酷事实，势必要多次重复不同的"鞋"的画面，这种文字中重复的特写镜头，蕴含的画面感和情感内容是非常丰富的。在电影《天浴》中，这段经典段落确实得到了保留和很好的运用。

正是因为特写镜头在塑造人物形象、展示人物内心活动和表达小说主旨中的重要作用，严歌苓特别注重在小说中描写细节。而改编自严歌苓小说的影视剧，正是通过特写镜头，将人与物从周围环境中凸显出来，突出其特征，成为具有独特意义的"这一个"，构成强烈而清晰的形象，突出表达作者的情感，从而很好地强化并升华小说的主题，吸引大众的注意力。

第二节　改编自严歌苓小说的影视剧取得成功的文化产业原因

1993 年，由史铁生、莫言、余华、苏童、贾平凹、格非等 11 位主流纯文学作家"组团"担当编剧，创作 20 集电视连续剧《中国模特》的事件，既标志性地反映出传统小说家集体性改变对影视剧为代表的大众文化形态批判的态度，有意识、有组织地从事大众文化生产行为的肇始，同时其"波澜不惊"的市场反应也印证了包括电影、电视在内的大众文化有其自发的内在规律，这说明文学成功与商业成功之间并不存在必然的联系。而纵观严歌苓小说被改编为影视剧的过程，鲜有未获得商业成功的。通过客观分析我们发现，严歌苓小说本身在题材方面的传奇性，以及艺术表现手法方面所呈现出来的影视化特质，是其易被改编为影视剧并取得商业成功的前提条件。除此之外，有效迎合、充分利用文化产业的规律，是改编自严歌苓小说的影视剧取得商业成功的最根本的原因。

法兰克福学派的阿多诺和霍克海默最早在 1947 年出版的《启蒙辩证法》一书中提出"文化产业"的概念。他们认为，文化产品在工厂中凭借现代科学技术手段，以标准化、规格化的方式被大量生产出来，并通过电影、电视、广播、报纸、杂志等大众传播媒介传递给消费者，最终使文化不再扮演激发否定意识的角色，反而成为统治者营造满足社会现状的控制工具。① 与最初的革命批判意义相左，"文化产业"这一概念在市场经济语境中，既蕴含着传播思想的社会价值，又显露出文化消费的广阔前景。

　　一方面，作为纯文学作家的严歌苓认为："文学用影视剧来宣传，这很悲哀。"② 她甚至更为尖锐地说道："我一直希望影视和文学是分开的，把我看成影视的供应者，是把我贬低了。如果文学向影视挂靠，那么文学就是在边缘化。"③ 而另一方面，严歌苓又清醒地认识到："文学需要审美主体非常主动地去进行这项审美活动，看电影可以懒一点，稍微被动一点，因为它的媒体非常生动，是全方位进入人的所有感官的一种媒介。"④ 正是基于对影视作品本身特点和时代发展客观规律的认识，严歌苓认为："电影在很多艺术手段上是优越于小说的。视觉上它给你的那种刹那间的震动，不是文字能够达到的。就好像你看到一块皮肤冒出汗珠的那种感觉，文字一写就俗了。"正是有了对文化产业发展规律的清晰认识和正面态度，基于严歌苓小说而被改编的影视剧均取得了巨大的成功。

　　对于影视剧制作者而言，高知名度的作家及其作品，是保证相关影视改编作品能够取得商业成功的重要保证。美国电影剧作家温斯顿指出："对于那些在好莱坞经营电影企业的满脑袋生意经的制片商来说，小说特别是畅销小说，始终强烈吸引着他们去把它拍摄成电影。正是由于小说中的人物和故事已经在读者中经受了检验，因此在影片尚未制成之前，就已经预售了。所以从经济观点来看，将一部畅销小说改编成电影不会冒什么风险。"⑤ 因此，"事实上，单单改编作品的作家名字就足以在广告上

---

① ［德］阿多诺、霍克海默著，洪佩郁、蔺月峰译：《启蒙的辩证法》，重庆：重庆出版社1990年版。

② 严歌苓：《文学用影视剧来宣传很悲哀》，《南方日报》，2009年11月17日。

③ 秦华：《身不由己做影视——访作家严歌苓》，《郑州日报》，2012年2月24日。

④ 严歌苓：《十年一觉美国梦》，《上海文学》2005年第6期。

⑤ ［美］D. G. 温斯顿著，周传基、梅文译：《作为文学的电影剧本》，北京：中国电影出版社1983年版，第25页。

确保电影的质量"①。就严歌苓而言，丰富的人生经历、传奇的家族故事、海外求学经历、跨国婚姻生活，使其具有了较高的知名度。自参加文学创作以来，严歌苓的小说作品和相关影视作品在海内外就屡获大奖：《绿血》获 1987 年"全国优秀军事长篇小说奖"；《一个女兵的悄悄话》获 1988 年"解放军报最佳军版图书奖"；《除夕甲鱼》获 1991 年台湾"洪醒夫文学奖"；《少女小渔》获 1991 年"中央日报文学奖"短篇小说一等奖，由导演张艾嘉改编成电影的《少女小渔》获 1995 年第四十届"亚太国际电影节"最佳编剧等五项大奖；《学校中的故事》获 1992 年"亚洲周刊小说奖"第二名；《女房东》获 1993 年"中央日报文学奖"短篇小说一等奖；《红罗裙》获 1994 年"中国时报文学奖"短篇小说评审奖；《海那边》获 1994 年"联合报文学奖"短篇小说一等奖；《扶桑》获 1995 年"联合报文学奖"长篇小说奖；《天浴》获 1996 年台湾"全国学生文学奖"短篇小说一等奖，英译版获美国哥伦比亚大学"最佳实验小说奖"。由严歌苓编剧、著名影星陈冲执导的影片《天浴》，荣获 1998 年"台湾电影金马奖"七项大奖，包括最佳编剧奖，次年获"美国影评人协会奖"；《人寰》获 1998 年第二届"中国时报百万小说奖"，获 2000 年"上海文学奖"；《谁家有女初长成》获 2000 年《北京文学》下半年"中国当代文学作品排行榜"中篇小说组第一名，中国小说学会"2000 年度中国小说排行榜"中篇小说组第四名；《白蛇》获 2001 年第七届"十月（中篇小说）文学奖"；《第九个寡妇》获得第五届"华语文学传媒大奖"② 2006 年度小说家提名；长篇小说《小姨多鹤》在 2008 年被评为《当代》长篇小说"五年最佳小说"，居中国小说学会"年度小说排行榜"长篇小说组第一名，同时严歌苓凭此小说被评为新浪网络盛典年度作家，在 2009 年该作品又被评选为首届"中山杯华侨文学奖"最佳小说，被收录进"新中国 60 年中国最具影响力的 600 本书"；《赴宴者》获华裔美国图书馆协会"小说金奖"，被评选为美国亚马逊网站五星级图书，2010 年荣获第三届"中国小说协会

---

　① ［法］卡尔科·马塞尔、克莱尔著，刘芳译：《电影与文学改编》，北京：文化艺术出版社 2005 年版，第 7 页。

　② "华语文学传媒大奖"又称"华语文学传媒盛典"，由《南方都市报》发起，《南方都市报》和《南都周刊》联合主办。

长篇小说奖"等。再加上新时期以来，严歌苓在影视剧创作中，与包括陈凯歌、张艺谋、陈道明、巩俐等知名导演和演员合作，其本身已经取得了符号化的位置，其作品的阅读过程业已成为接受一定教育的大众获得一种社会主流阶层的心理满足和认同的过程。

在前工业时代，当"普通百姓还是为柴米油盐忙活，哪里顾得上什么精神"① 的时候，小说等纯文学作品以其充满距离感和较高的阅读审美要求的标准，将精英阶层与寻常百姓之间的距离凸显出来。进入全球范围的消费文化崛起的时代，包括影视在内的文化产品，其价值主要体现为产品所负载的附加值，已成为了一种体现、表示或隐喻某种价值规范的符号系统，甚至在某种程度上更是演化为一种被建构，同时又自我重塑的符号象征，为目标受众界定出一系列关于生活品质、社会品位、美好生活的表征。正如英国学者西莉亚·卢瑞在《消费文化》中所指出的那样："（消费文化中）商品成为提供社会身份信息的来源和社会意义的载体。它们能够创造或规定文化意念和信仰。"② 基于严歌苓小说改编而成的影视剧，其受众的界定不是像传统纯文学那样的窄众，而是宽众。制片人张伟平曾说："片子需要观众的支持，不是拍给专家看的。电影一定要把它做成全民运动，必须给观众提供一个强烈的信息，给他一个参与的机会。"③ 正是在这样一种理念下，通过名导演名演员为内容的明星宣传、植入式广告宣传、用户口碑的病毒式营销，数以百万计的受众被纳入到影视剧宣传营销的"议程设置"中来。具体来说，已经取得社会主流价值观认同、被赋予种种"标签"的影视剧作品，往往容易吸引消费时代中稀缺的"注意力经济"，因为观众通过欣赏影视剧的行为，被赋予了一种接受"想象的共同体"，即社会主流价值观的行为，个体以此取得了想象中的社会认同，从而产生一种精神愉悦。在这样一种文化消费心理下，2011 年末，"严歌苓

---

① 张晓晶：《当经济学不再时髦》，见《经济学家茶座》（第45辑），济南：山东人民出版社 2010 年版。

② ［英］西莉亚·卢瑞著，张萍译：《消费文化》，南京：南京大学出版社 2003 年版，第 12 页。

③ 蔡尚伟主编：《影视传播与大众文化：文化工业时代的影视方法论》，成都：四川大学出版社 2005 年版，第 361 页。

原著"、"严歌苓改编"等标签已经赋予了消费者"观看"《金陵十三钗》这一"行为本身"以特定阶层的身份确认等观影行为之外的附加值。正是在这样一种审美动机下，《金陵十三钗》上映两周就获得了 3.2 亿元的票房收入，最终在商业和社会评价两方面都大获成功。

第三节　影视创作对严歌苓小说的负面影响

严歌苓从事文学和影视创作活动的过程可以被视为一种跨界创作的过程，而这种从一种艺术形式（小说）跨越到别种艺术形式（电影、电视）的过程，必然涉及不同类型艺术之间的互相影响和得失。关于这种在小说和影视之间跨界活动所隐含的利与弊的争论，从这种现象甫一出现的时候就开始了。争论主要集中在影视创作对文学创作的艺术性有哪些反作用的问题上。从理论上进行分析，影视之于文学的负面影响，表现为一种泛影视化的趋势，这具体表现为话语的程式化和精神内核上的大众化。

一、小说话语的泛程式化

任何一种文学形态都有其特定话语系统，以此作为区别于他种艺术形态和种类的本质属性。不同种属的文学形态，如诗歌、散文、戏剧、小说、影视文学各有其话语特点，有着非此即彼的话语系统。就小说与影视文学而言，二者的话语系统有明显的差异：其一，在人物形象塑造上，小说通过语言文字，诉诸读者想象和联想，具有间接性；影视文学则是诉诸具体的画面，具有直接性。其二，在叙述事件时，小说可以是断裂的，以作者的意志为转移；而影视文学则以情节为主导，矛盾的展开伴随着情节的进行。然而，影视技术所带来的复制技巧，使原本高度个性化的精神活动——小说创作，在题材选择、主题表现、人物塑造、情节营造、语言运用等方面进入到影像复制的误区。相对于纯文学所具有的个人性、私密性和不可复制性等特点，电影电视剧先天具有工业产品易复制性等属性。本雅明在《机械复制时代的艺术作品》中就指出了机械复制对于小说等艺形式的危害："在对艺术作品的机械复制时代凋谢的东西就是艺术品的韵味。……复制技术把所复制的东西从传统领域中解脱了出来。由于它制作了许许多多的复制品，因而它就用众多的复制物取代了独一无二的存在。"① 莫言在反思小说创作与影视表现的关系时谈道："我认为写小说就要坚持原则，决不向电影和电视剧靠拢"，"越是迎合电影、电视写的小说，越不会是好的小说，也未必能迎来导演的目光"，"写小说不特意追求通俗性、故事性"。② 而就影视创作活动之于文学创作的危害性给予最决绝批判的是黄发有在 2004 年发表于《文艺争鸣》上的一篇文章——《挂小说的羊头卖剧本的狗肉》。该文指出当前小说创作不过是挂着小说的名义，实则是为影视而进行的剧本写作而已。至此，小说创作不再是一种个人行为，而是现代科技、影视技术、文化产业集体劳作的结果。其创作活动被纳入影视工业化生产流程，思维、想象、联想、感悟等都受到一定程度的抑制。这一切都突出地反映在话语的程式化等方面。

　　尽管也存在着小众的文艺电影，但是商业电影是电影的主流。而电视则更是以收视率为衡量其节目成功与否的重要标准。与电影电视商业性至上、艺术性服务于商业性的特点相比，小说作为纯文学作品具有在精神内核上的革命性和批判性。电影艺术大师安德烈·巴赞曾说："作品的文学素质越是重要，越是关键，那么改编作品就越是难以和它相媲美。"③ 这也就注定了在小说基础上改编而成的影视作品，难以取得与小说相当的思想深度和人文价值。实际上，严歌苓对影视之于小说的副作用有着清醒的认识。严歌苓曾经表达过"文学就是文学，文学的魅力就是文字能体现的最好，历史上有很多小说作为文字文本是非常杰出的，变成影视艺术后就不杰出了"④，正是有感于"电影和电视带给你如此大的收益，你就会不自觉

---

① [德] 本雅明著，王才勇译：《机械复制时代的艺术作品》，北京：中国城市出版社 2001 年版，第 10 页。

② 莫言：《小说创作与影视表现》，《文史哲》2004 年第 2 期，第 121 页。

③ [美] D. G. 温斯顿著，周传基、梅文译：《作为文学的电影剧本》，北京：中国电影出版社 1983 年版，第 34 页。

④ 严歌苓：《把我看成影视的供应者，就把我贬低了》，《华商晨报》，2011 年 12 月 11 日。

地去写作它们所需要的作品，这有时候对文学性是一种伤害。我将会写作一些'抗拍性'很强的作品，所谓的'抗拍性'，就是文学元素大于一切的作品，它保持着文学的纯洁性"①。即便如此，严歌苓还是没有拒绝影视产业抛过来的橄榄枝，还是保持着与影视产业的密切联系。这种影视之于文学的影响突出地表现为严歌苓小说创作的特点，即色彩感、镜头感等影视化要素，同时这种过于强烈和频繁的影视化特征所产生的小说话语方式的程式化特点，无疑也影响着严歌苓小说向更深层次小说艺术的迈进。

二、小说精神内核的趋大众化

正如英国小说家莫里斯·贝耶指出的那样："现在人们强调的是现代文学和现代电影的相互渗透，如今人们已分不清哪种艺术首创一个观念或一种技巧，哪种艺术是立刻拿过来用于自己的目的。"② 如果说当代小说和影视作品之间在艺术表现手法上的互相借鉴和趋同是技术层面的战术选择，那么小说在精神内核上大众化则是文学在形而上层面对大众文化的迁就。

就严歌苓小说被改编为影视的创作实践而言，小说《少女小渔》发表五年后，严歌苓编剧并由张艾嘉导演、刘若英主演的同名电影获1995年第四十届"亚太国际电影节"最佳女主角、最佳电影、最佳编剧、最佳美术及最佳音响共五项大奖。值得注意的是，改编后的电影《少女小渔》成为一部展现女性意识觉醒的电影，与小说的主题有了很大的不同，电影中的故事背景由悉尼变成了纽约，人物的角色和关系则发生了本质的变化。小说中那个生活无着、拉琴卖艺的意大利老头在电影里成了一个生活潦倒却具有思想深度的左派作家马里奥，小说中的小渔以她东方式的善良宽容拯救了意大利老头，甚至成为老头的生命支撑，显示出弱者的内在强大，而电影中的小渔虽然同样以她东方式的善良宽容感动了马里奥，但她更多的

---

① 严歌苓：《我要写"抗拍性"强的作品》，《长江日报》，2012年10月14日。

② 张卫：《电影与文学的交叉点和分歧点》，见《电影的文学性讨论文选》，北京：中国电影出版社1987年版，第260页。

是一个需要以马里奥为象征的西方思想启蒙的东方少女，她努力学习外语，能以一口流利的英语与马里奥交流。语言的交流是不同文化身份的人进行沟通的条件，学习对方的语言是主动进入对方文化的开始，小渔与老头马里奥在没有语言障碍的沟通中探讨生活、爱情甚至理想，老头告诉小渔不要仅仅为他人而活，应该学会尊重自己的感觉，这个在小说中连姓名都没有的落泊老人却在电影里成为小渔的启蒙者，他以西方的思想、价值观念启发这个来自东方的少女，小渔在他的启蒙下开始了女性自我意识的觉醒，小说中的"地母"形象也被消解成一个命运不济但善良懂事、向往"文明"的东方少女，她在西方智者的启蒙下成为一个被拯救的名副其实的弱者。演员刘若英在她的这部处女作中演绎的小渔时常以游移的目光注视着马里奥，表现出思考自我和人生的迷茫，于是，西方能够带来智慧之光并启迪东方弱者的优越感在小渔对马里奥的回应中得到印证。电影对小说人物关系的置换是"东方主义"的一个恰到好处的注解，相比小说更符合西方人的视角和观念，这虽不是严歌苓在留美初期创作的少女小渔，却也是作家在定居美国多年之后通过电影所要表现的小渔，这个女性形象因符合某种"刻板印象"而使电影获得更大程度的认可，从而好评如潮，演员刘若英在电影中成功地演绎了一个被西方文化启蒙的小渔并因此获得声誉，但电影中女性意识觉醒的主题与小说的文化内涵已大不相同。电影《归来》节选自长篇小说《陆犯焉识》的一个片段。小说的主题是深刻的，反映的是特殊时代背景下宏大客体和人的主体性之间的控制与反控制、异化与反异化的深刻主题。到了电影当中，一方面因为只节选小说结尾的一个切面，难以全面反映小说的宏大主题，另一方面出于对敏感故事题材的回避，特殊的时代环境被抽离出来成为一个背景存在，如此一来电影《归来》的主题被弱化为一个特殊环境下几十年不离不弃的爱情和亲情故事。这样一个并不新奇和深刻的电影主题，在陈道明和巩俐精湛的表演下，竟也具有了感人至深的魅力，从而取得了影片票房和社会口碑方面的双赢。

结　语

随着技术的日新月异，泛图像化的时代已经愈发清晰地成为生活的现实，传统小说及其小说所力图反映的客观现实世界逐渐成为一种镜像。在这样一种大趋势下，文学的泛影视化趋势已经日益成为现实。严歌苓小说所蕴含的诸多影视化特点反映的正是这种现实。但是，现实并不代表理所当然，更不代表不可置疑。在影视作品充当压力阀，满足并释放当代人生存焦虑的同时，小说和其他的纯文学作品也应该继续发挥着守望人类精神家园的作用。虽然，二者之间的互相借鉴和共融互生是一种常态和现实。

在我们这样的时代，既不应该以文化评价去取代经济评价，仿佛谁强调票房谁就是低俗，谁不讲票房谁就是高尚；也不应该无条件地认同经济评价，用影视作品票房的多少来取代文学作品思想的深度。这是因为，"改编不是简单地从一部作品到另一部作品的转换，而是创作另一部有自己深度、自己活力、自己自主权的新作品"①。从小说改编为影视作品的过程，实则是一种内化小说的精神内核，并以一种与消费文化妥协的姿态，将其转型为大众能够接受和认可的形式的过程。严歌苓小说改编为影视作品的过程，实则也是一个再创造的过程，即便编剧是严歌苓本人。正如乔治·布鲁斯东在《从小说到电影》一书中所言："小说是一种语言艺术，而电影基本上是一种视觉艺术。……在根据小说拍摄的影片中，许多'小说化'的因素不可避免地被抛弃了。……在这一意义上，影片摄制者不过是将小说当作素材，最后创造出自己独特的结构。"② 从这个意义上看，影视作品对小说的主旨起着增幅器和变流器的作用，虽然这种作用囿于影视

---

① [法]莫尼克·卡尔科·马塞尔、让娜·玛丽·克莱尔著，刘芳译：《电影与文学改编》，北京：文化艺术出版社2005年版，第122页。

② [美]乔治·布鲁斯东著，高骏千译：《从小说到电影》，北京：中国电影出版社1981年版，第2页。

作品的固有属性而多少打了折扣。"如果要使电影化的想象在小说里成为一种正面的力量，就必须把它消解在本质上是文学的表现形式之中，消解在文学地'把握'生活的方式之中。换句话说，电影对小说的影响只有在这样的前提下才是有益的，即小说仍是真正的小说，而不是冒称小说的电影剧本。"① 正是为了影视的蓬勃发展，小说更应该是小说，而非泛影视化的影视剧本，更应该保持小说作为一种与众不同的艺术类型的对象感。我们希望严歌苓的小说既是纯粹的小说，也能被改编为精彩的影视作品。因为，二者我们都需要。

---

① ［美］爱德华·茂莱著，邵牧君译：《电影化的想象——作家和电影》，北京：中国电影出版社 1989 年版，第 302 页。

参考文献

1. ［荷］D. 佛克马、E. 蚁布思著，俞国强译：《文学研究与文化参与》，北京：北京大学出版社 1996 年版。

2. ［美］詹姆逊：《詹姆逊文集》（第 2 卷），见王逢振主编：《批评理论和叙事阐释》，北京：中国人民大学出版社 2004 年版。

3. ［英］大卫·休谟著，关文运译：《人性论》，北京：商务印书馆 1996 年版。

4. ［法］西蒙娜·德·波伏娃著，陶铁柱译：《第二性》（全译本），北京：中国书籍出版社 1998 年版。

5. ［美］罗伯特·帕克：《种族与文化》，纽约：纽约自由出版社 1950 年版。

6. ［德］黑格尔著，王造时译：《历史哲学》，北京：商务印书馆 1963 年版。

7. ［美］爱德华·W. 萨义德著，王宇根译：《东方学》，北京：生活·读书·新知三联书店 1999 年版。

8. ［美］苏珊·S. 兰瑟著，黄必康译：《虚构的权威：女性作家与叙述声音》，北京：北京大学出版社 2002 年版。

9. ［英］弗吉尼亚·吴尔夫著，贾辉丰译：《一间自己的房间》，北京：人民文学出版社 2013 年版。

10. ［英］玛丽·伊格尔顿编，胡敏、陈彩霞、林树明译：《女权主义文学理论》，长沙：湖南文艺出版社 1989 年版。

11. ［美］约瑟芬·多诺万著，赵育春译：《女权主义的知识分子传统》，南京：江苏人民出版社 2003 年版。

12. ［美］厄尔·迈纳著，王宇根、宋伟杰等译：《比较诗学——文学理论的跨文化研究札记》，北京：中央编译出版社 1998 年版。

13. 饶芃子等著：《中西小说比较》，合肥：安徽教育出版社 1994 年版。

14. 饶芃子、费勇：《本土以外：论边缘的现代汉语文学》，北京：中国社会科学出版社 1998 年版。

15. 饶芃子等著：《中西比较文艺学》，北京：中国社会科学出版社 1999 年版。

16. 饶芃子：《比较诗学》，西安：陕西师范大学出版社 2000 年版。

17. 饶芃子：《世界华文文学的新视野》，北京：中国社会科学出版社 2005 年版。

18. 饶芃子主编：《流散与回望》，天津：南开大学出版社 2007 年版。

19. 乐黛云、张辉主编：《文化传递与文学形象》，北京：北京大学出版社 1999 年版。

20. 张京媛主编：《新历史主义与文学批评》，北京：北京大学出版社 1993 年版。

21. 孟华主编：《比较文学形象学》，北京：北京大学出版社 2001 年版。

22. 王岳川：《中国镜像：90 年代文化研究》，北京：中央编译出版社 2001 年版。

23. 叶舒宪：《原型与跨文化阐释》，广州：暨南大学出版社 2002 年版。

24. 孟悦、戴锦华：《浮出历史地表：现代妇女文学研究》，北京：中国人民大学出版社 2004 年版。

25. 刘登翰：《双重经验的跨域书写：20 世纪美华文学史论》，上海：上海三联书店 2007 年版。

26. 黄万华：《文化转换中的世界华文文学》，北京：中国社会科学出版社 1999 年版。

27. 黄万华主编：《美国华文文学论》，济南：山东文艺出版社 2000 年版。

28. 顾圣皓、钱建军主编：《北美华文创作的历史与现状》，广州：暨南大学出版社 1999 年版。

29．陈贤茂主编：《海外华文文学史》，厦门：鹭江出版社1999年版。

30．公仲编著：《世界华文文学概要》，北京：人民文学出版社2000年版。

31．黄万华主编：《多元文化语境中的华文文学》，济南：山东文艺出版社2004年版。

32．陈瑞琳：《横看成岭侧成峰——北美新移民文学散论》，成都：成都时代出版社2006年版。

33．王德威：《想象中国的方法：历史·小说·叙事》，北京：生活·读书·新知三联书店1998年版。

34．王列耀：《隔海之望：东南亚华人文学中的"望"与"乡"》，北京：中国社会科学出版社2005年版。

35．钱超英：《"诗人"之"死"：一个时代的隐喻》，北京：中国社会科学出版社2000年版。

36．赵稀方：《小说香港》，北京：生活·读书·新知三联书店2003年版。

37．蒲若茜：《族裔经验与文化想象》，北京：中国社会科学出版社2006年版。

38．陈涵平：《北美新华文文学》，银川：宁夏人民出版社2006年版。

39．李亚萍：《故国回望——20世纪中后期美国华文文学主题研究》，北京：中国社会科学出版社2006年版。

40．陈志红：《反抗与困境：女性主义文学批评在中国》，杭州：中国美术学院出版社2002年版。

41．庄园编：《女作家严歌苓研究》，汕头：汕头大学出版社2006年版。

附录　严歌苓作品

一、图书作品

（一）长篇小说

1. 《绿血》，1986 年 1 月发表于《昆仑》杂志，解放军文艺出版社 1986 年 4 月出版。

2. 《一个女兵的悄悄话》，解放军文艺出版社 1987 年 8 月出版，同时由《西南文艺》发表，春风文艺出版社 1998 年 10 月出版。

3. 《雌性的草地》，解放军文艺出版社 1989 年 2 月出版，台湾尔雅出版公司 1993 年 12 月出版，春风文艺出版社 1998 年 10 月出版，当代世界出版社 2003 年 10 月出版。

4. 《草鞋权贵》，台湾中央日报副刊 1992 年连载，台湾三民书局出版，春风文艺出版社 1998 年 10 月出版。

5. 《扶桑》，联经出版事业公司 1996 年年初出版，同时由香港天地出版公司出版，中国华侨出版社 1996 年出版，1998 年再版，春风文艺出版社 1998 年 10 月出版，上海文艺出版社 2002 年 6 月出版。

6. 《人寰》，台湾时报出版有限公司 1998 年年底出版，同时由文学杂志《小说界》在大陆刊载；上海文艺出版社 1998 年 10 月出版。

7. 《无出路咖啡馆》，台湾九歌出版有限公司 2001 年 8 月出版，百花文艺出版社 2001 年出版。

8. 《花儿与少年》，昆仑出版社 2004 年出版。

9. 《穗子物语》，广西师范大学出版社 2005 年 4 月出版。

10. 《第九个寡妇》，作家出版社 2006 年 3 月出版。

11. 《一个女人的史诗》，湖南文艺出版社 2006 年 5 月出版。

12. 《马在吼》，昆仑出版社 2007 年 1 月出版。

13. 《灰舞鞋》，江苏文艺出版社 2013 年 6 月出版。

14. 《霜降》，北京联合出版公司 2013 年 7 月出版。

15. 《补玉山居》，北京联合出版公司 2013 年 7 月出版。

16. 《毕业歌》，江苏文艺出版社 2013 年 11 月出版。

17. 《陆犯焉识》，作家出版社 2014 年 5 月出版。

18. 《寄居者》，天津人民出版社 2014 年 7 月出版。

（二）中、短篇小说集

1. 《红罗裙》，台湾九歌出版公司 1993 年 10 月出版。

2. 《少女小渔》，台湾尔雅出版社 1993 年 7 月出版。

3. 《倒淌河》，三民书局出版公司 1997 年出版。

4. 《失眠人的艳遇》，中国中川文艺出版社 1997 年 8 月出版。

5. 《洞房·少女小渔》，春风文艺出版社 1998 年 10 月出版。

6. 《人寰草鞋权贵》，春风文艺出版社 1998 年 10 月出版。

7. 《白蛇橙血》，春风文艺出版社 1998 年 10 月出版。

8. 《风筝歌》，台湾时报出版公司 1999 年出版。

9. 《谁家有女初长成》，台湾三民书局出版公司 2000 年 8 月出版，并由中国《当代》、《小说月报》、《中篇小说选刊》等六个文学报刊发表、转载。

10. 《也是亚当，也是夏娃》，中国华文出版社 2000 年 1 月出版。

11. 《谁家有女初长成》，中央编译出版社 2002 年出版。

12. 《美国故事》，昆仑出版社 2005 年 1 月出版。

13. 《严歌苓自选集》，山东文艺出版社 2006 年 1 月出版。

14. 《吴川是个黄女孩》，成都时代出版社 2006 年 6 月出版。

15. 《密语者》，台海出版社 2006 年 11 月出版。

16. 《金陵十三钗》，中国工人出版社 2007 年 1 月出版。

17. 《白蛇》，中国工人出版社 2007 年 1 月出版。

（三）文集

《严歌苓文集》（1—7），当代世界出版社 2003 年 1 月出版。

（四）人物传记

《陈冲传》，上海远东出版社 1994 年 11 月版；春风文艺出版社 1998 年

12 月版。

二、获文学、电影奖项作品

1.《绿血》，获 1987 年"全国优秀军事长篇小说奖"。

2.《一个女兵的悄悄话》，获 1988 年"解放军报最佳军版图书奖"。

3.《除夕甲鱼》，获 1991 年台湾"洪醒夫文学奖"。

4.《少女小渔》，获 1991 年"中央日报文学奖"短篇小说一等奖。由导演张艾嘉改编成电影《少女小渔》，获 1995 年第四十届"亚太国际电影节"最佳编剧等五项大奖。

5.《学校中的故事》，获 1992 年"亚洲周刊小说奖"第二名。

6.《女房东》，获 1993 年"中央日报文学奖"短篇小说一等奖。

7.《红罗裙》，获 1994 年"中国时报文学奖"短篇小说评审奖。

8.《海那边》，获 1994 年"联合报文学奖"短篇小说一等奖。

9.《扶桑》，获 1995 年"联合报文学奖"长篇小说奖。

10.《天浴》，获 1996 年台湾"全国学生文学奖"短篇小说一等奖。英译版获美国哥伦比亚大学"最佳实验小说奖"。由严歌苓编剧、著名影星陈冲执导的影片《天浴》，荣获 1998 年第三十五届"台湾电影金马奖"七项大奖，包括最佳编剧奖。获 1999 年"美国影评人协会奖"。

11.《人寰》，获 1998 年第二届"中国时报百万小说奖"，获 2000 年"上海文学奖"。

12.《谁家有女初长成》，获 2000 年《北京文学》下半年"中国当代文学作品排行榜"中篇小说第一名，中国小说学会"2000 年度中国小说排行榜"中篇小说第四名。

13.《白蛇》，获 2001 年《十月》主办的第七届"十月（中篇小说）文学奖"。

14.《第九个寡妇》，第五届"华语文学传媒大奖"2006 年度小说家提名。（由《南方都市报》发起，《南方都市报》和《南都周刊》联合主办，又称"华语文学传媒盛典"。）

三、中国大陆报刊作品（1980—2007年）

1. 《残缺的月亮》，《戏剧与电影》1980年第3期。

2. 《七个战士和一个零》，《收获》1981年第3期。

3. 《无词的歌》，《电影作品》1981年第1期。

4. 《腊姐》，《青春》1982年第7期。

5. 《血缘》，《青春》1983年第9期。

6. 《父与女》，《电影新时代》1983年第4期。

7. 《"歌神"和她的十二个月》，《青年文学》1984年第3期。

8. 《芝麻官与芝麻事》，《青春》1984年第2期。

9. 《大歌星》，《广州文艺》1988年第6期。

10. 《你跟我来，我给你水喝》，《花城》1988年第1期。

11. 《方月饼》，《上海文学》1992年第10期。

12. 《失眠人的艳遇》，《上海文学》1993年第4期。

13. 《女房东》，《上海文学》1993年第9期。

14. 《大陆妹》，《中国作家》1993年第2期。

15. 《抢劫犯查理和我》，《小说界》1994年第3期。

16. 《茉莉的最后一日》，《小说界》1995年第4期。

17. 《我的美国同学与老师》，《北京文学》1995年第8期。

18. 《约会》，《小说界》1996年第2期。

19. 《拉斯维加斯的谜语》，《上海文学》1997年第2期。

20. 《丹尼斯医生》，《法律与生活》1998年第1期。

21. 《蛋铺里的安娜》，《法律与生活》1998年第2期。

22. 《美式春节》，《法律与生活》1998年第3期。

23. 《汉尼格老师》，《法律与生活》1998年第5期。

24. 《波西米亚楼》，《法律与生活》1998年第7期。

25. 《芝加哥的警与匪》，《法律与生活》1998年第10期。

26. 《人寰》，《小说界》1998年第1期。

27. 《我为什么写〈人寰〉》，《小说界》1998年第1期。

28. 《无出路咖啡馆》（之二），《上海文学》1998 年第 7 期。

29. 《波西米亚楼》，《作家》1998 年第 10 期。

30. 《风筝歌》，《小说界》1999 年第 1 期。

31. 《青柠檬色的鸟》，《北京文学》1999 年第 1 期。

32. 《阿曼达》，《中国作家》1999 年第 1 期。

33. 《冤家》，《上海文学》1999 年第 2 期。

34. 《也是亚当，也是夏娃》，《北京文学》2000 年第 11 期。

35. 《谁家有女初养成》，《当代》2000 年第 4 期。

36. 《谁家有女初长成》，《北京文学》2001 年第 5 期。

37. 《老人鱼》，《北京文学》2002 年第 11 期。

38. 《呆下来，活下去》，《北京文学》2002 年第 11 期。

39. 《我的"激情休克"》，《时代文学》2002 年第 5 期。

40. 《拖鞋大队》，《上海文学》2003 年第 9 期。

41. 《奇才》，《上海文学》2003 年第 9 期。

42. 《故事外的故事》，《青年文学》2004 年第 9 期。

43. 《白麻雀》，《上海文学》2004 年第 1 期。

44. 《小顾艳传》，《上海文学》2004 年第 7 期。

45. 《十年一觉美国梦》，《华文文学》2005 年第 3 期。

46. 《走笔阿布贾》，《小说界》2005 年第 3 期。

47. 《吴川是个好女孩》，《上海文学》2005 年第 6 期。

48. 《十年一觉美国梦》，《上海文学》2005 年第 6 期。

49. 《金陵十三钗》，《小说月报·原创版》2005 年第 6 期。

50. 《王葡萄：女人是第二性吗？——严歌苓与复旦大学学生的对话》，《上海文学》2006 年第 5 期。

51. 《集装箱村落》，《上海文学》2006 年第 7 期。

52. 《苏安·梅》，《上海文学》2006 年第 7 期。

53. 《热带的雨》，《上海文学》2006 年第 7 期。

54. 《亲历美国纳税人的悲哀》，《中国税务》2006 年第 7 期。

55. 《我们的富饶是故事》，《长篇小说选刊》2006 年第 6 期。

56. 《第九个寡妇》，《长篇小说选刊》2006 年第 6 期。

57. 《第九位寡妇》,《当代》2006 年第 2 期。

58. 《"蛋铺"里的安娜》,《聪明泉》(EQ 版) 2007 年第 5 期。

59. 《蛋铺里的安娜》,《意林》2007 年第 16 期。

60. 《蛋铺里的安娜》,《阅读与鉴赏》2007 年第 2 期。

61. 《密语者》,《北京文学》2007 年第 3 期。

后　记

本书的上编是以我的博士学位论文研究成果为基础修改而成，侧重于严歌苓小说作品评论，下编是我工作之后从事传媒研究与影视评论的部分研究成果，侧重于严歌苓影视作品研究。

严歌苓作为当前北美华文文坛最具实力和影响力的新移民作家，其小说创作屡次在国内外华文文坛引起轰动，并获得诸多国际奖项。近年来，作为旅居海外多年的华文作家，严歌苓与大陆开展了密切的影视改编合作。根据她的小说改编而成的电影《金陵十三钗》、《归来》以及电视剧《小姨多鹤》、《一个女人的史诗》、《第九个寡妇》等多部影视剧在国内外产生了很大反响，甚至成为一种独特的文化现象。她的小说及影视作品值得进行个案分析和深入研究，这是本书研究的出发点。

在研究方法上，本书以跨文化视野和多种研究方法，揭示了严歌苓小说创作和影视作品中独特的艺术成就与文化内涵。作家严歌苓旅居海外多年，具有多重的文化身份和离散的视野，东西方文化冲突及双重身份的视野都会反映在作家的文学创作和影视改编中，仅用本土单一的文学影视批评方法无法探析其作品中因多种文化"对话"而形成的艺术特点。从影视文化研究的角度来分析，我们可以发现严歌苓影视作品的成功自然是与张艺谋、陈凯歌等著名导演的合作以及众多知名演员的加盟密不可分，这些都使得严歌苓小说改编成影视作品之后，具备了更多的影视元素，也在更大程度上满足了影视市场的需求。与此同时，从跨文化的视野进行研究，我们仍然可以发现，作为海外华文作家和编剧，严歌苓的影视作品在改编的过程中虽然与其小说创作有所区别，但在内容上始终具备双重文化的视角，而这正是严歌苓影视作品具有吸引力和影响力的重要原因。当作家经历了多年的海外生活，体会了双重文化和种族身份带来的碰撞，最终具备了西方现代文化的视角，并将此融入其影视改编的过程中之后，即使影视作品是完全的大陆题材，也会因此具有独特的内涵和意义，并为大陆的影视改编带来新的内容和视野。因此，本书于跨文化的研究视野中，在运用比较文学、文化研究、女性主义批评、精神分析等方法梳理东西方文化碰撞下严歌苓小说创作的同时，也同样以跨文化的视角揭示了严歌苓影视作品对中国影视文化的独特贡献，并以期探索海外华文文学影视改编的艺术价值以及中国影视产业新的发展路径。

从 2002 年至今，我在广州学习工作已有 12 年，这期间得到了家人和众多老师、领导、朋友的帮助和鼓励。2005 年，我有幸成为著名学者、博士生导师饶芃子教授的博士生。我从中国现当代文学研究迈向文艺学研究，存在理论水平的局限，而从现当代文学的经典作品研究转向海外华文文学研究，同样也经历了阵痛。饶师从不嫌我资质浅薄，在她的精心培养和悉心指导下，我逐渐进入海外华文文学研究领域，发表了不少学术论文，并于 2008 年成为"优秀博士学位论文"获得者。饶师认真严谨的治学态度、跨界多元的研究方法，以及对学生的悉心指导，对我的学术研究之路产生了深远的影响，即使在毕业之后仍然受益匪浅。

大学的学术传承固然重要，社会的实践引导也不可或缺。当我博士毕业进入广电系统工作之后，我非常幸运地遇到了几位真正具有专业素养并引导我进入传媒领域的好领导，我在学术研究和业务实践中的每一次成长与进步都离不开他们的指导和帮助，于我，他们不仅是值得尊敬的领导，更是引领我进入广电行业从事学术研究和业务实践的导师。

正是原广东电视台台长张惠建招收我进入这个省级电视台，并引导我进入传媒专业的研究和实践的。在我刚入台时他就提供给我一个广阔的平台，让我深入全台各个部门调研学习，从而迅速熟悉电视台的运作模式及各类电视节目的编辑制作，这对于我进入广电行业的专业领域具有非常重要的影响。来集团工作后，我又在他的指引下开展了新媒体的调研和探索，这为我后来从事"媒介融合"方面的研究打下了坚实的基础。当我在新闻中心进行业务实践时，原广东电视台的陈永光副书记和徐惠如副台长亲自指导我如何进行新闻节目的编辑与制作、管理与创新，并对我撰写的新闻专业学术论文进行了肯定。在几年的新闻业务实践中，我不仅撰写了大量的新闻评论，而且参与了多个新闻栏目的编辑与制作，同时发表了一定数量的专业论文，极大地提升了我的业务能力和新闻素养。进入南方传媒集团之后，我同样得到了原党委书记白玲的指导和关心，在她的引领下，我参与了诸多学术著作的编辑和出版，并通过南方传媒研究院结识了一大批传媒界的精英，与他们的多次交流使我增长了知识，开阔了视野。2012 年底，集团领导再次给我一个难得的学习机会，公派出国访学一年，我作为访问学者在美国加州大学开展了为期一年的学习和研究，这段海外学习经历无疑对我的学术之路和人生之路都产生了重要的影响。在美国求学的过程中，陈一珠总编常常以她曾经留学美国的经验和体会，引导我如何适应美国的学习与生活，如何在美国开展学术研究，如何深入了解美国的社会和文化……正是有了这些广电行业的领导和业界精英引领我进入广东广电的研究领域，并为我提供了多个理论研究和业务实践的平台，才使我能够在六年的广电职业生涯中，在国内外学术期刊上发表了十多篇学术论文，编辑出版了多本著作，并获得了九个国家级和省级广播电视类奖项，同时完成了本书的撰写和出版。他们给予我的支持和帮助，让我的内心始终充满感激，并给我信心和力量使我不断前行。

我与师姐蒲若茜、朱桃香、詹乔，师兄唐小兵，以及师弟李谋冠有缘同窗，不仅共同收获了学识，更收获了一份真实的情谊，每每在我人生遇到困难的时候，他们总会给予我最大程度的关心和帮助，他们不仅是我的同窗、朋友，更像是我的家人，于我已是生命中不可或缺。在美国访学期间，我得到了美国加州大学洛杉矶分校（UCLA）的教授 Jinqi Ling，以及我的朋友 Kate Kuzmits 的多次帮助，如今虽远隔太平洋，却始终心怀感激。同时还要感谢暨南大学出版社对本书编辑出版的大力支持。

这些年来，我带着父母的期待不断走向外面的世界，常常只是忙于自己的学业和工作，而忽视了老人内心的需求与牵挂，就在我刚刚完成此书后不久，我的父亲经历了一场大病，至今仍在与疾病进行顽强的斗争，我以此书祝愿我的父亲早日康复，祝福父母健康长寿。

虽然完成了这本理论著作，但为学为人的修炼却远没有完成，前方的路注定还很长，我会心怀感恩一路前行，因为我有众多的恩师和益友，因为我有父母家人永远的支持。

李 燕
2014 年 7 月于南国奥园